Las inquietudes de Shanti Andia

por

Pío Baroja

The Echo Library 2008

Editado por

The Echo Library

Echo Library
131 High St.
Teddington
Middlesex TW11 8HH

www.echo-library.com

Por favor notifique errors graves en el texto a complaints@echo-library.com

ISBN 978-1-40687-707-6

INDICE

LIBRO PRIMERO **5**

INFANCIA

I.—Shanti se disculpa II.—El mar antiguo III.—Tengo que hablar de mí mismo IV.—La casa de mi abuela V.—La tía Úrsula VI.—Lope de Aguirre, el traidor VII.—El funeral de mi tío Juan VIII.—Correrías de chico IX.—Yurrumendi, el fantástico X.—Las indignaciones de Shacu XI.—El naufragio del «Stella Maris» XII.—Nuestra gran aventura XIII.—La gruta del Izarra

LIBRO SEGUNDO 51

JUVENTUD

I.—Mis primeros viajes II.—Historia de la «Bella Vizcaína» III.—Dolores de vanidad IV.—La palmera y el pino V.—Nuevas fatigas de amor VI.—Grandeza y miseria VII.—El paradero de Juan de Aguirre

LIBRO TERCERO 76

LA VUELTA AL HOGARO

I.—La herida II.—Lúzaro y su formación III.—La tertulia de la relojería IV.—La playa de las Ánimas V.—Frayburu VI.—Bisusalde VII.—El recado VIII.—Urbistondo y su familia IX.—El devocionario de Allen X.—La cueva de la serpiente

LIBRO CUARTO 106

LA URCA HOLANDESA, «EL DRAGÓN»

I.—El capitán de la «Dama Zuri» II.—NARRACIÓN DE ITCHASO.—Los dos caminos del marino III.—El capitán Zaldumbide IV.—De otras personas distinguidas que formaban la tripulación de «El Dragón» V.—Los dos Tristanes VI.—La sublevación VII.—Por el Pacífico

LIBRO QUINTO 141

JUAN MACHÍN, EL MINERO

I.—Mala noticia II.—Días felices III.—Una noche en Frayburu IV.—Ardides de guerra V.—La tempestad VI.—Una canción pesada VII.—Machín desaparece

LIBRO SEXTO 164

LA SHELE

I.—Habla el médico viejo II.—La confesión III.—La venta de la ternera IV.—El final de la Shele

LIBRO SÉPTIMO 172

EL MANUSCRITO DE JUAN DE AGUIRRE

I.—Resolución desesperada II.—De negrero III.—El pontón IV.—La evasión V.—A la deriva VI.—La casa hospitalaria VII.—El odio estalla VIII.—Patricio Allen y el tesoro de Zaldumbide

EPÍLOGO 206

LIBRO PRIMERO

INFANCIA

I

SHANTI SE DISCULPA

Las condiciones en que se desliza la vida actual hacen a la mayoría de la gente opaca y sin interés. Hoy, a casi nadie le ocurre algo digno de ser contado. La generalidad de los hombres nadamos en el océano de la vulgaridad. Ni nuestros amores, ni nuestras aventuras, ni nuestros pensamientos tienen bastante interés para ser comunicados a los demás, a no ser que se exageren y se transformen. La sociedad va uniformando la vida, las ideas, las aspiraciones de todos.

Yo, en cierta época de mi existencia, he pasado por algunos momentos difíciles, y el recordarlos, sin duda, despertó en mí la gana de escribir. El ver mis recuerdos fijados en el papel me daba la impresión de hallarse escritos por otro, y este desdoblamiento de mi persona en narrador y lector me indujo a continuar.

No tenía la menor intención de dar mis cuartillas a la imprenta; pero, cuando salió *El Correo de Lúzaro*, todos los amigos me instaron para que publicase mis memorias en el periódico.

Debía colaborar en la cultura de la ciudad. Yo era uno de los puntales de la civilización luzarense. Nos reímos en casa un poco de estos elogios y comencé a publicar mi diario en *El Correo de Lúzaro* y a pagar periódicamente las facturas de la imprenta.

Estuve ausente de Lúzaro una semana para llevar mi segundo hijo al colegio, y al volver de mi viaje me encontré con que *El Correo* había pasado a mejor vida, y mis memorias quedaban colgadas en lo que yo consideraba más interesante. A pesar del interés supuesto por mí, nadie se ocupó de saber su continuación, lo cual sirvió para mortificar bastante mi amor propio de literato.

Ahora, mi amigo Cincunegui se ha empeñado en que publique mi diario íntegro. Lúzaro necesita un grande hombre; le es preciso tener una figura presentable ante los ojos del mundo. Desde la muerte de don Blas de Artola, el teniente de navío retirado, la plaza de hombre ilustre está vacante en nuestro pueblo. Cincunegui excita mis sentimientos ambiciosos, quiere mi encumbramiento, mi exaltación; según él, no puedo dejar a mis paisanos en la orfandad en que se hallan; debo llegar al pináculo de la gloria.

[Ilustración]

A mí, la verdad, la gloria no me entusiasma. La gloria no es para los países lluviosos; tener una estatua a orillas del Mediterráneo, en una ciudad de Andalucía, de Valencia o de Italia, está bien; ¿pero qué voy a hacer yo si en premio de este libro me levantan una estatua en Lúzaro? ¿Estar recibiendo constantemente la lluvia en la espalda?

No, no; soy muy reumático, y ni aun en efigie me gustaría estar asi a la intemperie.

¿Habrá que decir a mis lectores que no tengo pretensión literaria alguna? Ellos lo verán si hojean, aunque sea distraídamente, las páginas de mi libro. Estas cuartillas están escritas en distintas épocas de mi vida y con diferentes estados de ánimo. El sentimiento ha sido sincero; la forma, seguramente, poco hábil. Mi público creo que no me reprochará mi falta de atildamiento. Más que para los jóvenes críticos del casino de Lúzaro, escribo para mis amigos del Guezurrechape de Cay luce (El mentidero del Muelle largo).

Soy un marino poco culto, un rudo marino, como dicen en los folletines y melodramas, y de mí no hay que esperar los perfiles literarios de un profesor de retórica.

II

EL MAR ANTIGUO

He tenido fama de indolente y optimista, de indiferente y apático. Basta poseer una reputación cualquiera, buena o mala, para que las personas conocidas por uno vayan poniendo su piedra en el monumento de valor o de cobardía, de ingenio o de brutalidad, asignado a cada uno.

Esta colaboración espontánea adorna los grandes hechos y los grandes caracteres. El uno insinúa: «Podría ser»; el otro añade: «Se dice»; un tercero agrega: «Ocurrió así», y el último asegura: «Lo he visto....» De este modo se va formando la historia, que es el folletín de las personas serias.

Según la gente de mi pueblo, la indolencia mía ha sido de esas extraordinarias: borrascas, tempestades, rayos, truenos, nada ha logrado sacarme de mi pasividad habitual.

Se han inventado anécdotas acerca de mi frialdad y de mi indiferencia. Una vez, un juramentado de Filipinas vino a mí, con el yatagán levantado, a cortarme la cabeza; yo le miré y bostecé de fastidio.

Es indudable que el fondo mío de pereza, de indolencia, ha dado pábulo a estas historias, no lo niego; lo inaudito para mis panegiristas o para mis detractores sería si oyeran que con frecuencia me lamento de mi manera de ser. ¿De no tener mayor actividad? ¿De no tener más espíritu de empresa?

No, de todo lo contrario. Ciertamente es una demostración de mi naturaleza cínica e inmoral; pero la verdad ante todo.

La mayoría de los hombres se sienten muy orgullosos de su constancia, de la permanencia de sus propósitos. Son consecuentes como el acero de una brújula rota o enmohecida, y esto les parece una gran virtud.

Saben adónde van, de dónde vienen. Cada paso en el camino de la vida lo llevan contado y calculado.

Si les escuchamos, nos dirán: «No nos detengamos a contemplar el mar o las estrellas; no hay que distraerse. El camino espera. Corremos el peligro de no llegar al fin».

¡El fin! ¡Qué ilusión! No hay fin en la vida. El fin es un punto en el espacio y en el tiempo, no más trascendental que el punto precedente o el siguiente.

Debe ser grande el asombro de esos hombres discretos, previsores y sensatos, al ver a muchos que, sin preocuparse gran cosa por las revueltas del camino, van llevados en alas de la suerte por iguales derroteros que ellos, y que tienen, ¡los insensatos!, además de la satisfacción de conseguir un fin, cuando lo consiguen, el placer de mirar a un lado y a otro de su ruta y de ver cómo sale el sol y se pone el sol, y cómo brotan las estrellas en el cielo de las noches serenas.

[Ilustración]

La preocupación por conseguir un fin nos intranquiliza a todos los hombres, aun a los más desaprensivos, aun a los más indolentes, y yo, por mi parte, hubiera deseado vivir todavia más en cada hora, en cada minuto, sin la nostalgia del pasado ni la ansiedad por el porvenir.

Este deseo es consecuencia de mi fondo de epicurismo y de la decantada indolencia que tanto me han reprochado, y que, sin duda, desarrolla y exagera la vida del marino.

Realmente, el mar nos aniquila y nos consume, agota nuestra fantasía y nuestra voluntad. Su infinita monotonía, sus infinitos cambios, su soledad inmensa nos arrastran a la contemplación.

Esas olas verdes, mansas, esas espumas blanquecinas donde se mece nuestra pupila, van como rozando nuestra alma, desgastando nuestra personalidad, hasta hacerla puramente contemplativa, hasta identíficarla con la Naturaleza.

Queremos comprender al mar, y no le comprendemos; queremos hallarle una razón, y no se la hallamos. Es un monstruo, una esfinge incomprensible; muerto es el laboratorio de la vida, inerte es la representación de la constante inquietud. Muchas veces sospechamos si habrá en él escondido algo como una lección; en momentos se figura uno haber descifrado su misterio; en otros, se nos escapa su enseñanza y se pierde en el reflejo de las olas y en el silbido del viento.

Todos, sin saber por qué, suponemos al mar mujer, todos le dotamos de una personalidad instintiva y cambiante, enigmática y pérfida.

En la Naturaleza, en los árboles y en las plantas hay una vaga sombra de justicia y de bondad; en el mar, no: el mar nos sonríe, nos acaricia, nos amenaza, nos aplasta caprichosamente.

Si a uno le coge mozo como a mí, le moldea de una manera definitiva, le hace marino para siempre; al que de niño se entrega a su poder con el alma cándida, con la inteligencia virgen, le convierte en su esclavo.

Para el pescador, para el hombre ignorante y sencillo que no puede apoyar sus ideas en las bases de la ciencia, el mar es un tirano, le engaña, le adula, le seduce, le ahoga. Para el pobre marinero, el mar es el *summum* del interés, del encanto, de la variedad. Esos trabajadores míseros cuya vida es una continua lucha y un esfuerzo titánico y desproporcionado, son muchas veces felices, y el mar, su enemigo, el mar, el monstruo incomprensible, llena su existencia y hace su felicidad.

Para nosotros los marinos de altura, el mar es principalmente una ruta, es casi exclusivamente un camino. ¡Pero qué camino!

Yo no olvidaré nunca la primera vez que atravesé el Océano. Todavía el barco de vela dominaba el mundo.

¡Qué época aquélla! Yo no digo que el mar entonces fuera mejor, no; pero sí más poético, más misterioso, más desconocido.

Hoy, el mar se industrializa por momentos; el marino, en su barco de hierro, sabe cuánto anda, cuándo va a parar; tiene los días, las horas contadas...; entonces, no; se iba llevando la casualidad, la buena suerte, el viento favorable.

En aquel tiempo, todavía el mundo estaba mal conocido, todavía había derroteros tradicionales y una inmensidad de Océano en blanco jamás visitado por el hombre. Como el caminante en el desierto sigue las huellas de otro, el marino en alta mar sigue la derrota de los antiguos nautas. Así, los que se dirigían al Cabo de Buena Esperanza, al llegar a las islas de Cabo Verde marchaban al Brasil, obedientes a la rutina y al viento, y atravesaban el Atlántico de nuevo.

Entonces, en la mayoría de los buques se deducían la situación más por conjeturas que par cálculos; los instrumentos de navegación empleados por la generalidad de los marinos tenían errores de grados enteros. Claro que en Londres y en Liverpool había ya admirables sextantes y círculos de reflexión; pero muchos capitanes no sabían usarlos y navegaban a la antigua.

La variedad de formas y de aparejos era extraordinaría. Todavía se veían en los puertos, alternando con los bergantines y las fragatas vulgares, las carabelas turcas, las saicas greco-romanas, las polacras venecianas, las urcas de Holanda, los síndalos tunecinos y las galeotas toscanas.

Todavía en el mundo había piratas, todavía había negreros, males todos ¿quién lo duda?, peligros que obligaban al marino a tomar ante los hechos una actitud gallarda. Todos estos riesgos exaltaban la imaginación, aumentaban el valor, daban el pensamiento de luchar contra el mal y de vencerlo.

A la gran barbarie del mar correspondía la barbarie de su servidor el marino; a la brutalidad del elemento salobre, la brutalidad humana. En aquella época, un marino volvía a su rincón con un anillo en la oreja, una pulsera en la mucheca y una cacatúa o una mona en el hombro.

Un marino, entonces, era algo extrasocial, casí extrahumano; un marino era un ser para quien la moral ofrecía otros aspectos que para los demás mortales.

—Te preguntarán cuánto has hecho—decían los padres a sus hijos, que se lanzaban a la aventura—, no cómo lo has hecho.

Y los hijos se hundían en los abismos de la vida intensa, sin preocupaciones ni escrúpulos. La madre casualidad los llevaba por sus ignorados derroteros; el Destino, en su misterioso molde, vaciaba esta humanidad y sacaba intrépidos mareantes o feroces negreros, exploradores audaces o vendedores de chinos.

Para aquellos hombres, la moral era una cuestión de paralelo. El mar era el más grande escenario de los crímenes y violencias de los hombres.

Hoy, el mar ha cambiado, y ha cambiado el barco, y ha cambiado también el marino. De aquellas airosas arboladuras que tanto nos entusiasmaban, no quedan mas que esos palos cortos para sostener los vástagos de las poleas; de aquellas maniobras complicadas, nada se conserva.

Antes, el barco de vela era una creación divina, como una religión o como un poema; hoy, el barco de vapor es algo continuamente cambiante como la ciencia ... una maquinaria en eterna transformación.

Antes, el capitán era un personaje sabio, un tirano de un poder inaudito, un hombre que tenía que bastarse a si mismo; hoy es un especialista injerto en un burócrata.

Hoy, es la máquina la impulsadora del barco, algo exacto, matemático, medido; antes, era el viento, algo caprichoso, impalpable, fuera de nosotros. «Llevamos el Angel de la Guarda en la lona de nuestras velas», me decía don Ciriaco, un viejo capitán de fragata muy inteligente y muy romántico; «llevamos la fuerza en nuestra carbonera», puede decir el capitán de hoy.

El carbón, ese dios modesto, pero útil, ha reemplazado las alas del poético Ángel de la Guarda que llevábamos en nuestras velas, y ha cambiado las condiciones del mar.

Antes, el mar era nuestra divinidad, era la reina endiosada y caprichosa, altiva y cruel; hoy es la mujer a quien hemos hecho nuestra esclava.

Nosotros, marinos viejos, marinos galantes, la celebrábamos de reina y no la admiramos de esclava.

Seguramente, no; el mar entonces no era tan bueno como hoy, ni tan pacífico; pero sí más hermoso, más pintoresco, un poco más joven. La belleza del mundo y del mar dependía en gran parte de su rutina y de su inmovilidad.

El mapa espiritual del universo de aquella época era como un plano de diferentes colores, en donde se apreciaban no sólo las entonaciones fuertes, sino los más ligeros matices.

Hoy, estos matices se pierden; el mundo lleva el camino de confundir y borrar sus colores. Hoy, un japonés es un señor civilizado vestido a la europea; un polinesio va como turista a la Meca, en un magnífico paquebot de quince mil toneladas. La musa del progreso es la rapidez: lo que no es rápido está condenado a morir.

Todo ello es mejor, ¿quién lo duda? Indica más civilización; pero para el que todavía conserva en la retina el recuerdo del mar antiguo, pare ése, la confusión moderna es un espectáculo lamentable.

¡Oh, gallardas arboladuras, velas blancas, fragatas airosas con su proa levantada y su mascarón en el tajamar! ¡Redondas urcas, veleros bergantines! ¡Qué pena me da el pensar que vais a desaparecer! ¡Amable sirena, que te levantabas sobre las olas azules para mirarnos con tus ojos verdes, ya no te verán más!

¡Oh, días de calma! ¡Oh, momentos de indolencia!

¡Cuántas horas no habré pasado en la hamaca contemplando el mar, claro o tempestuoso, verde o azul, rojo en el crepúsculo, plateado a luz de la luna y lleno de misterio bajo el cielo cuajado de estrellas!

III

TENGO QUE HABLAR DE MÍ MISMO

Tengo que hablar de mí mismo: en unas memorias es inevitable. Además de mi apatía e indolencia, exagerada un tanto por mis convecinos los luzarenses para presentarme como un tipo estrambótico, soy un sentimental y un contemplativo.

Me gusta mirar, tengo la avidez en los ojos; me quedaría contemplando horas y horas el pasar una nube o el correr una fuente. Quizá viviendo en tierra se hubiera desarrollado en mí el sentido musical, como en muchos de mis paisanos; en el mar se ha ampliado, se ha alargado mi sentido óptico.

Muchas veces me he figurado ser únicamente dos pupilas, algo como un espejo o una cámara obscura para reflejar la Naturaleza.

Soy, además, al decir de mi familia, un tanto novelero, un tanto curioso y amigo de novedades. Pero, ¿qué es la curiosidad—digo yo para defenderme—sino el deseo de saber, de comprender lo que se ignora?

A mí me gusta ver; y si hay una molestia o un peligro para satisfacer mi curiosidad, no tengo inconveniente en afrontarlo.

Soy también patriota a mi modo, sin sentido tradicional alguno. No conozco la historia de España, y realmente no me preocupa gran cosa. Si me preguntaran quién fué Wamba o Atanagildo, me vería en un gran aprieto; pero, a pesar de no conocer nada o casi nada la historia de mi país, cuando después de un largo viaje he visto desde lejos la costa de España, he sentido siempre una gran impresión.

El recuerdo de la patria, y sobre todo de Lúzaro, de este rincón de la costa vasca donde he nacido y donde vivo, ha estado siempre presente en mi espíritu. No lo considero como un mérito; no tengo esa tendencia exclusivista de las gende mi pueblo. La tierra para el labrador, el mar para el marino. Discutir si esto es mejor que aquello, me parece una tontería.

Lúzaro me gusta; pero el haber nacido en él, y el que mi familia haya vivido aquí muchos años, no creo constituya ninguna superioridad.

Pienso lo mismo que un masón a quien conocí en Liverpool. Este masón había llegado al grado treinta y tres, o cuarenta y tres, no sé a cuál; pero al más alto de todos. Los días de fiesta, el hombre se ponía el frac, un mandil y una porción de placas y triángulos, se marchaba a la logia y volvía perfectamente borracho. En la casa todo el mundo le admiraba, y el buen señor, que era muy ingenuo, me decía:

—Mi padre me hizo ingresar en la logia a los catorce años; tengo sesenta y cinco y he llegado al último grado. La gente le encuentra a esto mucho mérito, pero yo, la verdad, no le encuentro ninguno.

Era un hombre sencillo el honrado masón.

Lo mismo que aquel albañil de la albañilería celeste, me sucede a mi con el mérito de mi familia de haber vivido mucho tiempo en Lúzaro. Esto no es obstáculo para que me encuentre en mi pueblo como en ningún otro.

Muchas veces, en mi camarote, navegando por el Atlántico o por el mar de las Indias, al pensar en Lúzaro sentía el recuerdo intenso de un monte, de una peña, de un hayal. Veía con la imaginación levantarse Lúzaro sobre el mar, con el río que penetra por su flanco, y veía los montes a un lado y a otro llenos de maizales y de robles.

Entonces me gustaba cantar, en voz baja, zortzicos y sones de tamboril, y, al oírmelos a mí mismo, creía andar por las callejuelas de mi pueblo, oler el olor del heno, contemplar las rocas del Izarra azotadas por el mar, y el cielo azul pálido surcado por nubes blancas.

Se comprende mi entusiasmo por Lúzaro; soy de aquí, y de aquí es toda mi familia. Además, mi vida se puede clasificar en dos períodos: uno el pasado en Lúzaro, en el cual me han ocurrido los hechos más trascendentales y más agradables de mi existencia; otro, el del mar, en que no me ha sucedido nada, por lo menos nada bueno, y en que he vivido con el corazón frío y la retina impresionada.

Mi familia ha sido de Lúzaro, y ha sido de marinos. Sobre todo, por parte de mi madre, por los Aguirres, la genealogía marítima es abundante e inacabable.

Mi padre, Damián de Andía, fué también capitán de barco. Murió en el mar, en el Canal de la Mancha. Una noche, cerca del Finisterre inglés, naufragó la corbeta que mandaba, la *Mary-Rose*; sólo un marino pudo salvarse.

[Ilustración]

A pesar de que yo era muy niño, recuerdo bastante bien a mi padre. Era un tipo indiferente y algo burlón; tenía la cara expresiva, los ojos grises, la nariz aguileña, la barba recortada; por mis informes debía ser un tipo parecido a mí, con el mismo fondo de pereza y de tedio marineros; ahora, que no era triste; por el contrario, tenía una fuerte tendencia a la sátira. Sentía una gran estimación por las gentes del Norte, noruegos y dinamarqueses, con quienes había convivido; hablaba bien el inglés, era muy liberal y se reía de las mujeres.

Parecía haber nacido para burlarse de todo y para encogerse de hombros; pero su sátira no encerraba veneno; se reía sin amargura y sin pena.

Era de estos vascos que dejan todo su lastre de intolerancia y de fanatismo al pisar el primer barco. Había echado la sonda en la sima de la estupidez y de la maldad humanas y sabía a qué atenerse.

Mi abuela no se entendía bien con él y arrastraba a su hija, a mi madre, a ponerse en contra de su marido. Sin duda el instinto de suegra le cegaba. Él cedía, riendo, y mi abuela rabiaba.

Cuando mi padre llegaba a Lúzaro se reunía con otros pilotos, marineros y pescadores, y charlaba con ellos, y algunas veces cantaba y alborotaba, en su compañía, por las calles.

Todos los que le conocieron me han asegurado que era un hombre de gran corazón. He sentido siempre una gran pena por no haberle llegado a conocer. Hubiéramos sido buenos amigos.

Mi abuela, doña Celestina de Aguirre, no quería a mi padre; después de pasados muchos años la he oído hablar en contra de él. Es muy triste que el rencor de las personas alcance hasta los muertos; pero, ¿quién no tiene algo de podrido en el alma?

Los motivos de mi abuela para no querer a mi padre eran un tanto lejanos. Mi padre había nacido en Elguea, pueblo rival de Lúzaro. Para mi abuela, las tres millas y media de costa que hay entre Lúzaro y Elguea separan dos mundos aparte: la seriedad de los de Lúzaro, de la petulancia, volubilidad y fatuidad de los de Elguea.

Otra causa de enemistad de doña Celestina para su yerno, provenía de ser mi abuela paterna hija de un quincallero suizo, establecido en Elguea.

Doña Celestina había conocido a la hija del quincallero, en su juventud, cuando las dos eran solteras, y parece que se desarrolló entre ellas una gran antipatía.

Para doña Celestina, la sangre del quincallero suizo me ha perdido; el bazar, con sus aros y sus pelotas de goma, ha perturbado la marcha del severo barco con sus velas y sus anclas. Mi abuela me dijo muchas veces, de chico, que yo salía a mi padre. Entonces no podía comprender bien la terrible acusación encerrada en esta semejanza.

Mi abuela tuvo siempre grandes ambiciones escondidas, el orgullo del nombre, y un amor extraordinario por su abolengo. Para ella, la familia de los Aguirres constituía lo más selecto de la raza, y la profesión de marino, por ser la más frecuente entre los de su estirpe, era aristocrática y distinguida por excelencia.

Doña Celestina, en su fuero interno, debía suponer que las demás familias de Lúzaro, exceptuando dos o tres, habían nacido, como los hongos, entre la hierba, o que quizá sus individuos estaban modelados con el fango del río.

No era fácil convencer a mi orgullosa abuela de que no tenía precisamente una gran trascendencia para el mundo el que un Aguirre apareciera o no apareciera en Lúzaro en el siglo XV. A doña Celestina le parecía todo cuanto se refiriese a los Aguirres de una capital importancia, y no sentía ningún escrúpulo en mentir, si era para mayor gloria de su familia.

De vivir hoy, ¡cómo se hubiera indignado la buena señora con las ideas del médico joven que tenemos en Lúzaro! Este médico es hijo de un camarada de mi infancia, del piloto José Mari Recalde.

Nuestro joven doctor se entretiene ahora en medir cráneos; se ha metido en el osario del Camposanto, y allí anda, ayudado por el enterrador, llenando de perdigones las venerables calaveras de nuestros antepasados, pesándolas y haciendo con ellas una porción de diabluras.

Recalde tiene talento, ha estado en Alemania y sabe mucho; pero yo, la verdad, no creo gran cosa en sus afirmaciones.

Según él, en la raza blanca no hay mas que dos tipos: el cabeza redonda y el cabeza larga: Caín y Abel.

El cabeza redonda, Caín, es violento, orgulloso, inquieto, sombrío, minero, aficionado a la música; el cabeza larga, Abel, es tranquilo, plácido, inteligente, agricultor, matemático, hombre de ciencia. Caín es salvaje, Abel, civilizado; Caín es religioso, fanático, reaccionario, adorador de dioses; Abel es observador, progresivo, no le gusta adorar y estudia y contempla.

Para Recalde, yo soy todo lo contrario de lo que era para mi abuela. Según el doctor, la sangre de los Aguirres me ha estropeado; sin la nefasta influencia de esa raza violenta de Caines de cabeza redonda, yo hubiera sido un hombre de un tipo admirable; pero esa sangre inquieta se ha cruzado en mi camino.

—Usted—me suele decir Recalde—es uno de los tipos verdaderamente europeos que tenemos en Lúzaro. Su abuelo, el suizo, debía ser un dolicocéfalo rubio, un germano puro sin mezcla de celta ni de hombre alpino. Los Andías son de lo mejor de Elguea, del tipo ibérico más selecto. ¡Lástima que se cruzaran con esos Aguirres de cabeza redonda!

—No te preocupes por eso—le suelo decir yo, riendo.

—¡No me he de preocupar!—replica él—. Si usted fuera uno de esos bárbaros de cabeza redonda como mi padre, por ejemplo, yo no le diría a usted nada; pero como no lo es, le recomiendo que tenga usted cuidado con sus hijos y con sus hijas: no les permita usted que se casen con individuos de cabeza redonda.

Verdaderamente sería el colmo de lo cómico impedir a un hijo que se casara con una buena muchacha por tener la cabeza redonda; pero no sería menos cómico oponerse a un matrimonio porque el abuelo del novio o de la novia hubiese sido en su tiempo zapatero o quincallero. En estas cuestiones, los jóvenes suelen tener mejor sentido que los viejos, porque no atienden mas que a sus sentimientos.

Contaba una criada de mi casa, la *Iñure*, que un indiano rico de su pueblo, ex negrero, que estaba muy incomodado porque su hijo quería casarse con una muchacha pobre, hizo a la chica esta advertencia:

—Yo, como tú, no me casaría con mi hijo. Ten en cuenta que yo he sido negrero y que en mi familia ha habido dos personas que fueron ahorcadas.

—Eso no importa—contestó la muchacha—. Gracias a Dios, en mi familia ha habido también muchos ahorcados.

Realmente, esta muchacha discurría muy bien.

IV

LA CASA DE MI ABUELA

Mi madre y yo vivíamos en una casa solitaria, a un cuarto de hora del pueblo, al lado de la carretera. El sitio era alto, claro, abierto y despejado.

La casa tenía balcones a tres fachadas. Desde allí dominábamos toda la ciudad, el puerto hasta la punta de la atalaya, y el mar. Veíamos, a lo lejos, las lanchas cuando entraban y salían, y por delante de nuestra casa pasaba la diligencia de Elguea, que se detenía en la fonda próxima.

En el mirador central de esta casita nuestra, transcurrieron los primeros años de mi infancia.

Los días de temporal, más que una casa, parecía aquello un barco; las puertas y ventanas golpeaban con furia, el viento se lamentaba por las rendijas y chimeneas, gimiendo de una manera fantástica, y las ráfagas de lluvia azotaban furiosamente los cristales.

En la casa vivíamos tres personas: mi madre y yo, y la vieja que había sido nodriza de mi madre, a quien llamábamos la *Iñure*. Me parece que estoy viendo a esta vieja. Era flaca, acartonada, la boca sin dientes, la cara llena de arrugas, los ojos pequeños y vivos. Vestía siempre de negro, con pañuelo del mismo color en la cabeza, atado con las puntas hacia arriba, como es uso entre las viudas del país.

No creo que la *Iñure* llegase a decir dos palabras seguidas en castellano; pero, en cambio, se expresaba en vascuence con una rapidez vertiginosa, en tono de persona que reza.

La *Iñure* tenía una hermana, la Joshepa Iñashi, que era, al mismo tiempo, cerora de la iglesia y mujer del sacristán. La Joshepa Iñashi vivía en una casa antigua y negra, próxima a la parroquia y dependiente de ésta. Como el sacristán era un simple, la cerora disponía lo que había de hacerse en los altares y color de las casullas. Constantemente estaba consultando el añalejo. Cuando yo iba a casa de la Joshepa Iñashi, con la *Iñure*, solíamos meternos en la cocina y haciamos hostias pequeñas y grandes, echando un poco de harina y agua en una plancha y calentándola al fuego.

Mi madre se pasaba casi todo el día con mi abuela; pero no quería ir a vivir con ella, conociendo de sobra el carácter dominador y absorbente de doña Celestina.

[Ilustración]

La casa de mi abuela se llamaba Aguirreche, en vascuence, Casa de Aguirre, y era, y sigue siendo, de las mejores del pueblo.

Tenía el aspecto severo de esos antiguos caserones de piedra del país vasco: el color negro, el tejado muy saliente, una fila de balcones muy espaciados, con los hierros llenos de florones y adornos; encima unas pequeñas ventanas, y un escudo grande en el chaflán.

La casa se hallaba incrustada entre casuchas negras, en la parte más baja de Lúzaro, rodeada de callejuelas tortuosas y húmedas.

En aquella época en que vivía mi abuela, solía verse Aguirreche casi siempre cerrada, lo que producía una impresión de tristeza, mitigada un tanto por las muchas flores que resplandecían en los balcones.

Entrando, se experimentaba una sensación de ahogo y de lobreguez. El zaguán, pintado de azul, era obscuro, con las paredes desconchadas y salitrosas; la escalera, de castaño, torcida y apolillada; en el rellano principal, dentro de una hornacina, brillaba una virgen pintada en tabla, dorada y estofada.

La casa de mi abuela tenía muchos cuartos con puertas de cuarterones, que nunca se abrían. Estos cuartos, de paredes encaladas, con las vigas del techo al descubierto y el piso con grandes tablas obscuras, ya combadas por el tiempo, estaban vacíos.

Mi abuela y mi tía Úrsula se hallaban poseídas por la manía de poner el suelo brillante, y las dos, y una muchacha, solían estar encerándolo y frotándolo hasta dejarlo como un espejo.

En la sala, síntesis y recapitulación de lo más selecto de Aguirreche, el lustre era ya sagrado. Aquel cuarto podía llamarse el altar de la familia; nada gozaba del honor de encontrarse allí si no tenía historia; las sillas de damasco rojo, los dos o tres veladores de laca, el espejo, el cuadro con la ejecutoria de los Aguirres, el arca.... De cada cosa de éstas, mi abuela, o mi tía Úrsula, podían hablar media hora.

Del techo de aquella sala colgaba una fragata de marfil y de ébano, con todos sus palos, sus velas y sus cañones correspondientes.

En el sitio de honor, encima del sofá, se veía un dibujo iluminado. Representaba un barco luchando con las olas en medio de un temporal; el capitán aparecía atado al palo mayor, dando órdenes, y sobre el mar embravecido se veían tablas y cubas. El barco éste era *La Constancia*, fragata que mandó, durante mucho tiempo, el padre de mi abuela.

El dibujo tenía al pie esta inscripción:

«La fragata española *La Constancia*, al mando de su capitán don Blas de Aguirre, al amanecer del día 3 de febrero de 1793, en el meridiano de la isla Rodrigo, atormentada con mares gruesas del nordeste y sudeste, corriendo un huracán en su viaje de Manila a Cádiz, en el que perdió todos los gallineros de la toldilla, vasijería, cubas y varias tablas de obra muerta.

Pintado por *Ant.° de Iturrizar.*

Yo me figuraba antes, recordando las exageraciones de mi abuela, que este cuadro tendría algún valor; pero después he visto que es un grabado de la época, en el cual se ponía al pie una leyenda explicativa, y servía a los marinos vascos de ex voto para llevarlo a la iglesia de Begoña, a la Virgen de Guadalupe o a Nuestra Señora de Iciar.

[Ilustración]

A los lados de *La Constancia* se veían dos grabados en color, con sus respectivas leyendas: «Navío de línea, español, visto a proa de la amura de sotavento, en facha y saludando», decía en uno; en el otro: «Navío español del porte de 112 cañones, fondeado, visto por su medianía o portalón.»

Todavía estos dos grabados siguen haciendo compañía a *La Constancia*, en donde está mi bisabuelo atado al palo mayor, en el momento en que prometía un cirio a la Virgen de Rota.

Había también en casa de mi abuela, encerrados en marcos de caoba, unos grabados ingleses que representaban la batalla naval entre la fragata inglesa *Eurotas* y la francesa *Clorinda*, en 1814. Eran tres: en el primero se veían los dos buques, con las velas desplegadas, que iban acercándose; el segundo fijaba el preciso momento del fragor del combate, y en el último los dos navíos estaban desarbolados, a punto de irse a pique.

Otro cuadro iluminado que gozaba gran estimación en la casa, era uno que tenía en medio la Rosa de los Vientos, y a los lados, todas las banderas, gallardetes y matrículas del mundo.

En una categoría todavía superior estaban dos escapularios grandes que le dieron a mi abuelo las monjas de Santa Clara, de Lúzaro, y a los cuales él puso marco en Cádiz, y le acompañaron en sus viajes y en su vuelta al mundo.

Mi abuela daba una importancia tan extraordinaria a estas cosas, que yo creía que eran del dominio común, y que las hazañas de mi bisabuelo eran tan conocidas como las de Napoleón o las de Nelson.

Había también en la sala una brújula, un barómetro, un termómetro, un catalejo y varios daguerrotipos pálidos, sobre cristal, de primos y parientes lejanos. Recuerdo también un octante antiguo muy grande y muy pesado, de cobre, con la escala para marcar los grados, de hueso.

Sobre la consola solían estar dos cajas de té de la China, una copa tallada en un coco y varios caracoles grandes, de esos del mar de las Indias, con sus volutas nacaradas, que uno creía que guardaban dentro un eco del ruido de las olas.

Lo que más me chocaba y admiraba de toda la sala era una pareja de chinitos, metidos cada uno en un fanal, que movían la cabeza. Tenían caras de porcelana muy expresivas y estaban muy elegantes y peripuestos. El chinito, con su bigote negro afilado y sus ojos torcidos, llevaba en la mano un huevo de avestruz, pintado de rojo; la chinita vestía una túnica azul y tenía un abanico en la mano.

Al movimiento de las pisadas en el suelo, los dos chinitos comenzaban a saludar amablemente, y parecían rivalizar en zalamerías.

Cuando me dejaban entrar en la sala, me pasaba el tiempo mirándolos y diciendo:

—Abuelita, ahora dicen que sí, ahora que no. Ahora sí, ahora no.

[Ilustración]

Mi abuela poseía también un loro, *Paquita*, que dominaba el diálogo y el monólogo.

Se le preguntaba:

Lorito, ¿eres casado?

Y él contestaba:

Y en Veracruz velado.
A ja jai, ¡qué regalo!

Su monólogo constante era esta retahila de loro de puerto de mar:

¡A babor! ¡A estribor!
¡Buen viaje! ¡Buen pasaje!
¡Fuego! ¡Hurra, lorito!

Yo encontraba en las palabras de aquel pajarraco verde un fondo de ironía que me molestaba. La *Iñure* me contó que una vez, hace mucho tiempo, un loro que tenía un marino de Elguea lo denunció, y por él se supo que su amo había sido pirata.

A pesar de la ciencia y de las habilidades de todos los de su clase, *Paquita* me era muy antipático; nunca quería contestarme cuando le preguntaba si era casado, y una vez estuvo a punto de llevarme un dedo de un picotazo. Desde entonces le miraba con rabia, y, de cogerlo por mi cuenta, le hubiera atracado de perejil hasta enviarlo a decir sus relaciones al paraíso de los loros. También tenía mi abuela una caja de música, ya vieja, con un cilindro lleno de púas, a la que se le daba cuerda; pero estaba rota y no funcionaba.

V

LA TÍA ÚRSULA

Tardé bastante tiempo en ir a la escuela. De chico tomé un golpe en una rodilla, y no sé si por el tratamiento del curandero, que me aplicó únicamente emplastos de harina y de vino, o por qué, el caso es que padecí, durante bastante tiempo, una artritis muy larga y dolorosa.

Quizá por esto me crié enfermizo, y el médico aconsejó a mi madre que no me llevara a la escuela. Mi infancia fué muy solitaria. Tenía, para divertirme, unos juguetes viejos que habían pertenecido a mi madre y a mi tío. Estos juguetes que pasan de generación en generación, tienen un aspecto muy triste. El arca de Noé de mi tío Juan era un arca melancólica; a un caballo le faltaba una pata; a un elefante, la trompa; al gallo, la cresta. Era un arca de Noé que más parecía un cuartel de inválidos.

Mi tía Úrsula, hermana mayor de mi madre, solterona romántica, comenzó a enseñarme a leer. Doña Celestina era como el espíritu de la tradición en la familia Aguirre; la tía Úrsula representaba la fantasía y el romanticismo.

Cuando mi tía Úrsula llegaba a casa, solía sentarse en una sillita baja, y allí me contaba una porción de historias y de aventuras.

En Aguirreche, en su cuarto, la tía Úrsula guardaba libros e ilustraciones con grabados, españoles y franceses, en donde se narraban batallas navales, piraterías, evasiones célebres y viajes de los grandes navegantes. Estos libros debían de haber estado en alguna cueva, porque echaban olor a humedad y tenían las pastas carcomidas por las puntas. En ellos se inspiraba, sin duda, mi tía para sus narraciones.

La tía Úrsula solía contar la cosa más insignificante con una solemnidad tal, que me maravillaba. Ella me llenó la cabeza de naufragios, islas desiertas y barcos piratas.

Sabia más que la generalidad de las mujeres, y, sobre todo, que las mujeres del país. Ella me explicó cómo iban los vascos, en otra época, a la pesca de la ballena en los mares del Norte; cómo descubrieron el banco de Terranova, y cómo aún, en el siglo pasado, en los astilleros de Vizcaya y de Guipúzcoa, en Orio, Pasajes, Aguinaga y Guernica, se hacían grandes fragatas.

Me habló también, con orgullo, de los marinos y capitanes vascos: de Elcano, dando la vuelta al mundo; de Oquendo, victorioso en más de cien combates, y que, vencido en la vejez por el almirante Tremp, muere de tristeza; de Blas de Lezo, tuerto y con una sola pierna, batiéndose constantemente y venciendo, con unos pocos barcos, la escuadra poderosa del almirante inglés Vernon en Cartagena de las Indias; del sabio y heroico Churruca, de Echaide, de Recalde, de Gaztañeta. Con frecuencia terminaba sus narraciones con estos versos de Concha, en su *Arte de Navegar*:

Por tierra y por mar profundo
Con imán y derrotero,

Un vascongado el primero
Dió la vuelta a todo el mundo.

Y aunque estos versos no tuvieran relación alguna con lo contado, por el tono solemne con que los recitaba mi tía Úrsula, me parecían un final muy oportuno para cualquier relato.

En tan lejana época de mi infancia, yo no conocía más chicos de mi edad que unos primos segundos. Estos chicos vivían en Madrid y venían a Lúzaro durante el verano.

Cuando estaban ellos en casa de mi abuela, íbamos juntos a un caserío de la familia, donde solían darnos cuajada. La tía Úrsula la repartía, mientras nosotros, los chicos, mirábamos si a alguno le daban más que a los otros, para protestar.

Mis primos solían contar cosas de los teatros y circos de la corte; pero, la verdad, esto no me llamaba la atención. Lo que me atraía era el mar. Miraba con envidia los chicos descalzos del muelle. Me hubiera gustado ser hijo de pescador, para corretear por las escolleras y jugar en los lanchones y gabarras.

Mi tía Úrsula, además de su biblioteca, formada por folletines ilustrados franceses, y de sus libros de aventuras marítimas, tenía otro fondo de donde ir sacando los relatos emocionantes que a mí tanto me cautivaban.

En la sala de Aguirre, en el arca, se guardaba, entre otras cosas viejas y respetables, un tomo manuscrito, en folio, muy voluminoso. En la cubierta, de pergamino, decía, con letras ya desteñidas y rojizas: «Historia de la familia de Aguirre».

[Ilustración]

Como casi todos los miembros de la familia de este nombre y los emparentados con ella habían sido marinos y viajeros, para explicar sus correrías, intercaladas en las amarillentas páginas, se veían cartas de navegar antiguas, bastante raras. En estos mapas, el mar se simbolizaba con una ballena echando un surtidor de agua, un galeón y varios delfines; los pueblos, por casitas; los montes, por árboles, y los países salvajes, por indios con plumas en la cabeza, un arco y una flecha. Había, también, planos para indicar las corrientes y los vientos, y dibujos de sondas, brújulas primitivas y astrolabios.

Todo el libro se reducía a una serie de narraciones de aventuras marítimas y terrestres.

Mi tía Úrsula se calaba las antiparras y leía con gran detenimiento alguno de estos relatos, y los comentaba.

La mayoría eran breves, y estaban redactados en una forma tan amanerada, que yo no me enteraba de su sentido. De las más entretenidas era la historia de Domingo de Aguirre, llamado el Vascongado, que formó parte en la expedición de Gonzalo Jiménez de Quesada, cuando la conquista de América. Domingo de Aguirre presenció el incendio de Iraca, que debió de tener mucha importancia a juzgar por sus descripciones.

Cuando comencé a escribir, a mi tía Úrsula se le ocurrió dictarme párrafos del gran libro de la familia, y todavía conservo, por casualidad, un pliego en papel de barba, escrito por mi inhábil mano, con letras desiguales, que dice así:

«El capitán de barco, Martín Pérez de Irizar, hijo de Rentería, cuando volvía de Cádiz de cargar un galeón de mercaderías, se encontró en alta mar con el corsario francés Juan Florín, cuyo nombre espantaba a cuántos salían al mar. El orgulloso francés llevaba dos barcos bien pertrechados de armas. A los que cogía en el mar, grandes o chicos, hombres o mujeres, los desvalijaba y los dejaba en cueros; así que estaba muy rico.

Al divisar el galeón del capitán guipuzcoano, como el francés le atacara con brío, Irizar se defendió en su barco, valientemente. Por ambas partes corrió la sangre en abundancia, y después de la refriega, Martín Pérez de Irizar apresó a Juan Florín, a sus barcos y a toda su gente.

De los piratas murieron treinta hombres y quedaron heridos más de ochenta. Juan Florín quiso dar veinte mil duros al capitán Irizar por su rescate; pero fué inútil su ofrecimiento, porque el hombre entendido y de buen juicio prefiere su honra a todo el dinero del mundo.

Con noventa hombres presos y los dos barcos cogidos, el capitán Irizar volvió a Cádiz, como correspondía a su fina lealtad.

El emperador don Carlos, nuestro Señor, mandó que fuese ahorcado Juan Florín, el pirata, y que el capitán Martín Pérez de Irizar pusiera en su escudo, para eterno recuerdo, el galeón, el arpón y la bandera ganados en la batalla.»

Recuerdo que al escribir esto, que me dictaba mi tía, le hice varias preguntas acerca de la vida y de las costumbres de los piratas, y, a pesar de que ella trataba de exagerar la odiosidad de los caballeros de la fortuna, a mí me parecía que aquello de ser pirata y de abordar a los barcos y quitarles sus tesoros y guardarlos en una isla desierta debía tener grandes encantos.

Yo aprendí a leer y a escribir con todas estas narraciones y aventuras de la familia. Cosa extraña: casi siempre había algún Aguirre aventurero cuyo fin se ignoraba. El uno quedaba entre indios, el otro se decía que se había hecho pirata.

Parecía como si un destino fatal persiguiese a algunos individuos de la familia, a través del tiempo y de las generaciones.

VI

LOPE DE AGUIRRE, EL TRAIDOR

De muchos capitanes, marinos, aventureros y frailes se ocupaba el libro de la familia; pero, entre todas aquellas historias, la más extraordinaria, la más absurda, dentro de su realidad, era la de Lope de Aguirre, el loco, llamado también Lope de Aguirre, el traidor.

Varias veces leí las aventuras asombrosas de este hombre, que en el manuscrito se contaban con todos sus detalles.

Domingo de Cincunegui, el autor de los *Recuerdos históricos de Lúzaro,* me ha pedido repetidas veces que registre por todos los rincones de Aguirreche, para ver si se encuentra el viejo manuscrito; pero el infolio no aparece; sin duda, a la muerte de mi abuela, se perdió; quiza a alguno de los marineros que vive ahora en el viejo caserón le habrá servido para encender el fuego.

Lo que dice Cincunegui en sus *Recuerdos de Lúzaro* está tomado de la historia del Perú y de Venezuela.

De sus *Recuerdos* tomo estos datos, para dar una idea de mi terrible antepasado:

«Lope de Aguirre nació en el primer tercio del siglo XVI, y era vizcaíno. No se sabe de qué pueblo. En el siglo XVI aparecen tres casas de Aguirre importantes: una de Oyarzun, otra de Gaviria y otra de Navarra.

Lope de Aguirre debía ser de una de estas casas.

Llegó Lope al Perú, a mediados del siglo XVI, y tomó partido por Gonzalo Pizarro en la rebelión de éste. Durante algún tiempo estuvo a sus órdenes, hasta que le hizo traición y ejecutó contra sus antiguos compañeros actos de una crueldad inaudita.

Era Lope hombre inquieto y turbulento, terco y mal encarado. Condenado a muerte durante una sedición, se evadió y tomó el oficio de domador de caballos. Buen oficio para poner a prueba su bárbara energía. A Lope le conocían entre los soldados por el apodo de Aguirre, el loco.

En 1560, el virrey, don Andrés Hurtado de Mendoza, confió al capitán vasco Pedro de Ursúa una expedición para explorar las orillas del Marañón en busca de oro. Lope fué uno de los principales jefes de la partida.

Una noche, el inquieto Aguirre sublevó a la tropa expedicionaria, y él mismo cosió a puñaladas al capitán Ursúa y a su compañera, Inés de Atienza, que era hija del conquistador Blas de Atienza.

Lope asesinó también al teniente Vargas y dirigió un manifiesto a los rebeldes, que le siguieron. Los sublevados proclamaron general y príncipe del Perú a Fernando de Guzmán, y mariscal de campo a Lope de Aguirre.

Como Guzmán reconviniera a Lope por su inútil crueldad, el feroz vasco, que no admitía reconvenciones, se vengó de él, asesinándolo y cometiendo después una serie de atropellos y de crímenes.

A la cabeza de sus hombres, subyugados por el terror (ahorcó a ocho que no le parecían bastante fieles), bajó por el Amazonas y recorrió, después de meses y meses, la inmensidad del curso de este enorme río, y se lanzó al Atlántico.

No contaba Lope mas que con barcas apenas útiles para la navegación fluvial; pero él no reconocia obstáculos y se internó en el Océano. Lope de Aguirre era todo un hombre.

Resistió en alta mar, cerca del Ecuador, dos terribles temporales en sus ligeras embarcaciones, y fué bordeando con ellas las costas del Brasil, de las Guayanas y de Venezuela.

Allí donde arribaba, Lope se dedicaba al pillaje, saqueando los puertos, quemando todo cuanto se le ponía por delante, llevado de su loca furia.

El fraile de la flotilla se permitió aconsejar, suplicar a su capitán que no fuera tan cruel. Aguirre le escuchó atentamente, y atentamente lo mandó ahorcar.

Sintiendo quizá remordimientos en su corazón endurecido, llamó a su presencia a un misionero de Parrachagua, para confesarse con él; y como el buen sacerdote no quisiera darle la absolución, ordenó lo colgaran, sin duda para que hiciese compañía al otro fraile ahorcado.

Los aventureros poco adictos a su persona iban sufriendo la misma suerte.

De los cuatrocientos hombres que salieron con Ursúa, no le quedaban a Lope mas que ciento cincuenta, y de éstos, muchos iban, por días, desertando.

Aguirre, al verse sin la tripulación necesaria para sus barcos, les pegó fuego, y luego se refugió, con su hija y algunos compañeros fieles, en las proximidades de Barquisimeto, de Venezuela.

Allí, en el campo, en una casa abandonada, Aguirre escribió un memorial a Felipe II, justificándose de sus desmanes, y para dar más fuerza a su documento, lo firmó de esta manera audaz, cínica y absurda:

Lope de Aguirre,
el traidor.

Las tropas del rey, unidas con algunos desertores de Aguirre, fueron acorralando al capitán vasco como a una bestia feroz, para darle muerte.

Quebrantado, cercado, cuando se vio irremisiblemente perdido, Lope, sacando su daga, la hundió hasta el puño en el corazón de su hija, que era todavía una niña.

[Ilustración]

—No quiero—dijo—que se convierta en una mala mujer, ni que puedan llamarla, jamás, la hija del Traidor.

Después mandó a uno de sus soldados fieles que le disparara un tiro de arcabuz.

El soldado obedeció.

—¡Mal tiro!—exclamó Lope al primer disparo, al notar que la bala pasaba por encima de su cabeza.

Y cuando sintió, al segundo disparo, que la bala penetraba en su pecho y le quitaba la vida, gritó, saludando a su matador, con una feroz alegría:

—Este tiro ya es bueno.

Realmente, Lope de Aguirre era todo un hombre.

Después de muerto le cortaron la cabeza y descuartizaron el tronco, conservándose la calavera en la iglesia de Barquisimeto, encerrada en una jaula de hierro.»

Esto es lo que cuenta Cincunegui en sus *Recuerdos históricos de Lúzaro,* y, poco más o menos, es lo que decía el libro de casa de mi abuela, aunque con muchos más detalles y comentarios.

El leer aquellas aventuras de Aguirre me producía un poco la impresión que produce a los niños *Guignol* cuando apalea al gendarme y cuelga al juez. A pesar de sus crímenes y de sus atrocidades, Aguirre, el loco, me era casi simpático.

VII

EL FUNERAL DE MI TÍO JUAN

Una impresión de la infancia que me causó gran efecto, fué el funeral de mi tío Juan de Aguirre.

Durante mucho tiempo constituyó un misterio el paradero del hermano mayor de mi madre, hasta que se supo que había muerto.

Comprobé, con esa penetración que es frecuente en los chicos, que en mi familia existía cierta reserva al referirse a mi tío Juan; ni mi madre, ni su hermana Úrsula, ni mi abuela, querían hablar del desaparecido, y este misterio y esta reserva excitaron mi fantasía.

Nuestra criada la *Iñure,* que era muy supersticiosa, me aseguró que el tío Juan no había muerto.

—¿Pues dónde está?—le pregunté yo.

—Está lejos de aquí.

—¿Y por qué no viene?

—No puede venir.

—Pero ¿por qué?

Al último, y después de grandes recomendaciones para que no dijera nada a mi madre, la *Iñure* me contó que mi tío Juan se había hecho pirata, que le habían llevado a un presidio de Inglaterra, donde estaba preso con cadenas en los pies y unas letras impresas con un hierro candente en la espalda. Por eso, aunque vivía, no podía venir a Lúzaro.

La historia de la *Iñure* me sobreexcitó aún más, y exaltó mi imaginación hasta un grado extremo. De noche me figuraba ver a mi tío en su calabozo, lamentándose, desnudo, con las letras grabadas en la espalda, que se destacaban de un modo terrible.

Por esta época, y para que se fijara más en mí la memoria de mi tío, se celebró su funeral en Lúzaro. Al parecer, mi abuela recibió del cónsul de un pueblo de Irlanda una carta participándole que Juan de Aguirre había muerto. ¿Pero era verdad? La *Iñure* aseguró, rotundamente, que no.

Recuerdo muy bien el día del funeral; tan grabado quedó en mi memoria.

Mi madre me despertó al amanecer; ella estaba ya vestida de negro; yo me vestí rápidamente, y salimos los dos al camino con la *Iñure.*

Era una mañana de otoño; el pueblo comenzaba a desperezarse, las brumas iban subiendo por el monte Izarra y del puerto salía, despacio, una goleta.

Llegamos a Aguirreche; estuvimos un momento, y después, mi abuela, la tía Úrsula y mi madre, vestidas con mantos de luto, y yo con la *Iñure,* nos dirigimos a la iglesia.

La alta nave se encontraba obscura y desierta; en medio, delante del altar mayor, la cerora y el sacristán iban vistiendo de negro un catafalco mortuorio; en el suelo se entreveían una porción de objetos, trozos de madera, en donde se arrollan las cerillas amarillentas, y cestas con paños negros.

Mi abuela, mi madre y mi tía se reunieron con la cerora, y las cuatro anduvieron de un lado a otro, disponiendo una porción de cosas.

La *Iñure* quería que me sentara en uno de los bancos próximos al túmulo, donde tenían que colocarse los parientes a presidir el duelo; pero a mí me daba miedo estar allí solo.

Anduve detrás de mi madre, cogido a su falda, sin dejarla hacer nada, hasta que vino el viejo Irizar, con su traje negro y su sombrero de copa, y me tuve que sentar junto a él en el banco del centro.

Poco a poco fueron entrando mujeres vestidas de luto, que se arrodillaban, extendían paños negros en el suelo, desarrollaban la cerilla amarillenta y la encendían.

Los cirios, en el altar mayor, comenzaron a arder, y a su luz resplandeció todo el retablo churrigueresco, dorado, retorcido, con sus columnas salomónicas y sus racimos de uvas.

Arriba del crucero de la iglesia, colgaba el barco de vela y se balanceaba suavemente, como si fuera navegando hacia los esplendores de oro que brillaban en el altar mayor.

Comenzó a sonar una campana; la gente fué afluyendo, primero, poco a poco, luego de golpe; los dos bancos destinados a los parientes y amigos se llenaron, y comenzó la misa.

[Ilustración]

Yo estaba asustado; ya sabía que en el túmulo no había nadie; pero me parecia que allí dentro debía de estar agazapado el tío Juan con sus cadenas y sus letras ignominiosas en la espalda.

De cuando en cuando sonaba el órgano, y su voz armoniosa se levantaba hasta la alta bóveda. Yo miraba por todas partes, a pesar de que el viejo Irizar me exhortaba a que estuviera con más devoción.

¡Qué fervor el de aquellas mujeres! Arrodilladas sobre sus paños negros rezaban con toda su alma. Eran algunas viudas de capitanes y de pilotos, y, al recordar el hombre perdido en el mar, sollozaban.

Después de la misa, el cura se volvió hacia los fieles y rezó por el muerto y por todos los sepultados en el Océano.

Entonces los sollozos aumentaron.

Luego, el cura se acercó al catafalco a rezar sus responsos y lo roció varias veces con agua bendita.

Yo me encontraba amilanado. Al salir de la iglesia, el sol pálido iluminaba el atrio. Irizar y yo nos quedamos a la puerta. Todas las mujeres, con sus capuchones negros, cruzaron por delante de nosotros, en procesión, hacia casa de la abuela, y tras ellas fueron saliendo los señores, con su sombrero de copa, y los marineros y la gente pescadora, con los trajes de paño y las manos metidas en los bolsillos del pantalón.

Por la noche, la *Iñure* me aseguró de nuevo que mi tío Juan no había muerto. Yo le tenía que ver, tarde o temprano.

Su convencimiento se me comunicó. Estaba persuadido de que un día vería a un señor con el aspecto de marino de los libros de mi tía Úrsula, con patillas, botas altas, levitón y sombrero de hule con cintas colgantes. Hablaría con aquel señor y resultaría mi tío Juan.

Durante mucho tiempo, el misterio de Juan de Aguirre inquietó mi espíritu, y con este misterio relacionaba aquel funeral en la iglesia, con las nubes de incienso en el aire y el barco de vela colgado del crucero, como si fuera navegando hacia los fuegos de oro del altar mayor....

Una impresión semejante de misterio me producían las fiestas de Navidad. En estos días, el aire, la luz, las cosas, todo me parecía distinto.

Había la tradición, en Aguirreche, de armar un gran nacimiento en un cuarto del piso bajo. Una vieja medio loca, la *Curriqui*, vestida con una falda de flores y una toca blanca, era la encargada de explicar lo que pasaba en Belén. Llevaba una varita en la mano para mostrar las figuras, y una pandereta para acompañarse cuando cantaba villancicos. Tenía dos o tres tonadillas monótonas y unos cuantos versos monorrimos. Entre las figuritas del nacimiento había una mujer desastrada, que sin duda era la bufona. Recuerdo la canción que le dirigía la *Curriqui*. Era así:

Orra Mari Domingui
Beguira orri
Gurequin naidubela
Belena etorri.

(Ahí está Mari Domingui. ¡Miradla qué facha! Quiere venir con nosotros a Belén.)

Y la *Curriqui* seguía:

Gurequin naibadezu Belena etorri Atera bearco dezu Gona zar hori.

(Si quieres venir con nosotros a Belén, tendrás que quitarte esa falda vieja.)

El público de pescadores y de chicos celebraba estos detalles naturalistas.

La *Curriqui* volvía el día de Reyes a su escenario de Aguírreche, con una capa blanca y una corona de latón, a cantar otras canciones.

Este día, algunos pastores del monte bajaban a las casas y entonaban villancicos con voces agudas y roncas, acompañándose de panderos y de zambombas.

Si el ama de la casa les daba algunos cuartos, decían en el villacinco que se parecía a la Virgen; en cambio, si no les daba nada, le acusaban de ser una vieja bruja.

VIII

CORRERÍAS DE CHICO

Tanto me habían hablado de la maldad de los chicos, que fuí a la escuela como un borrego que llevan al matadero.

Yo estaba dispuesto a luchar, como Martín Pérez de Irizar, contra cualquier Juan Florin que me atacase, aunque mis fuerzas no eran muchas.

Al principio me puso el maestro entre los últimos, lo que me avergonzó bastante; pero pasé pronto al grupo de los de mi edad.

El maestro, don Hilario, era un castellano viejo que se había empeñado en enseñarnos a hablar y a pronunciar bien. Odiaba el vascuence como a un enemigo personal, y creía que hablar como en Burgos o como en Miranda de Ebro constituía tal superioridad, que toda persona de buen sentido, antes de aprender a ganar o a vivir, debía aprender a pronunciar correctamente.

A los chicos nos parecía una pretensión ridicula el que don Hilario quisiera dar importancia a las cosas de tierra adentro. En vez de hablarnos del Cabo de Buena Esperanza o del Banco de Terranova, nos hablaba de las viñas de Haro, de los trigos de Medina del Campo. Nosotros le temíamos y le despreciábamos al mismo tiempo.

El comprendía nuestro desamor por cuanto constituía sus afectos, y contestaba, instintivamente, odiando al pueblo y a todo lo que era vasco.

Nos solía pegar con furia.

A mí me salvó muchas veces de las palizas la recomendación de mi madre de que no me pegara, porque me encontraba todavía enfermo.

Yo, comprendiendo el partido que podía sacar de mis enfermedades, solía fingir un dolor en el pecho o en el estómago para esquivar los castigos. Me libré muchas veces de los golpes; pero perdí mi reputación de hombre fuerte. «Este chico no vale nada», decian de mí; y hasta hoy creen lo mismo.

Ahora se ríe uno pensando en las marrullerías infantiles; pero si se intenta volver con la imaginación a la época, se comprende que los primeros días de la escuela han sido de los más sombríos y lamentables de la vida.

Después se han pasado tristezas y apuros, ¿quién no los ha tenido? Pero ya la sensibilidad estaba embotada; ya dominaba uno sus nervios como un piloto domina su barco.

Sí; no es fácil que los de mi época, al retrotraerse con la memoria a los tiempos de la niñez, recuerden con cariño las escuelas y los maestros que nos amargaron los primeros años de la existencia.

Esta impresión de la escuela, fría y húmeda, donde se entumecen los pies, donde recibe uno, sin saber casi por qué, frases duras, malos tratos y castigos, esa impresión es de las más feas y antipáticas de la vida.

Es extraño; lo que ha comprendido el salvaje, que el niño, como más débil, como más tierno, merece más cuidado y hasta más respeto que el hombre, no lo ha comprendido el civilizado, y entre nosotros, el que sería incapaz de hacer daño a un adulto, martiriza a un niño con el consentimiento de sus padres.

Es una de las muchas barbaridades de lo que se llama civilización.

A los pocos días de entrar en la escuela entablé amistad con dos chicos que han seguido siendo amigos míos hasta ahora: el uno, José Mari Recalde; el otro, Domingo Zelayeta.

José Mari era hijo de Juan Recalde, el Bravo. Llamaban así a su padre por haber demostrado, repetidas veces, un valor extraordinario; José Mari iba por el mismo camino: se mostraba arrojado y valiente.

El otro chico, Chomin Zelayeta, era hijo de un tornero y vendedor de poleas del muelle.

Chomin se distinguía por su viveza y por su ingenio. El padre era un tipo, hombre enérgico, de carácter fuerte y un poco fosco, que encontraba motivos raros para sus decisiones.

—¿Por qué no se casa usted de nuevo, Zelayeta?—le dijo alguno.

—No, no; ¿para qué? Tendría que hacer mayor la casa, y no me conviene.

Habían querido una vez nombrarle concejal; pero él se opuso con todas sus fuerzas.

—Pero, hombre, ¿por qué no quieres ser concejal?

—Antes me matan—dijo él—que obligarme a llevar una levita de cola de golondrina.

Esta levita, tan aborrecida por Zelayeta, era el frac que, en ciertas solemnidades de Lúzaro, hay la costumbre de que lo vistan los concejales.

Zelayeta, padre, a pesar de sus genialidades y de sus rabotadas, era hombre de tendencia progresiva; le gustaba suscribirse a los libros por entregas, sobre todo para que los leyese su hijo.

Los primeros meses de escuela mi madre me enviaba a la *Iñure*, a la salida, y aunque la buena vieja no era muy severa conmigo, tenía que marchar a su lado, mientras mis camaradas campaban solos por donde querían.

Después de muchas súplicas y reclamaciones, conseguí libertad para ir y venir a la escuela sin rodrigón vigilante. Mi madre me recomendaba que anduviera por donde quisiera, menos por el muelle, lo cual significaba lo mismo que decirme que fuera a todos lados y a ninguno.

A pesar de sus advertencias, al salir de la escuela echaba a correr hasta las escaleras del muelle.

Otros chicos, en general los de familias terrestres o terráqueas, como dicen algunos en Lúzaro, tenían más afición a ir al juego de pelota; nosotros, los de familia marinera, entre los que nos contábamos Recalde, Zelayeta y yo, nos acercábamos al mar.

Veíamos salir y entrar las barcas; veíamos a los chicos que se chapuzaban, desnudos, en la punta de Cay luce, y a los pescadores de caña haciendo ejercicio de paciencia. Los pescadores nos conocían.

¡Qué sorpresa cuando aparecía, al final de un aparejo, un pulpo con sus ojos miopes, redondos y estúpidos, su pico de lechuza y sus horribles brazos llenos de ventosas! Tampoco era pequeña la emoción cuando salía enroscada una de esas anguilas grandes, que luchaban valientemente por la vida, o uno de esos sapos de mar, inflados, negros, verdaderamente repugnantes.

Cuando no nos vigilaba nadie nos descolgábamos por las amarras y correteábamos por las gabarras y lanchones, y saltábamos de una barca a otra.

En este punto de la independencia infantil se va ganando terreno velozmente, y yo fuí avanzando en mi camino, con tal rapidez que llegué en poco tiempo a gozar de completa libertad.

Muchas veces dejaba de ir a la escuela con Zelayeta y Recalde. Don Hilario, el maestro, mandaba recados a casa avisando que el día tal o cual no había ido; pero mi madre me disculpaba siempre y, como veía que me iba poniendo robusto y fuerte, hacía la vista gorda.

Los domingos y los días de labor que faltábamos a clase solíamos ir al arenal, nos quitábamos las botas y las medias y andábamos con los pies descalzos.

Recogíamos conchas, trozos de espuma de mar, *mangos de cuchillo* y piedrecitas negras, amarillas, rosadas, pulidas y brillantes.

Al anochecer saltaban los pulgones en el arenal, y los agujeros redondos del solen echaban burbujas de aire cuando pasaba por encima de ellos la ligera capa de agua de una ola.

Alguna vez logramos ver ese molusco, que nosotros llamábamos en vascuence *deituba* y que no sé por qué decíamos que solía estrangularse. Para hacerle salir de su escondrijo había que echarle un poco de sal.

El que tenía más suerte para los descubrimientos era Zelayeta; él encontraba la estrella de mar o la concha rara; él veía el pulpo entre las peñas o el delfín nadando entre las olas. Siempre estaba escudriñándolo todo; su padre, por esta tendencia a registrar, le llamaba el carabinero.

Los domingos mi madre comenzó a dejarme andar con los camaradas, después de hacerme una serie de advertencias y recomendaciones.

Ya, teniendo tiempo por delante, no nos contentábamos con ir al arenal; subíamos al Izarra y después íbamos descendiendo a las rocas próximas.

Cuando ya estuvimos acostumbrados a andar entre los peñascos, nos pareció la playa insípida y poco entretenida.

El fin práctico de nuestros viajes a las rocas era coger esos cangrejos grandes y obscuros que aquí llamamos carramarros, y, en otros lados, centollas y ermitaños.

El monte Izarra, a una de cuyas faldas está Lúzaro, forma como una península que separa la entrada del puerto de una ensenada bastante ancha comprendida entre dos puntas: la del Faro y la de las Animas.

El monte Izarra es un promontorio pizarroso, formado por lajas inclinadas, roídas por las olas. Estos esquistos de la montaña se apartan como las hojas de un libro abierto, y avanzan en el mar dejando arrecifes, rocas negras azotadas por un inquieto oleaje, y terminan en una peña alta, negra, de aire misterioso, que se llama Frayburu.

Para hacer nuestras excursiones solíamos reunimos a la mañanita en el muelle, pasábamos por delante del convento de Santa Clara, y por una calle empinada, con cuatro o cinco tramos de escaleras, salíamos a un callejón formado por las tapias de unas huertas. Luego cruzábamos maizales y viñedos y salíamos más arriba, en el monte, a descampados pedregosos con helechos y hayas.

En la punta del Izarra debió de haber en otro tiempo una batería; aun se notaba el suelo empedrado con losas del baluarte y el emplazamiento de los cañones. Cerca existía una cueva llena de maleza, donde solíamos meternos a huronear.

Era un agujero, sin duda hecho en otro tiempo por los soldados de la batería, para guarecerse de la lluvia, y que a nosotros nos servía para jugar a los Robinsones.

El viejo Yurrumendi, un extraño inventor de fantasías, le dijo a Zelayeta que aquella cueva era un antro donde se guarecía una gran serpiente con alas, la *Egan suguia*. Esta serpiente tenía garras de tigre, alas de buitre y cara de vieja. Andaba de noche haciendo fechorías, sorbiendo la sangre de los niños, y su aliento era tan deletéreo que envenenaba.

Desde que supimos esto, la cueva nos imponía algún respeto. A pesar de ello, yo propuse que quemáramos la maleza del interior. Si estaba la *Egan suguia* se achicharraría, y si no estaba, no pasaría nada. A Recalde no le pareció bien la idea. Así se consolidan las supersticiones.

La parte alta del Izarra era imponente. Al borde mismo del mar, un sendero pedregoso pasaba por encima de un acantilado cuyo pie estaba horadado y formado por rocas desprendidas. Las olas se metían por entre los resquicios de la pizarra, en el corazón del monte, y se las veía saltar blancas y espumosas como surtidores de nieve.

Algunos chicos no se atrevían a asomarse allí, de miedo al vértigo; a mí me atraía aquel precipicio.

Allá abajo, en algunos sitios, las piedras escalonadas formaban como las graderías de un anfiteatro. En los bancos de este coliseo natural quedaban, al retirarse la marea, charcos claros, redondos, pupilas resplandecientes que reflejaban el cielo.

El mismo Yurrumendi aseguraba, según Zelayeta, que aquellas gradas estaban hechas para que las sirenas pudieran ver desde allá las carreras de los delfines, las luchas de los monstruos marinos que pululan en el inquieto imperio del mar.

El agua, verde y blanca, saltaba furiosa entre las piedras; las olas rompían en lluvia de espuma, y avanzaban como manadas de caballos salvajes, con las crines al aire.

Lejos, a media milla de la costa, como el centinela de estos arrecifes, se levantaba la roca de aspecto trágico, Frayburu.

Los pescadores decían que enfrente de Frayburu, el monte Izarra tenía una gran cavidad, una enorme y misteriosa caverna.

Pasada esta parte, el Izarra se cortaba en un acantilado liso, pared negra y pizarrosa, veteada de blanco y de rojo, en cuyas junturas y rellanos nacían ramas y hierbas salvajes.

Aquí, el mar de mucho fondo era menos agitado que delante de los arrecifes.

Cuando ya bajaba el camino, se veía la playa de las Animas, entre la punta del Faro y otro promontorio lejano. Sobre el arenal de la playa se levantaban dunas tapizadas de verde, y las casitas esparcidas de la barriada de Izarte, echando humo.

Ya cerca de la punta del Faro abandonábamos el camino para meternos entre las rocas. Había por allí agujeros como chimeneas, que acababan en el mar. En algunas de estas simas se sentía el viento, que movía las florecillas de la entrada; en otras se oía claramente el estrépito de las olas.

Saltábamos de peña en peña, y solíamos avanzar hasta los peñascos más lejanos; pero cuando comenzaba a subir la marea teníamos que correr, huyendo de las olas, y a veces descalzarnos y meternos en el agua.

En la marea baja, entre las rocas cubiertas de líquenes, solían verse charcos tranquilos, olvidados al retirarse el mar. Muchas horas he pasado yo mirando estos aguazales. ¡Con qué interés!¡Con qué entusiasmo!

Bajo el agua transparente se veía la roca carcomida, llena de agujeros, cubierta de lapas. En el fondo, entre los líquenes verdes y las piedrecitas de colores, aparecían rojos erizos de mar cuyos tentáculos blandos se contraían al tocarlos. En la superficie flotaba un trozo de hierba marina, que al macerarse en el agua, quedaba como un ramito de filamentos plateados, una pluma de gaviota o un trozo de corcho. Algún pececillo plateado pasaba como una flecha, cruzando el pequeño océano, y de cuando en cuando el gran monstruo de este diminuto mar, el cangrejo, salía de su rincón, andando traidoramente de lado, y su ojo enorme inspeccionaba sus dominios buscando una presa.

Algunos de estos charcos tenían sus canales para comunicarse unos con otros, sus ensenadas y sus golfos; viéndolos, yo me figuraba que así, en gran tamaño, serían los océanos del mundo.

En los recodos de las peñas donde se amontonaban las algas y se secaban al sol, me gustaba también estar sentado; ese olor fuerte de mar me turbaba un poco la cabeza, y me producía una impresión excitante como la del aroma de un vino generoso.

Las horas se nos pasaban entre las rocas, en un vuelo; casi siempre yo llegaba tarde a casa.

Muchos domingos el tiempo nos fastidiaba; comenzaba a llover de una manera desastrosa, y mi madre no me dejaba salir. Le acompañaba a Aguirreche, comíamos en casa de mi abuela y pasábamos la tarde allí. ¡Qué aburrimiento!

Se formaba una tertulia de señoras respetables, entre las que había dos o tres viudas de capitanes y pilotos, y al anochecer se tomaba chocolate.

...Y yo oía la charla continua, en vascuence, de las amigas de mi abuela, y veía con desesperación el caer de la lluvia continua y monótona, y escuchaba el ruido de los chorros de agua que caían de los canalones a chocar en las aceras.

IX

YURRUMENDI, EL FANTÁSTICO

En mi tiempo, el muelle largo de Lúzaro, que en vascuence se llama *Cay luce*, no era tan ancho ni tan bien empedrado como ahora; tenía una pequeña muralla, y en vez de terminar en el Rompeolas, concluía en las mismas peñas.

A todo lo largo del muelle, en aquella época y en ésta, sigue pasando lo mismo; había casas de pescadores con balcones, ventanas y galerías de madera, adornados por colgaduras formadas por camisetas encarnadas, medias azules, sudestes amarillentos, aparejos y corchos.

En estas casas hay siempre ropa tendida, lo que depende, en parte, del instinto de limpieza de esa gente pescadora, y en parte, de lo difícilmente que se seca lo impregnado por el agua del mar.

Entre las casas de a lo largo del muelle de *Cay luce*, antes, como ahora, había algunos almacenes de carbón, y una fila de tabernas en donde los pescadores se reunían y se reúnen a beber y a discutir, y que destilaban, sobre todo los domingos, por su única puerta, una tufarada de sardina frita, de atún guisado con cebolla, y de música de acordeones.

Entre aquellas tabernas había la del *Telescopio*, la de la *Bella Sirena*, la del *Holandés*, la *Goizeco Izarra* (Estrella de la mañana); y la más célebre de todas era la de Joshe Ramón, conocida por el *Guezurrechape de Cay luce*, o sea, en castellano, el Mentidero del muelle largo.

En este muelle y a pocos pasos del Mentidero, tenía su taller el padre de Zelayeta. En la ventana de la casa, convertida en escaparate, exponía poleas de madera, faroles, cañas de pescar, un cinturón de salvavidas....

El padre de Zelayeta trabajaba en su torno con un aprendiz, y, mientras él torneaba, solían sentarse a la puerta, a charlar, algunos amigos.

Yo me había hecho íntimo de Chomin Zelayeta. Chomin era muy hábil y muy pacienzudo. Llegó a domesticar un gavilán pequeño, y el pájaro, cuando se hizo grande, reñía con todos los gatos de la vecindad. Los días de tormenta se ocultaba en algún agujero obscuro, y no salía hasta que pasaba.

Zelayeta sentía, como yo, el entusiasmo por la isla desierta y por los piratas, y, como tenía talento para ello, dibujaba los planos de los barcos en que íbamos a navegar los dos, y de las islas desconocidas en donde pasaríamos el aprendizaje de Robinsones.

Nuestra inclinación aventurera, en la cual latía ya la inquietud atávica del vasco, pudo aumentarse más oyendo las narraciones de Yurrumendi el piloto, el viejo y fantástico Yurrumendi, amigo y contertulio de Zelayeta padre.

Eustasio Yurrumendi había viajado mucho; pero era un hombre quimérico a quien sus fantasías turbaban la cabeza. Todos tenemos un conjunto de mentiras que nos sirven para abrigarnos de la frialdad y de la tristeza de la vida; pero Yurrumendi exageraba un poco el abrigo.

Era Yurrumendi un hombre enorme, con la espalda ancha, el abdomen abultado, las manos grandísimas, siempre metidas en los bolsillos de los pantalones, y los pantalones, a punto de caérsele, tan bajo se los ataba.

Tenía una hermosa cara noble, roja; el pelo blanco, patillas muy cortas y los ojos pequeños y brillantes. Vestía muy limpio; en verano, unos trajes de lienzo azul, que a fuerza de lavarlos estaban siempre desteñidos; y en invierno, una chaqueta de paño negro, fuerte, que debía de estar calafateada como una gabarra. Llevaba una gorra de punto con una borla en medio. Era soltero, vivía solo, con una patrona vieja; fumaba mucho en pipa, andaba tambaleándose y llevaba un anillo de oro en la oreja.

Yurrumendi había formado parte de la tripulación de un barco negrero; navegado en buques franceses, armados en corso; vivido en prisión por sospechoso de piratería. Yurrumendi era un lobo de mar. El Atlántico le conocía desde Islandia y las islas de Lofoden, hasta el Cabo de Buena Esperanza y el de Hornos. Sabía lo que son las tempestades del Pacífico y los tifones del mar de las Indias.

Yurrumendi había visto mucho; pero más que lo que había visto, le gustaba contar lo que había imaginado.

A Chomin Zelayeta y a mí nos tenía locos con sus narraciones.

Nos decía que en el fondo del mar hay, como en la tierra, bosques, praderas, desiertos, montañas, volcanes, islas madrepóricas, barcos sumergidos, tesoros sin cuento y un cielo de agua casi igual al cielo de aire.

A todo esto, muy verdad, unía las invenciones más absurdas.

[Ilustración]

—Algunas veces—decía—el mar se levanta como una pared, y en medio se ve un agujero como si estuviera lleno de perlas. Hay quien dice que, si se mete uno por ese agujero, se puede andar como por tierra.

—¿Y adónde lleva ese agujero?—preguntaba alguno con ansiedad.

—Eso no se puede decir aunque se sepa—contestaba seriamente Yurrumendi—; pero hay quien asegura que dentro se ve una mujer.

—Alguna sirena—decía el padre de Zelayeta, con ironía.

—¡Quién sabe lo que será!—replicaba el viejo marino.

Siempre que Yurrumendi hablaba de sí mismo, lo hacía como si se tratara de un extraño, en tercera persona. Así decía: Entonces Yurrumendi comprendió.... Entonces Yurrumendi dijo tal cosa.

Parecía que sentía ciertas dudas sobre su personalidad.

Yurrumendi tenía una fantasía extraordinaria. Era el inventor más grande de quimeras que he conocido. Según él, detrás del monte Izarra, un poco más lejos de Frayburu, había en el mar una sima sin fondo. Muchas veces, él echó el escandallo; pero nunca dió con arena ni con roca. Se le decía que su sonda era, seguramente, corta; pero Yurrumendi aseguraba que, aunque fuera de cien millas, no se encontraría el fondo.

Respecto a la cueva que hay en el Izarra, frente a Frayburu, él no quería hablar y contar con detalles las mil cosas extraordinarias y sobrenaturales de que estaba llena; le bastaba con decir que un hombre, entrando en ella, salía, si es que salía, como loco. Tales cosas se presenciaban allí. Bastaba decir que las sirenas, los unicornios navales y los caballos de mar andaban como moscas, y que un gigante, con los ojos encarnados, tenía en la cueva su misteriosa morada.

Este gigante debía ser hermano, o por lo menos primo, de otro, no se sabe si tan grande, pero sí con los ojos rojos, que en época de mayor candidez y de mayor temor de Dios aparecía en Donosti, entre las rocas de la Zurriola, con un pez en la mano, y a quien se le preguntaba:

¿Onentzaro begui gorri
Nun arrapatu dec array hori?

(¿Onentzaro, el de los ojos encarnados, dónde has cogido ese pez?)

Y el pobre gigante de los ojos encarnados, en vez de desdeñar la pregunta impertinente de su interlocutor, contestaba con amabilidad:

Bart arratzean amaiquetan
Zurriyolaco arroquetan.

(Ayer noche, a las once, en las rocas de la Zurriola.)

No sé a punto fijo en qué categoría colocaba Yurrumendi a su gigante de los ojos encarnados; pero creo que no le consideraba a la altura de la *Egan suguia*, la gran serpiente alada del Izarra, con sus alas de buitre, su cara siniestra de vieja y su aliento infeccioso.

Nos hablaba, también, Yurrumendi de esos pulpos gigantescos con sus inmensos tentáculos, que pueden hacer naufragar una fragata; del mar de los Sargazos, en donde se navega por tierra, por verdadera tierra, que se abre para dejar pasar un buque; de los países donde nievan plumas; de los delfines, que tienen esa extraña simpatía mal explicada por los hombres; de las sentimentales ballenas, cuya desgracia es pensar que la humanidad estima más su aceite que su melancólico corazón; de los mil enanos jorobados y extravagantes de las costas de Noruega; de las serpientes de mar que persiguen, aullando, a los barcos; de la araña del Kraken, en el pino de Portland, en Inglaterra, y de ese monstruo terrible del Maëlstrom, cuyas fauces sorben el mar y tragan las imprudentes naves haciéndolas desaparecer en sus gigantescas entrañas. También le daba mucha importancia a la *Curcushada* (los cuernos de la luna), que creía que tenía una gran relación con la vida de los hombres.

Otro de los motivos favoritos de Yurrumendi era la descripción de la isla del Fuego, en donde él había estado alguna vez. En la cumbre de esta montaña inaccesible arde un fuego intermitente que se enciende de noche y se apaga de día.

Alguno pensaba que quizá se trataba de un volcán cuyas llamas no se pueden ver a la luz del sol; pero Yurrumendi aseguraba que esta hoguera la hacían todas las noches las almas de los marineros del célebre pirata Kidd, que guardan allí un inmenso tesoro escondido.

Otra de las cosas más interesantes que algunos llegaban a ver en el mar, según Yurrumendi, era un buque fantasma, tripulado por un capitán holandés. Este perdido, borracho, blasfemador y cínico pirata, anda, con un equipaje de canallas, haciendo fechorías por el mar. Si el maldito holandés se acerca al barco de uno, el vino se agria; el agua se enturbia; le carne se pudre. Si le envía a uno una carta, ya puede no leerla, porque se vuelve loco inmediatamente, tales absurdos y mentiras dice.

Yurrumendi contaba que sólo una vez había visto, a lo lejos, al maldito holandés; pero, afortunadamente, no se le había acercado.

Otras veces, el viejo marino nos contaba una serie de crueldades horribles: piratas que mandaban cortar la lengua o las manos a los que caían en su poder; otros que echaban al agua a sus enemigos, metidos en una jaula y con los ojos vaciados. Nos hacía temblar, pero le oíamos. Hay un fondo de crueldad en el hombre, y sobre todo en el niño, que goza obscuramente cuando la barbarie humana sale a la superficie.

Casi siempre, al hablar de las piraterías y de las brutalidades de los barcos negreros, Yurrumendi solía recordar una canción en vascuence.

—Esta canción—solía decir—la cantaba Gastibeltza, un piloto paisano nuestro, de un barco negrero en donde yo estuve de grumete. Gastibeltza solía cantarla cuando dábamos vuelta al cabrestante para levantar el ancla, o cuando se izaba algún fardo.

—¿Cómo era la canción?—le decíamos nosotros, aunque la sabíamos de memoria—. ¡Cántela usted!

Y él cantaba con su voz ronca de marino, formada por los fríos, las nieblas, el alcohol y el humo de la pipa:

Ateraquiyoc
Emanaquiyoc
Aurreco orri
Elduaquiyoc
Orra! Orra!
Cinzaliyoc
Itsastarra oh! oh!
Balesaquiyoc.

Lo que quería decir en castellano: «Sácale! Dale! A ese de adelante, agárrale. Ahí está, ahí esta, cuélgale, marinero, oh! oh! Puedes estar satisfecho.»

Nadie cantaba esta canción como Yurrumendi; al oírla, yo me figuraba una tripulación de piratas al abordaje, trepando por las escalas de un barco, con el cuchillo entre los dientes.

Para Zelayeta y para mí, los relatos de Yurrumendi fueron una revelación. Estábamos decididos; seríamos piratas, y después de aventuras sin fin, de desvalijar navios y bergantines, y burlarnos de los cruceros ingleses; después de realizar el tesoro de viejas onzas mejicanas y piedras preciosas, que tendríamos en una isla desierta, volveríamos a Lúzaro a contar, como Yurrumendi, nuestras hazañas. Si por si acaso teníamos loro, para que no nos denunciase, como contaba la *Iñure*, le ataríamos una piedra al cuello y lo tiraríamos al mar.

Zelayeta hizo el plano de la casa que construiríamos fuera del pueblo, en un alto, cuando volviéramos a Lúzaro.

En aquella época, Yurrumendi era nuestro modelo; solíamos andar, como él, balanceándonos con las piernas dobladas y los puños cerrados, y fumábamos en pipa, aunque yo, por mi parte, a los dos chupadas no podía con el mareo.

Cuando nuestro amigo, el viejo lobo de mar, estaba más alegre que de ordinario, contaba cuentos. Sus cuentos no se diferenciaban gran cosa de las historias que él tenía por verdaderas.

Pero entre ellos había uno a quien él daba infinitas variantes.

[Ilustración]

El asunto se reducía a un marinero, buena persona, aunque un poco borracho, que se encontraba con un viejo mendigo zarrapastroso y sucio. El mendigo pedía, humildemente, un ligero favor, el marinero se lo hacía, y el viejo resultaba nada menos que San Pedro, que en agradecimiento concedía al marinero un don.

Este don variaba en los diferentes cuentos: en unos era una bolsa, de donde salía todo lo que se deseaba con decir unas cuantas frases sacramentales; en otros, una semilla maravillosa que plantada se convertía en poco tiempo en un árbol, de tal naturaleza, que daba madera para diez o doce fragatas y otros tantos bergantines, y todavía sobraba.

Le gustaba a Yurrumendi, cuando relataba estos cuentos extraordinarios, documentar sus narraciones con una exactitud matemática, y así decía: «Una vez, en Liverpool, en la taberna del Dragón Rojo....» O si no: «Nos encontrábamos en el Atlántico, a la altura de Cabo Verde....»

Cuando se trataba de un barco, siempre tenía que explicar con detalles la clase de su aparejo, su tonelaje y sus condiciones marineras.

Últimamente, las serpientes aladas, las sirenas, las brujas y la *Curcushada*, en combinación con la vejez y con el alcohol, le trastornaron un poco. Yo, que, de muchacho, tenía cierto ascendiente sobre él, intentaba convencerle de que debía tomar aquel mundo fantástico como real, si quería, pero sin darle demasiada importancia.

El solía replicarme, de una manera solemne:

—Shanti, tú sabes más que nosotros, porque has estudiado; pero otros de más edad y de más saber que yo han visto estas cosas.

—Es verdad—decía algún viejo ámigo suyo.

¡Pobre Yurrumendi! Daría cualquier cosa por verle en la tienda de poleas de Zelayeta o en el Guezurrechape de Cay hice, contando sus cuentos; pero los años no pasan en balde, y hace ya mucho tiempo que Yurrumendi duerme el sueño eterno en el Camposanto de Lúzaro.

X

LAS INDIGNACIONES DE SHACU

Recalde, Zelayeta y yo ingresamos en la Escuela de Náutica. Hubiéramos preferido ir, como los chicos del muelle, a pescar con algún viejo marinero: pero no podíamos. Eramos víctimas de nuestra posición elevada. Si queríamos ser marinos de altura, teníamos que estudiar, y, para nosotros, el ser pilotos de derrota constituía una gran superioridad.

Afortunadamente, después del curso con don Gregorio Azurmendi, que nos explicaba matemáticas vestido de frac y corbata blanca, llegaron las vacaciones de verano. Yo no podía hacer grandes escapadas, porque estaba vigilado; pero algunas veces me fui a pescar chipirones y jibias con un pescador, fuera de las puntas. Mi madre se alarmaba tanto, que me quitaba todos los alientos.

—No se qué vas a hacer cuando me embarque—le decía.

—Entonces, ya veremos.

Como tenía tantas dificultades para andar en lancha, decidimos Zelayeta y yo comprar un barco de juguete para ver cómo se hacían las maniobras, y fuimos los dos a casa de Caracas, que era el maestro constructor de aquella clase de barquitos. Los chicos le considerábamos a Caracas como un ingeniero naval admirable, y pensábamos que lo mismo que un modelo haría una fragata.

Caracas tenía su tienda en la punta del muelle; un agujero negro, socavado en la muralla, donde vendía alquitrán, sebo, barricas, clavos, maderas embreadas, redes y anzuelos de todas clases. Adornaba el fondo de esta covacha un gran mascarón de proa, pintado y dorado, de algún barco antiguo.

Caracas, además de comerciante, era carpintero; de tarde en tarde tenía que hacer algún modelo de barco de vela, para colgarlo en la iglesia de un pueblo próximo, y, cuando estaba concluído y pintado, los pescadores amigos desfilaban por el rincón aquel, para ver la obra maestra. También hacía modelos para algunos marinos como ex voto. Sabido es que el llevar un modelo a una ermita es una forma de aplacar a la divinidad.

El hermano de Caracas había sido hasta su muerte uno de los hombres más trapisondistas del pueblo; algunos aseguraban que había dejado más de media docena de viudas en diferentes puntos de España y de América, y una porción de herencias fabulosas en su testamento, herencias que no existían mas que en su acalorada imaginación.

En la cueva de Caracas solían estar a todas horas, de tertulia, un borracho, que se llamaba Joshepe Tiñacu, y un tipo mediotonto, de blusa azul y de gorro rojo, que vigilaba las lanchas, apodado Shacu.

Zelayeta y yo intimamos con aquellos y otros avinados personajes, al ir a ver cuándo concluía Caracas nuestro barco.

Joshepe Tiñacu era de esos marineros holgazanes y borrachos que se pasan la vida en el puerto con las manos en los bolsillos. Muy de tarde en tarde se embarcaba y volvía pronto a Lúzaro. Continuamente andaba de taberna en taberna y de sidrería en sidrería. Cuando estaba borracho hacía tales dibujos por las calles, que, como decía Yurrumendi, sólo por verle marchar trompicando, se le podía convidar a vino.

Al llegar Joshepe Tiñacu a casa, se paraba, y, con voz suave e insinuante, solía decir a su mujer:

—Anthoni, saca el disco.

La mujer se asomaba a la ventana con una luz, y el borracho, entonces, entraba en su casa.

Cuando Caracas concluyó nuestro barco, fuimos, Zelayeta y yo, a la rampa del muelle, lo pusimos en el agua, y el barco, como si estuviera cansado, se tendió suavemente y se le mojaron las velas.

Por más arreglos que intentamos hacer, no llegamos a poner a flote el barco construído por Caracas. Como decorativo, lo era; para aparecer colgado en el crucero de una iglesia estaba muy bien; pero no andaba en el agua.

Así son muchas de nuestras cosas.

Para mitigar este fracaso, Shacu se avino, por consejo de Caracas, a prestarnos una chanela de Zapiain, el relojero y corredor de comercio. Esta chanela, que Shacu guardaba, se llamaba el *Cachalote.*

Al principio le dábamos al guardián alguna moneda para tenerle contento; pero luego le cogíamos la lancha sin decirle nada. Mientras veía que entrábamos en el bote, hacía como que no se fijaba; pero cuando pasábamos por delante del agujero de Caracas, Shacu se adelantaba y se ponía a gritar con todas sus fuerzas:

—¡Dejad esa lancha, granujas!

Nosotros no le hacíamos caso, seguíamos remando, y él, más enfurecido gritaba:

—¡Ladrones! ¡Piratas! ¡Corsarios! Ojalá os muráis de repente.

Entonces Zelayeta, que a veces tenía mala intención, le decía:

—Vamos a vender tu lancha. ¡Llora, Shacu!

Y a él le entraba tal desesperación, que pateaba, tiraba el gorro rojo al suelo, y casi comenzaba a llorar de rabia.

Con el *Cachalote* no andábamos mas que por el puerto y por la ría; no nos atrevíamos a cruzar la barra en una lancha tan ligera, porque una ola un poco más fuerte podía tumbarla.

Si el puerto no tenía nada que ver, en cambio la ría era muy bonita. Una de las orillas la formaba un arenal fangoso, en donde estaba el astillero de Shempelar. En la marea baja, en este arenal se pescaban anguilas, y constantemente había una serie de barcas negras, en hilera. La otra orilla era agreste, rocosa; mostraba entre las peñas y matorrales cuevas en donde, según la tradición popular se guardaban armas cuando la guerra de la Independencia. Nosotros, Zelayeta, Recalde y yo, encontramos en una un gran cañón de bronce; pero hicimos los tres juramento de no comunicar a nadie nuestro hallazgo.

Un poco más lejos, antes de la primera presa, había poéticos rincones llenos de espadañas y de saúcos, y una pequeña gruta por donde brotaba un manantial.

Al volver de nuestras expediciones, a Shacu se le había pasado la rabieta. Únicamente alguna vez nos recomendó, en tono de malhumor, que no volviéramos a coger el *Cachalote.* Al domingo siguiente se lo volvíamos a robar.

Un día nos decidimos a pasar la barra, y desde entonces perdimos el miedo y entrábamos y salíamos del puerto con el *Cachalote*, aunque hubiera mucho oleaje.

[Ilustración]

[Ilustración]

XI

EL NAUFRAGIO DEL «STELLA MARIS»

Una mañana de otoño, tendría yo entonces catorce o quince años, vino Recalde, antes de entrar en clase en la Escuela de Náutica, y nos llamó a Zelayeta y a mí.

Una goleta acababa de encallar detrás del monte Izarra, cerca de las rocas de Frayburu.

Recalde el Bravo, padre de nuestro camarada Joshe Mari, y otro patrón, llamado Zurbelcha, habían salido en una trincadura para recoger a los náufragos. Decidimos, Zelayeta, Recalde y yo no entrar en clase, y, corriendo, nos dirigimos por el monte Izarra hasta escalar su cumbre.

Hacía un tiempo obscuro, el cielo estaba plomizo, y una barra amoratada se destacaba en el horizonte; el viento soplaba con furia, llevando en sus ráfagas gotas de agua. Las masas densas de bruma volaban rápidamente por el aire. Tomamos el camino del borde mismo del acantilado; las olas batían allí abajo haciendo estremecerse el monte. La niebla iba ocultándolo todo, y el mar se divisaba a ratos con una pálida claridad que parecía irradiar de las aguas.

Contemplábamos atentos el telón gris de la bruma. De pronto, tras de un golpe furioso de viento, salió el sol, iluminando con una luz cadavérica el mar lleno de espuma y de color de barro.

Con aquella claridad de eclipse vimos entre las olas la lancha que intentaba acercarse a la goleta encallada.

—¿Es tu padre el que va de patrón?—le pregunté yo a Recalde.

—No, es Zurbelcha—me dijo él.

Zurbelcha, envuelto en el sudeste, encorvado hacia adelante, llevaba el remo que hacía de timón, era el práctico que conocía mejor la costa y los arrecifes.

Un movimiento a destiempo, y la lancha se estrellaría entre las rocas. Zurbelcha tenía los nervios de acero, y una precisión de algo matemático. Los remos se hundían y se levantaban rítmicamente; a veces los remeros daban una pasada para atrás, con el objeto de no avanzar, sin duda esquivando alguna roca. Olas como montes y nubes de espuma ocultaban, durante algún tiempo, a aquellos valientes.

En la cubierta del barco encallado, dos hombres y una mujer accionaban y gritaban. El viento nos trajo sus voces.

La lancha se fué acercando al costado de la goleta, estuvo sólo un momento junto a ella, y se desasió violentamente del casco del buque perdido y se hundió entre las espumas. Los dos hombres y la mujer desaparecieron de la cubierta.

Creímos que la trincadura había desaparecido en el mar. Esperamos con ansiedad, registrando el horizonte con la mirada. Allá estaban; los vimos entre la niebla. Zurbelcha seguía inclinado sobre su remo y la lancha avanzaba hacia el puerto.

Quedaba otra dificultud: el pasar la barra. Recalde, Zelayeta y yo llegamos a la punta del muelle en este momento. El atalayero, desde las rocas, fué dando instrucciones con la bocina a Zurbelcha, y la lancha pasó sin dificultad.

Poco después los náufragos estaban en tierra firme. De los dos hombres, uno era alto, viejo, de sotabarba, vestido de negro, con gorra; el otro, pequeño y moreno. La mujer llevaba un niño en brazos.

Zapiain, el relojero y corredor de comercio, se entendió con ellos. Eran bretones, no hablaban mas que su idioma y algo de francés.

La goleta se llamaba *Stella Maris*, y era de la matrícula de Quimper. No pudieron explicar lo que había pasado con los demás marineros. Sin duda la tripulación del barco, dándose cuenta del peligro antes que el capitán, se apoderó del bote, que chocó con algún arrecife y se fué a pique.

Días después, pasado el temporal, se intentó sacar de los escollos al *Stella Maris;* pero fué imposible. La quilla estaba hincada entre los peñascos de Frayburu, y no hubo manera de arrancarla de allí y de poner el barco a flote.

Los prácticos desistieron de la empresa, y aconsejaron al capitán bretón que aprovechara la carga y abandonara lo demás.

Así se hizo; cuando mejoró el tiempo unos cuantos hombres descargaron el barco y lo desmantelaron. Quince días después, el cabo de miqueletes del puerto de la carretera de Elguea participó al comandante de Lúzaro que en la peña llamada *Leizazpicua* encontraron el cadáver de un hombre de unos cuarenta años de edad, arrojado por las olas.

Vestía el cadáver, traje de marinero, compuesto de elástica de lana de punto y pantalón y chaleco con botones amarillos. Aparecía calzado sólo en el pie derecho; le faltaba la mano del mismo lado y tenía el rostro carcomido. Sentí verlo, porque después, durante mucho tiempo, se me venía su imagen a la memoria.

XII

NUESTRA GRAN AVENTURA

Cuando vi que el *Stella Maris* quedaba abandonado, se me ocurrió el proyecto de ir hasta él y reconocerlo. Tenía la ilusión de que, por una casualidad, pudiese quedar a flote. Al exponer mi plan a Zelayeta y a Recalde les produjo a los dos entusiasmo y asombro.

Decidimos esperar a que cesaran las lluvias; tuvimos que aguardar todo el invierno. Las fantasías que edificamos sobre el *Stella Maris* no tenían fin, lo pondríamos a flote, llevaríamos a bordo el cañón enterrado en la cueva próxima al río, y nos alejaríamos de Lúzaro disparando cañonazos.

Un día de marzo, sábado por la tarde, de buen tiempo, fijamos para el domingo siguiente nuestra expedición.

Yo advertí por la noche a mi madre que íbamos los amigos a Elguea, y que no volveríamos hasta la noche.

El domingo, al amanecer, me levanté de la cama, me vestí y me dirigí de prisa hacia el pueblo. Recalde y Zelayeta me esperaban en el muelle. Zelayeta dijo que quizá fuera mejor dejar la expedición para otro día, porque el cielo estaba obscuro y la mar algo picada; pero Recalde afirmó que aclararía.

Ya decididos, compramos queso, pan y una botella de vino en el *Guezurrechape* del muelle; bajamos al rincón de *Cay erdi* donde guardaba sus lanchas Shacu; desatamos el *Cachalote* y nos lanzamos al mar. Llevábamos un ancla pequeña de cuatro uñas, atada a una cuerda, y un achicador consistente en una pala de madera para sacar agua.

Iríamos dos remando y uno en el timón, y nos reemplazaríamos para descansar. Salimos del puerto; el horizonte se presentaba nublado, con algunos agujeros, en cuyo fondo brillaba el azul del cielo; pasamos la barra en nuestro *Cachalote*, que bailaba sobre las olas como un cetáceo jovial, y comenzamos a doblar el Izarra a larga distancia de los arrecifes.

Yo me acordaba de las fantasías de Yurrumendi acerca de la sima que hay en aquel sitio en el mar, y me veía bajando al insondable abismo con una velocidad de veinticinco millas por minuto.

A pesar de las seguridades de Recalde, el cielo no aclaraba; por el contrario, iba quedando más turbio, más gris; había pocas traineras y lanchas de pesca fuera del puerto.

El viento soplaba con fuerza, en ráfagas violentas; las olas batían las rocas del Izarra produciendo un estruendo espantoso y llenándolas de espuma.

Pasamos por delante de Frayburu, la peña grande, negra, la hermana mayor de las rocas del Izarra, que desde el mar parece un torreón en ruinas.

Comenzamos a acercarnos al *Stella Maris*. El aspecto de la goleta con los mástiles rotos, tumbada sobre una banda como un animal herido en el corazón, era triste, lastimoso.

El mar chocaba contra las peñas y sobre el costado del barco, produciendo un ruido violento como el de un trueno, las gaviotas comenzaban a revolotear en derredor nuestro, lanzando gritos salvajes.

Estábamos emocionados; Zelayeta y yo, creo que hubiéramos vuelto a Lúzaro con mucho gusto, pero nada dijimos. Recalde no era de los que retroceden. Las dificultades y el peligro le excitaban. Proponiéndole volver no le hubiéramos convencido, y, tácitamente, los dos más reacios nos decidimos a obedecerle. Terco, pero sin arrebatos, Joshe Mari era hábil y marino de instinto.

Sabía que había un canalizo estrecho, de cuatro o cinco brazas, entre los arrecifes, y quería penetrar por él para acercarse a la goleta. Muchas veces enfilamos la entrada del canal; pero al ir a tomarlo nos desviábamos.

Recalde nos mandaba aguantar en sentido contrario para detenernos.

—¡Ciad! ¡Ciad!—gritaba.

Y nosotros metíamos las palas de los remos en el agua, resistiendo todo lo posible.

Hubo un instante en que no pudimos contrarrestar el impulso de una ola, y entramos en el canalizo rasando las rocas, envueltos en nubes de espuma, expuestos a hacernos pedazos.

Alrededor, cerca de nosotros, todo el mar estaba blanco; en cambio, por contraste, más lejos parecía completamente negro.

Las olas saltaban sobre las peñas con tal fuerza que, al caer la espuma en copos blancos como nieve líquida, nos calaba la ropa.

A medida que avanzábamos en el canal, el mar iba quedando más tranquilo; el agua verdosa, casi inmóvil, se cubría de meandros de plata.

Cuando nos vimos en seguridad nos miramos satisfechos. Zelayeta se puso a proa con el bichero, y Recalde y yo, unas veces remando y otras empujando contra las rocas, avanzamos despacio. De pronto, Zelayeta gritó, mientras apretaba con el bichero:

—¡Eh! Parad.

—¿Qué pasa?

—Hay que pararse. Perdemos fondo.

El bote iba rasando la roca. Nos detuvimos. Estábamos a veinte pasos del barco. Yo vi que de la popa colgaba una braza de cuerda; salté de peña en peña y comencé a escalar el *Stella Maris* a pulso.

[Ilustración]

Al asomarme por la borda, una bandada de pájaros y de gaviotas levantó el vuelo, y tal impresión me hicieron que por poco me caigo al mar.

Algunas de aquellas furiosas aves me atacaban a picotazos y revoloteaban alrededor de mí lanzando gritos agudos. Con un trozo de amarra pude defenderme y hacerlas huír.

—¿Qué pasa?—gritó Recalde.

—Nada—dije yo—. Son pájaros. Se puede subir.

—Echa esa cuerda.

Les eché una cuerda, que ataron al *Cachalote*, y luego, saltando como yo, de una piedra en otra, subieron al barco.

Tomamos posesión, solemnemente, del *Stella Maris*. Fué lástima que no tuviéramos el cañón de la cueva del río para saludar con salvas nuestra primera conquista.

Luego nos dispusimos a reconocer el barco. El *Stella Maris* estaba hundido por la proa y levantado por la popa. La cubierta se hallaba rajada a consecuencia de haberse venido abajo los palos y las poleas. En la parte donde no llegaba el agua se amontonaban excrementos de pájaros, huesos de gaviotas y plumas; cerca de la proa, desencuadernada, deshecha y humedecida por la marea, las tablas se hallaban cubiertas de algas y de fucos y resbaladizas como una cucaña.

La humedad y el sol iban abriendo las maderas y derritiendo la brea; todos los hierros y argollas se hallaban roídos por el orín; la rueda del timón giraba todavía, chirriando; no se tocaba nada que no se desmoronase; algunos manojos de maromas, como serpientes enroscadas, se pudrían sobre cubierta.

Recalde, que forcejeaba para abrir la escotilla de popa, llegó a conseguirlo y desapareció por ella.

—¿Se puede andar por ahí?—le preguntamos.

—Sí, hay agua; pero se puede andar.

Bajamos los tres y registramos el camarote principal, la despensa y la bodega, anegados. No encontramos nada; solamente Zelayeta halló un devocionario en francés, impreso en Quimper, que se lo guardó.

Con las emociones y el cansancio se nos había abierto el apetito. Sacamos el pan y el queso y, sentados en la popa, los devoramos pronto.

Discutimos nuestro programa para la tarde; decidimos ir a explorar Frayburu.

Este peñón, desde el mar, por la parte protegida del noroeste, aparece distinto a como se le ve desde tierra, pues tiene una pequeña playa y unos cuantos zarzales que crecen entre las rocas.

El tiempo mejoraba; la marea comenzaba a subir; las olas verdes y mansas iban cubriendo las rocas, y avanzaban cada vez más cerca de nosotros; el agua entraba por las aberturas de la proa del *Stella Maris*, se tendía por el plano inclinado de la cubierta y se retiraba con un suave murmullo.

A veces, un golpe de mar violento hacía estremecerse a todo el barco, y, entonces, los hierros y argollas, la rueda del timón y la obra muerta, rechinaban como con una protesta de malhumor.

—¿Podremos salir de aquí sin tomar el canal por donde hemos entrado?—pregunté yo.

—Con la marea alta saldremos más fácilmente—dijo Recalde.

En esto oímos un crujido fuerte.

—¿Qué pasa?—nos preguntamos los tres.

No nos pudimos dar cuenta de lo que ocurría.

XIII

LA GRUTA DEL IZARRA

Nos asomamos a la borda. El *Cachalote* estaba hundido, sujeto a la amarra. Sin duda, al chocar el bote con alguna piedra, se había abierto. ¿Qué íbamos a hacer? ¿Cómo volver a Lúzaro?

Zelayeta propuso subirse al trozo de palo más alto de los dos que quedaban a la goleta, y pedir auxilio desde allí, si pasaba cerca alguna lancha pescadora; pero este remedio era lento y poco eficaz. A Recalde debió parecerle, además, el procedimiento un tanto humillante, y dijo que teníamos que sacar el bote.

Entre los tres, tirando de la amarra, pudimos extraer del agua la chanela sumergida; pero no teníamos fuerza para subirla hasta la cubierta del *Stella Maris,* y fuimos llevándola hasta el lado donde no azotaban las olas, entre el barco y Frayburu.

Así dejamos el bote, medio atado, medio sostenido en el agua. Recalde se desnudó, se descolgó por un trozo de escala hasta sostenerse en unas rocas, y él empujando, y Zelayeta y yo tirando de la cuerda, logramos poner la lanchita a flote. A mí me daba espanto ver a Recalde en medio del agua, y le dije que subiera, pero él afirmó que no corría el menor peligro.

El *Cachalote* tenía entre las costillas una rajadura como de un palmo de larga.

—Echadme trozos de cuerda—dijo Recalde.

Le echamos todos los que pudimos encontrar, y fue rellenando la abertura hasta cerrarla por completo. Como las cuerdas estaban empapadas en brea, servían muy bien. Después, cuando concluyó de cerrar la vía de agua, dijo:

—Dadme la ropa.

Le echamos la ropa, y se fue vistiendo despacio.

—Aquí no podemos ir más que dos—añadió—. Esto no resiste más; uno que reme y otro que vaya achicando el agua y teniendo cuidado de que no se abra el boquete. ¿Quién de vosotros va a venir?

—Dilo tú—contestó Zelayeta, no muy entusiasmado.

—Bueno; que venga Shanti. ¿Dónde está el achicador?

—Debe estar en el bote, si no se ha ido al agua—le dije yo.

—Sin achicador no podemos hacer nada—murmuró Recalde.

Lo buscamos, y lo vimos flotando a poca distancia.

—Vamos, baja—me dijo Recalde.

Me descolgué, un poco emocionado. La posibilidad de ir a explorar la gran sima negra de que hablaba Yurrumendi se iba haciendo cada vez mayor. Me veía como aquel marinero del *Stella Maris*, que el mar había arrojado a una peña, con la cara carcomida y sin una mano.

—Hasta salir de las rocas rema tú—me dijo Recalde—; yo guiaré.

Comencé a remar; miraba con terror el suelo del bote, que se iba llenando de agua. Recalde dirigía; la marea estaba en su pleno; pasamos por encima de los arrecifes, sin el menor contratiempo. Dejamos Frayburu a un lado y nos dirigimos hacia el Izarra.

Al salir de entre las peñas, en donde se rompían las olas, cambiamos de sitio.

—Ahora, yo remaré—dijo Recalde—; tú no hagas mas que ir achicando.

Era tiempo, porque el bote iba haciendo agua; tenía yo los pies y los pantalones mojados. Me puse a trabajar con el achicador, con brío, y conseguí que el nivel del agua dentro del bote disminuyera muchísimo.

Pensábamos dar la vuelta al monte Izarra y atracar en la punta del Faro. Cuando se cansó Recalde de remar, le substituí yo. No quería mirar a tierra, para no ver la distancia que nos separaba.

Además, nos encontrábamos enfrente de la gruta del Izarra, de que tanto hablaba Yurrumendi, y nos daba cierto temor.

Al cambiar de sitio no sé qué hicimos; el tapón de la abertura debió moverse, y empezó a inundarse de nuevo el bote. Recalde se agachó e intentó cerrar la vía de agua, pero no lo consiguió. Yo dejé de remar.

—Dame el pañuelo—me gritó él.

Le di el pañuelo.

—A ver, la boina.

Le di la boina, y mientrastanto me puse a sacar agua, para no pensar en la situación desesperada en que nos veíamos. Recalde cerraba el agujero por un lado, pero se le abría por otro. Sudaba sin conseguir su objeto.

—¿Sabes andar?—me dijo, ya comenzando a asustarse de veras.

—Muy poco—contesté yo, con un estoicismo siniestro.

Recalde persistió en sus tentativas, y llegó a impedir que siguiera inundándose el bote.

Estábamos a unos doscientos metros de la gruta de Izarra.

—Habrá que ir directamente a la cueva—dije yo.

—¡A la cueva! ¿Para qué?—preguntó Recalde, sobresaltado.

—No habrá más remedio. Si no se nos va a abrir el *Cachalote* antes de llegar a la punta del Faro.

—Sí, es verdad; vamos.

Comencé a remar despacio, con cuidado, haciendo la menor violencia, para que no saltaran los tapones del bote. Yo miraba a Recalde, y Recalde miraba el agujero enorme del Izarra, que iba haciéndose más grande a medida que nos acercábamos.

Veía el terror representado en los ojos de mi compañero. La sima abría ante nosotros su boca llena de espumas. Me esforcé en hablar tranquilamente a Recalte y en convencerle de que toda la fantasmagoría atribuída a la gruta era sólo para asustar a los chiquillos.

Cuando yo me volví me quedé sobrecogido. Aquello parecía la puerta de una inmensa catedral irregular edificada sobre el agua. Dos grandes lajas de pizarra negra la limitaban. Nos acercamos; nuestro estupor aumentaba.

Fuimos bordeando algunas rocas de la entrada de la cueva: extraños y fantásticos centinelas. Recalde, en el fondo mucho más supersticioso que yo, no quería mirar. Cuando le insté para que contemplara el interior de la gruta, me dijo rudamente:

—¡Déjame!

Yo, al ver aquella decoración, comencé a perder el miedo. Miraba con una curiosidad redoblada. El momento de acercarnos a la entrada fué para nosotros solemne. Dentro de la gruta negra todo era blanco; parecía que habían metido en aquella oquedad los huesos de un megaterio grande como una montaña; unas rocas tenían figura de tibias y metacarpos, de vértebras y esfenoides; otras parecían agujas solitarias, obeliscos, chimeneas, pedestales sobre los que se adivinaba el perfil de un hombre y de un pájaro; otras, roídas, tenían el aspecto de verdaderos encajes de piedra formados por el mar.

Las nubes, al pasar por el cielo aclarando u obscureciendo la boca de la cueva, cambiaban aparentemente la forma de las cosas.

Era un espectáculo de pesadilla, de una noche de fiebre.

El mar hervia en el interior de aquella espelunca, y la ola producía el estruendo de un cañonazo, haciendo retemblar las entrañas del monte. Recalde estaba aterrado, demudado.

—Es la puerta del infierno—dijo en vascuence, en voz baja, y se santiguó varias veces.

Yo le dije que no tuviera miedo; no nos pasaba nada. El me miró, algo asombrado de mi serenidad.

—¿Qué hacemos?—murmuró.

—¿No habrá sitio donde atracar?—le pregunté.

Las paredes, hasta bastante altura, eran lisas. Recalde, que las miraba desesperadamente, vió una especie de plataforma, que seguia formando una cornisa, a unos tres metros de altura sobre el agua.

Nos acercamos a ella.

—A ver si cuando estemos cerca puedes saltar arriba—me dijo Recalde.

Era imposible; no había saliente donde agarrarse y el bote se movía.

—¿Si echáramos el ancla?—me preguntó mi compañero.

—¿Para qué? Aquí debe haber mucho fondo—contesté yo.

Me acordaba de lo que decía Yurrumendi.

—¿Qué hacemos entonces? ¿Salir de este agujero?—preguntó.

Recalde estaba deseándolo.

—Echa el ancla ahí arriba, a ver si se sujeta—le dije yo, indicando aquella especie de balcón.

Lo intentamos, y a la tercera vez uno de los garfios quedó entre las piedras. Subí yo por la cuerda a la plataforma, y después él. Desenganchamos el ancla, por si la cuerda nos podía servir, y descansamos.

Estábamos sobre una cornisa de piedra carcomida, llena de agujeros y de lapas, que corría en pendiente suave hacia el interior de la cueva. Unos pasos más adentro, en su borde, habia un tronco de árbol, lo que me dió la impresión de que esta cornisa era un camino que llevaba a alguna parte. El *Cachalote*, abandonado ya, lleno de agua, comenzó a marchar hacia el fondo de la gruta, dió en una piedra y se hundió rápidamente.

Yo me adelanté unos metros.

La cornisa en donde estábamos se continuaba siempre con aquel tronco de árbol carcomido en el borde.

—Vamos a ver si de aquí se puede salir a algún lado—dije yo.

—Vamos—repitió Recalde, tembloroso.

Realmente, si no teníamos salida, nuestra situación, en vez de mejorar, había empeorado. Avanzamos con precaución, afirmando el paso; al principio se veía bien, luego la obscuridad se fué haciendo intensa. Las olas entraban y hacían retemblarlo todo; rugían furiosas, con su voz ronca, en medio de las tinieblas, y aquel estrépito del mar parecia una algarabía infernal de clamores y de lamentos.

A los treinta o cuarenta pasos de negrura comenzamos a ver delante de nosotros una pálida claridad. Se adivinaban a esta luz incierta las pirámides afiladas de las rocas, las estalacitas blancas del techo y, abajo, el mar, hirviendo en espumas, semejaba una aglomeración de monstruos de plata revolviéndose en un torbellino. Era realmente extraordinario. El choque de las olas hacía temblar las rocas, y su ruido iba repercutiendo en todos los agujeros y anfractuosidades de la gruta.

—Mira, mira—le dije a Recalde.

Mi amigo, temblando, murmuró:

—Shanti, volvamos atrás.

—No, no—le contesté yo—. Aquí debe haber un agujero por donde viene la luz.

El tronco de árbol del borde de la cornisa indicaba que en otro tiempo había andado por allí gente. Seguimos avanzando y salimos debajo de una chimenea inclinada que formaban dos lajas de pizarra. Quedaban restos de tramos de una escalera. Recalde, más ágil que yo, trepó hasta arriba, y yo subí después de él, ayudándome de la cuerda.

Estábamos entre las rocas del Izarra; nos faltaban unos metros para llegar hasta el camino del acantilado. Recalde me confesó que pasó momentos de miedo terrible en aquella maldita cueva. Yo intenté convencerle de que dentro de ella no habia nada extraordinario mas que juegos de luz y de sombra.

La fila de troncos de árbol que habia en el camino indicaba que por allí se habian hecho desembarcos de armas o de contrabando en otras épocas.

Bajamos del Izarra y salimos por entre las peñas a la punta del Faro. Recalde sabía que en un pequeño fondeadero, labrado entre las rocas del promontorio donde se levantaba la torre solía haber una barca que el torrero utilizaba para pescar; fuimos allá y encontramos la lancha; pero estaba atada con una cadena.

Llamamos en el faro, y una vieja nos dijo que el torrero habia ido a Elguea. Por otra parte, el que tenía la llave de la cadena de la lancha era un señor que vivia en la primera casa de Izarte.

—Este señor estará ahora en la playa. Idos por el arenal y lo encontraréis.

Avanzamos por la playa de las Animas. Primero encontramos un hombre alto, rojo, con patillas cortas, a quien explicamos lo que nos pasaba y que no pareció entendernos.

Este hombre se reunió con nosotros y fuimos juntos más lejos, donde estaba un señor con una niña. Volvimos a explicar lo que nos pasaba y el señor se levantó y habló con el hombre alto. Luego, los dos hombres, la niña, Recalde y yo nos acercamos al fondeadero de la punta del Faro; el señor desató la barca y él y el hombre alto entraron en ella.

Nosotros íbamos a embarcarnos, pero el señor nos dijo:

—Vosotros quedaos ahí.

El señor se puso al timón, el hombre izó la vela, y la lancha comenzó a marchar rápidamente hacia Frayburu. Una hora después volvían, trayendo a Zelayeta.

El viejo nos preguntó nuestros nombres, y cuando yo le dije el mío se quedó mirándome fijamente.

Los tres aventureros reunidos volvimos a Lúzaro, cansados, destrozados.

En mi casa no pude ocultar la aventura; tuve que contarlo todo. Mi madre y la *Iñure* se hacían cruces.

—¡Qué chico! ¡Qué chico!—decían las dos.

Desde aquel día Joshe Mari Recalde comenzó a mirarme con gran estimación. El no haberme asustado tanto como él en la cueva del Izarra le parecía, sin duda, una gran superioridad.

—No creáis—solía decir a los condiscípulos—. Parece que no, pero Shanti es muy valiente.

Muchas veces, después de tantos años, suelo soñar que voy en el *Cachalote* por la entrada de la cueva del Izarra y que no encuentro sitio donde atracar, y tal espanto me produce la idea, que me despierto estremecido y bañado en sudor.

[Ilustración]

LIBRO SEGUNDO

JUVENTUD

I

MIS PRIMEROS VIAJES

Nuestra aventura fué muy sonada en *Lúzaro;* todo el mundo se enteró, y hubo que pagar el *Cachalote* a Zapiain, el relojero y corredor de comercio.

Para nosotros no era cosa de avergonzarnos; los chicos nos admiraban. Yo conté de mil maneras distintas las impresiones que se experimentaban en la cueva del Izarra y demostré que en ella no había nada maravilloso, sino restos del paso de contrabandistas.

Mi abuela y mi madre no quisieron, sin duda, dejarme envanecer con esta aura popular, y después de los exámenes en la Escuela de Náutica, me entregaron en manos de don Ciriaco Andonaegui, capitán de una fragata de la derrota de Cádiz a Filipinas y de Filipinas a Cádiz.

Don Ciriaco había comenzado su carrera de marino de la misma manera, con mi abuelo, y era justo hiciese por mí lo que uno de mi familia había hecho por él.

Mi abuela y don Ciriaco decidieron enviarme a navegar como agregado. Después le acompañaría a don Ciriaco en la derrota de Cádiz a Filipinas, y, tras este viaje de un año o año y medio, me quedaría en San Fernando para concluír mis estudios de náutica.

Mi viaje como agregado fué desde Liverpool a la Habana, en el bergantín *Caridad*, con el capitán Urdampilleta. Tardamos más de dos meses; no fuimos en línea recta: bajamos a las Canarias, y desde allí nos encaminamos a las Antillas.

De Cuba volvimos a Manchester y de Manchester a Cádiz.

En el bergantín aquél el aprendizaje era terrible; no se comía apenas, ni se podía dormir, ni mudarse; en cambio, cuando hacía buen tiempo, una delicia: se jugaba a las cartas y se contaban cuentos de brujas y de piratas. Los marineros, casi todos vascos, se avenían bien y no había riñas.

A la vuelta de este viaje me embarqué con don Ciriaco en Cádiz, en la *Bella Vizcaína.* La fragata me pareció un salón, tan limpia, tan arreglada estaba.

Don Ciriaco, como su barco, era también muy atildado y muy pulcro. Llevaba casi siempre sombrero de paja, traje blanco, patillas cortas, ya grises. Hablaba con un acento entre vascongado y andaluz, intercalando palabras filipinas; tipo de marino a la antigua, conocía muy bien su derrota, pero en lo demás estaba poco enterado. Le gustaba la ciudad y la vida social. Había estudiado en Vergara y sabía tres cosas no muy frecuentes entre los marinos mercantes: sabía latín, sabía bailar y sabía hacer versos.

Don Ciriaco quiso completar mi educación, y varias veces me preguntó si no tenía afición a la poesía o al baile; pero sin duda mis aptitudes no iban por ese camino.

Salimos de Cádiz; aun no se había pensado en abrir el istmo de Suez, y el viaje a Filipinas se hacía por el Cabo de Buena Esperanza. Bajamos por la costa de África a buscar los vientos alisios, atravesamos las calmas ecuatoriales y paramos en Cabo Verde. Continuamos hacia el sur, hasta hallar los vientos del oeste y poder cortar las calmas del trópico de Capricornio; doblamos el Cabo y fuimos dando una gran vuelta por el mar de las Indias, en dirección del estrecho de la Sonda.

La primera Nochebuena a bordo la pasé en el Océano Índico, después de una tarde sofocante. De día, el mar estuvo como una llanura inmóvil de cristal fundido por el sol, y la noche fué espléndida, cuajada de estrellas refulgentes.

La mayor parte de la tripulación la formaban chinos que no celebraban este día. Pero los españoles vascongados y andaluces estuvimos bebiendo y cantando hasta muy entrada la noche.

Atravesado el estrecho de la Sonda, nos quedaba poca distancia. Tardamos en toda la travesía cinco meses, y, como el viaje en este tiempo era para don Ciriaco un éxito, entramos en la bahía de Manila disparando cohetes.

Los días que pasé en Manila se deslizaron para mí rápidamente; todo lo encontraba nuevo y lleno de interés; era un chico, y no tenía motivos mas que para estar contento.

Salimos de Filipinas en marzo, y, en vez de volver por el estrecho de la Sonda, fuimos con la monzón del sudoeste a entrar en el mar de las Molucas, pasamos por el estrecho de Gilolo y luego por el paso de Pitt y el estrecho de Ombay.

Desde aquí hicimos rumbo, para llegar lo más pronto posible a la región de los alisios, que pensábamos encontrar hacia los paralelos 18° ó 20°; pero no tuvimos suerte.

Al doblar el Cabo de Buena Esperanza luchamos con una violenta tempestad, que por poco no nos arrastra hacia los escollos del continente africano, y en todo el resto del viaje fuimos padeciendo borrascas y tiempos duros.

Cuando pisé Cádiz, sentí un verdadero placer. Hubiese querido ir a Lúzaro, pero el curso empezaba, y don Ciriaco opinó que no debía perder ni un día de clase. El capitán me presentó en la escuela de San Fernando y me llevó a casa de una señora conocida suya en esta ciudad, para que me tuvieran de huésped.

De la escuela de San Fernando saldría piloto primero, después haría un par de viajes y luego don Ciriaco se retiraría, dejándome que le substituyera en el mando de la *Bella Vizcaína.*

II

HISTORIA DE LA «BELLA VIZCAÍNA»

El primer sábado del curso, por la tarde, don Ciriaco se presentó en mi casa, en San Fernando, y me dijo:

Vente a dormir al barco. Mañana tenemos que ir a Cádiz. Te voy a presentar en casa de Cepeda. Lleva el traje nuevo.

El señor don Matías Cepeda era el socio principal de la Sociedad naviera Vasco-Andaluza, Cepeda y Compañía, propietaria de la fragata que mandaba don Ciriaco y de otros muchos buques.

Fuimos al barco, dormí yo en mi camarote y por la mañana me despertaron dos golpes en la puerta.

—¡Eh, Shanti!—me dijo don Ciriaco—, ya es hora. Duermes como un lirón.

Me levanté, me vestí y me acicalé todo lo posible. Los marineros de la fragata, vestidos de día de fiesta, nos esperaban en el bote; entramos don Ciriaco y yo, y nos dirigimos al puerto de Cádiz. En el camino mi capitán me explicó en vascuence que la visita la hacíamos principalmente a la señora de Cepeda, una vascongada, paisana nuestra, casada primero con Fermín Menchaca y después con don Matías Cepeda, un almacenista, socio del primer marido.

Desembarcamos en el muelle, pasamos la puerta del Mar y seguimos por una calle próxima a la muralla.

Llegamos cerca de la Aduana, y don Ciriaco se detuvo delante de una casa grande, con miradores.

—Aquí es—dijo.

Entramos en un portal altísimo, enlosado de mármol. Lo cruzamos. Llamó el capitán; un criado abrió la cancela y nos pasó a un patio con el suelo también de mármol, el techo encristalado y las galerías con arcadas.

Precedidos por el criado, subimos la escalera monumental, y, recorriendo un pasillo, llegamos a un salón inmenso, con grandes espejos y medallones.

Esperamos un rato y apareció la dueña de la casa, doña Hortensia, una mujer opulenta, hermosísima.

Nos recibió con gran amabilidad. Don Ciriaco estuvo muy cortesano con ella. Realmente, el viejo capitán era un hombre de salón.

Don Ciriaco, exagerando un poco, le habló a doña Hortensia de mi familia, de nuestra casa solariega de Lúzaro, de mis antepasados.... Al oír los detalles de nuestro preclaro abolengo, la amabilidad de la bella señora aumentó.

Doña Hortensia sentía una extremada debilidad por las preeminencias nobiliarias, y resultó cosa no muy rara entre vascongados, que teníamos un apellido común.

—Debemos ser parientes—dijo ella.

—Es muy posible—repuse yo.

—Pues si eres algo pariente mío, no te choque que te hable de tú, porque a mí me pareces todavía un chiquillo.

Yo, completamente confundido y turbado, le dije que me alegraría de esta confianza por su parte.

Estábamos hablando cuando entró, acompañada de una criada vieja, la hija de doña Hortensia, Dolorcitas, una muchachita de catorce o quince años, preciosa. Don Ciriaco estuvo con ella como un viejo galante de la corte de Versalles. Dolorcitas se parecía a su madre; pero era más pequeña de estatura, de ojos más negros y de tez algo más morena. Tenía una gran movilidad en la expresión y mucha gracia hablando.

¿Habrá que decir que yo estuve en su presencia torpe, turbado, hecho un tonto? No, no es necesario. Me encontraba en la edad del pavo, no había tratado a ninguna mujer y era naturalmente tímido.

Doña Hortensia dijo al criado:

—Dígale al señor que le esperamos para almorzar.

Media hora después vino don Matías Cepeda y fué presentado a él. El señor Cepeda no era un hombre simpático ni mucho menos; tenía la cara dura, juanetuda, la nariz chata, la frente pequeña y el bigote corto y cerdoso.

Con don Ciriaco el señor Cepeda estuvo muy atento, y hasta pretendió ser ocurrente; a mí no me miró. Sin duda, el no tener cincuenta años, para don Matías era una impertinencia.

Solamente me dirigió una frase, y ésta me escoció:

—Ten cuidado—me dijo—, porque aquí, en Cádiz, te van a tomar el pelo.

Después de almorzar, don Matías y don Ciriaco se retiraron para hablar de negocios, y doña Hortensia y Dolorcitas quisieron enseñarme la casa. Esto halagaba su vanidad.

La casa era enorme. Se traslucía allí un verdadero delirio de grandezas: el suelo era de mármol, los salones vastísimos, con techos pintados e historiados; los miradores tan anchos y espaciosos como si fueran otras habitaciones. En los testeros se veían espejos de toda la pared, y en los pasillos se levantaban estatuas y fuentes de alabastro.

Yo entonces aun no había visto nada, no podía comprender la diferencia que existe entre la ostentación lujosa y el buen gusto, y quedé maravillado.

Después de recorrer la casa subimos la azotea y estuvimos contemplando la bahía de Cádiz, inundada de sol, llena de fragatas, de bergantines y de goletas.

Dolorcitas trajo un anteojo y miramos el Puerto de Santa María, Rota y Puerto Real.

Yo conté lo mejor que pude mi viaje con don Ciriaco. Después vinieron unas cuantas amigas de Dolorcitas. Yo estuve hablando con doña Hortensia, que se mostró muy amable conmigo.

A media tarde don Ciriaco me llamó.

—Vamos, Shanti—me dijo.

El ama de la casa me advirtió que todos los domingos y días de fiesta estaba invitado a comer allá. Si no iba, preguntarían por mí y me llevarían a la fuerza.

Me despedí de todos, y salí con don Ciriaco, entusiasmado. El viejo capitán me llevó a un colmado de la misma calle de la Aduana, llamó al dueño, un montañés amigo suyo, y le recomendó una comida escogida, una comida para gente que comprende lo trascendental de la misión de engullir. El dueño del colmado y don Ciriaco discutieron detalladamente los platos, las salsas y los vinos.

—Necesito una hora para preparar todo eso—dijo el montañés.

—Muy bien—contestó el capitán—. Le concedemos a usted la hora.

—Pueden ustedes dar una vuelta si quieren.

—No, no. ¿Para qué? Tráigase usted una botella de manzanilla de Sanlúcar y unas aceitunas.

Bebimos los dos, y, de pronto, me dijo don Ciriaco:

—Mira, pilotín; te he presentado a Hortensia y a don Matías, porque te pueden servir.

—¡Muchas gracias!—repuse yo.

—Espérate. Aquí tienes que quedarte durante un año; no conoces a nadie y es conveniente que, en caso de necesidad, puedas dirigirte a alguien; pero te voy a contar la historia de Hortensia para que sepas a qué atenerte.

—¡Demonio! Tiene historia.

—Tú verás. Hortensia es vizcaína, de un pueblo próximo a Bilbao. Su padre era un contramaestre a quien llamaban el Griego. Probablemente lo sería; algún aventurero que llegó al pueblo y se casó. La bella Hortensia tenía pretensiones, era muy hermosa y no quería casarse con un cualquiera. Después de todo hacía bien. En esto, un amigo mió, Fermín Menchaca, capitán de barco metido a comerciante en Cádiz, fué al pueblo, donde acababa de morir su padre, que era patrón de una lancha; vio a Hortensia y se enamoró de ella. Menchaca no estaba dispuesto a casarse, ni tampoco a dejar a Hortensia. La llenó de regalos y de joyas. Ella dijo que no a todo. O su mujer o nada. Menchaca prometió hacerla su mujer y Hortensia cedió. En el momento del matrimonio, Menchaca, que era voluble, se escapó del pueblo, dejando a Hortensia embarazada.

La muchacha, nada tímida, al ver su abandono, vendió las joyas que le había regalado el amante y se presentó con su hija en Cádiz. Menchaca estaba en Filipinas; Hortensia fué a Filipinas, encontró a Menchaca y le obligó a casarse con ella.

Menchaca era un hombre exaltado, brutal, atrevido, con ideas geniales, capaz de cosas buenas y de cosas malas. Menchaca no era un hombre completo; creía como en un artículo de fe en esa simpleza de que a las mujeres no hay que tomarlas en serio. Te lo dice un viejo, y un viejo solterón que ha adorado a las mujeres; Shanti, no creas nada de lo que digan ellas, y menos lo que te digan de ellas. No creas que una mujer es, por serlo, débil o tímida o poco inteligente. El sexo es una indicación muy vaga y las variaciones son infinitas. Si quieres saber cómo es una mujer, primeramente no te enamores de ella; después estúdiala con tranquilidad, y cuando la conozcas bien ... te pasará que ya no te importará nada por ella.

—Trataré de seguir su consejo.

—Si puedes, pilotín; si puedes.... Como iba diciendo, a pesar de que Menchaca tenía medios de comprobar que Hortensia era un carácter, no quiso verlo ni reconocerlo. Menchaca se había asociado con este don Matías Cepeda que has visto; asociación extraña desde el punto de vista del carácter, porque Menchaca era un hombre atrevido y lleno de iniciativas, y, por el contrario, Cepeda es el tipo vulgar del comerciante escamón que va marchando rutinariamente sobre seguro. Cepeda es un asturiano que vino aquí sin un cuarto y hoy tiene una gran fortuna.

—Pues eso, don Ciriaco, no me parece de tontos.

—¿Pero tú sabes por qué medio ha hecho Cepeda su fortuna?

—No.

—Pues con su físico.

—¿Con su físico? Tiene gracia.

—Sí, con su físico. Tú dirás que no es un Adonis; pero la fealdad en un hombre no es casi nunca un obstáculo. Cepeda llegó a Cádiz, de sus montañas de Asturias, y entró de dependiente en un gran almacén de azúcar, de café y de cacao de la calle de la Aduana; luego se casó con la dueña, y ésta, al morir, le instituyó heredero único, con lo que quedó viudo y riquísimo.

Cepeda era naturalmente tímido con su dinero; Menchaca le impulsó a los negocios y los dos ganaron millones. El uno completaba al otro. Menchaca era el hombre de iniciativa y de brío, el que concebía los proyectos; Cepeda resolvía los detalles y las dificultades prácticas.

Menchaca, cuando se instaló en Cádiz, tuvo la veleidad de poner casa a una muchacha de Puerto Real, y de pasear con ella en coche y regalarla trajes y joyas.

Entonces fué cuando se comenzó a hablar de que Hortensia se entendía con el socio de su marido, con Cepeda. Yo nunca lo creí. Menchaca era, como te he dicho, un exaltado, casi un loco, y al oír que su mujer le engañaba se enamoró de ella nuevamente. Menchaca ya era viejo. Tendría cerca de cincuenta años, y un hombre de cincuenta años que se enamora es como el caballo de un coche simón que se desboca. Menchaca abandonó a la muchacha de Puerto Real y comenzó a vigilar a su mujer.

Ella estaba ofendida profundamente; él, celoso y sombrío, no quiso pedir explicaciones ni reconocer su culpa, considerando este reconocimiento como un agravio a su dignidad; una palabra a tiempo hubiera reconciliado a los esposos; pero ninguno de ellos quiso pronunciarla. La hostilidad entre los dos se hizo cada vez mayor. Comían separados y no se veían ni se dirigían la palabra.

En esto, estaban concluyendo en Portsmouth una fragata para la Sociedad Vasco-Andaluza; no le faltaba mas que algunos detalles. Menchaca fué a Inglaterra a recogerla. No sé si sabrás que, cuando se construye un buque, se hace un libro o cuaderno que se entrega por el constructor al primer oficial que lo manda.

—Sí, lo sé. Se llama *pliego de historia*, y en él se anotan cuantas circunstancias se han observado en la construcción.

—Exacto. Pues cuando le entregaron el *pliego de historia* del barco y leyó el nombre, Menchaca estuvo a punto de tener una congestión.

—¡Demonio! ¿Cómo se llamaba el barco?

—La *Bella Vizcaína*.

—¿Nuestra fragata?

—La misma, pilotín, la misma. Y alguien encontró que la sirena del mascarón de proa tenía las facciones de la hermosa Hortensia.

—¡Bah!

—Fantasías que se inventan. Menchaca desde entonces quedó más sombrío que nunca. No era posible que a Cepeda se le hubiese ocurrido aquella idea de bautizar así el barco, con el fin de mortificar a su socio. El pensamiento partió seguramente de ella.

La situación del matrimonio seguía difícil y sin mejorar, cuando un día Menchaca, jugando con unas pistolas, no se sabe si inadvertida o intencionadamente, se pegó un tiro en la sien y cayó muerto.

Al año Hortensia celebró su matrimonio con don Matías Cepeda; compraron la casa de la calle de la Aduana y la arreglaron.

Esas son cosas de todos los tiempos—concluyó diciendo don Ciriaco filosóficamente—, que han pasado, que pasan y que pasarán. Te he contado la historia de Hortensia para que sepas qué clase de mujer es, y para que no digas sin querer delante de ella alguna inconveniencia.

Comentamos los hechos y después hicimos honor a la cena, que fué exquisita.

Don Ciriaco pensaba zarpar al día siguiente; yo quise acompañarle hasta el barco; pero él no lo permitió.

—Tú vete a estudiar a San Fernando—me dijo—. No pasará mucho tiempo en que seas tú el que te vayas y yo el que me quede. ¡Adiós, Shanti!

—Adiós.

Nos abrazamos, él se metió en el bote y desapareció.

III

DOLORES DE VANIDAD

El domingo siguiente, por la mañana, marchaba yo a casa de doña Hortensia, por las calles de Cádiz. Iba con el corazón en un puño. Temía que me recibieran mal o fríamente; pero no: mi paisana y su hija Dolorcitas me acogieron con grandes extremos de amistad.

Estaban preparándose para ir a misa, y yo las acompañé hasta una iglesia próxima. A la vuelta dimos un paseo por la calle Ancha y la plaza de Mina, y volvimos a casa.

El encuentro con don Matías me preocupaba. Aquella estúpida insinuación del señor Cepeda de que se burlarían de mí me intranquilizaba. Era muy suspicaz, como todos los hombres tímidos, y estaba siempre en guardia, creyendo ver ofensas en cualquier cosa.

Llegó don Matías y, efectivamente, me recibió con frialdad y como con cierto alarde de no darme importancia.

—Este joven insignificante para mí no existe—era lo que parecía querer dar a entender aquel señor.

Don Matías era, aunque no de una manera ostensible, mi adversario. Hacía como si no me notara, por mi insignificancia; pero yo, a través de su aire indiferente, le sentía hostil. Tenía sobre mí la ventaja de hablar castellano bien, y se valía de ella para humillarme. Es una idea estólida y mezquina, muy frecuente en España, creer que se demuestra superioridad burlándose de una persona ingenua con frases de doble sentido que dejan estupefacto al que ignora su significado. Don Matías demostraba así su superioridad.

Yo, al caer en uno de estos lazos burdos, me confundía, y don Matías soltaba la carcajada. Entonces, ya turbado, no sabía qué hacer y miraba desde el amo de la casa hasta los criados como a enemigos que querían humillarme.

Es ridículo y absurdo cómo en la juventud se sufre por necedades sin importancia.

Don Matías y yo nos sentíamos como tipos de distinta raza. El no debía notar en mí suficiente respeto, y el que yo me permitiese tener opinión acerca de las cosas le producía una mezcla de cólera y de asombro que ahora me hubiera parecido cómica. El señor Cepeda no podía discurrir, razonar con libertad; no contaba con el suficiente número de ideas para comparar y obtener juicios propios; verdad es que a la mayoría de la gente le pasa lo mismo.

Para suplir esta falta de ideas, don Matías se refugiaba en las anécdotas. En su cabeza, cada idea tosca y primitiva lleva como atornillada una serie de cuentos y de chistes.

—Eso no es así—decía, por ejemplo, al exponer yo una opinión cualquiera—, y te contestaré con lo que dijo Periquito Sánchez a don Juan Martínez en Cádiz, en el año de 27....

Y don Matías seguía así con una velocidad de galápago, hasta contar una anécdota de una vulgaridad aplastante.

Como hombre de poca delicadeza natural y de cultura rudimentaria, no era, ni mucho menos, un modelo de discreción, y a veces tenía salidas de patán que le regocijaban muchísimo. En el fondo estaba sorprendido de verse a sí mismo tan alto; había hecho esfuerzos para convencerse de que su caudal, que no dependía mas que de un matrimonio afortunado y de la suerte, era obra de su talento y de su perseverancia.

Don Matías era el tipo del buen burgués: bruto, rutinario, indelicado y, en el ondo, inmoral. Toda rutina le parecía santa, el precedente la mejor razón. Don Matías tenía sus manías; por ejemplo, ir siempre tarde a comer para demostrar que los muchos trabajos no le permitían ser puntual.

Don Matías solía estar en su despacho con su gorro y su bata, cuando no andaba por el almacén, por entre hileras de sacos y de cajas, dando órdenes o paseando con las manos cruzadas en la espalda.

El dependiente principal, que le conocía bien, un jerezano muy chistoso, decía del señor Cepeda que se pasaba el tiempo cortando papeles para llevarlos al retrete, o haciendo punta a los lápices lo más despacio posible para obtener el gusto de aparecer ante su familia como atareado. Hasta en eso era mezquino, porque hacía las puntas de los lápices cortas y cortaba los papeles pequeños. Roñoso para todo, era hombre de rumbo para los gastos de la casa y de la bella Hortensia. Tenía el sentimiento del comerciante rico que considera a la mujer como el mejor medio de lucirse.

En la apariencia, don Matías era un hombre respetabilísimo, serio, de ideas profundas; en el fondo era un pobre majadero, un caso de pedantería y de vanidad grotescas. A Dolorcitas la trataba secamente, no por ser su hijastra y no su hija, sino porque consideraba que ése era su papel de hombre de negocios.

Aquel solemne y majestuoso idiota creía que, para ser marido y padre a la inglesa, tenía que mostrarse frío con su mujer y su hija.

Esa tendencia anglómana que se ha desarrollado en algunos pueblos andaluces, no me resulta. Los ingleses, que en general son tiesos y formales, tienen la ventaja de su tiesura y de su formalidad; pero estos anglómanos del Mediodía, con su mezcla de tiesura y de mandanga, me parecen bastante cómicos.

Dolorcitas, como era natural, no tenía mucho cariño por su padrastro. Don Matías varias veces le prometió llevarla al teatro, y luego, para demostrar su autoridad sin duda, hacía como que se olvidaba de su promesa y dejaba a la muchacha llorando.

Todos los domingos, después de almorzar, don Matías, con su levita, sus guantes, su sombrero de copa y sus botas siempre crujientes, se marchaba al Casino Moderado, y no volvía hasta el anochecer.

Nos quedábamos de sobremesa doña Hortensia, Dolorcitas y yo. Dolorcitas y yo jugábamos como chicos, recorríamos la casa, subíamos a la azotea, íbamos al miramar.

La señora Presentación, una vieja muy graciosa y gesticuladora, a quien yo no entendía nada de cuanto hablaba, solía venir a avisar a la señorita Dolores, que alguna de sus amigas acababa de llegar.

Cuando se reunía Dolorcitas con alguna amiga, entonces yo ya no jugaba: ellas jugaban conmigo. Recuerdo mis conversaciones con Dolores y con una amiga suya, María Jesús; debían ser algo como el juego de un oso con dos mónitas.

Las amigas se contaban sus cosas al mismo tiempo, con una velocidad vertiginosa; yo, en cambio, marchaba como una gabarra cargada hasta el tope. No he podido hablar nunca el castellano rápidamente, y entonces, menos. Además, como buen vasco, he sido siempre un poco irrespetuoso con esa respetable y honesta señora que se llama la Gramática.

Las dos chiquillas charlaban haciendo monerías y gestos expresivos. Dolorcitas, a pesar de ser hija de vascongados, era tan aguda y tan redicha como una gaditana.

Después de María Jesús, que solía llegar la primera, venían a la casa otras chicas y chicos de la misma edad. Entonces yo me sumía en el mutismo; ¿para qué hablar, si por cada palabra mía ellos soltaban diez o doce?

Dicen que un nuevo idioma es una nueva alma, y hay algo de verdad en esto; yo comprendía, al oír aquellos muchachos, que no sólo no sabía el castellano, sino que mi alma era distinta a la suya. Yo me sentía otra cosa, pero no tenía el valor ni la fuerza para creer que mi espíritu, más concentrado y más sobrio, valía tanto como el de ellos, todo expansión, palabras y muecas. Mi humildad me inducía a creerme un salvaje entre civilizados.

Mi timidez me hacía pasar unos momentos horribles; una palabra, un gesto, cualquier cosa bastaba para que la sangre me subiese a la cara.

Dolorcitas sonreía al verme turbado. Veía que sufría y se alegraba. Era la crueldad natural de la mujer.

Luego, más tarde, no se contentaba con el placer de confundirme, sino que le gustaba darme celos. Yo estaba enamorado. ¿Enamorado? Realmente no sé si estaba enamorado, pero sí que pensaba en Dolorcitas a todas horas, con una mezcla de angustia y de cólera.

Si ella hubiese hablado un día con un joven y otro día con otro sin hacer caso de mí, quizá no me hubiera hecho efecto; pero veía que sus coqueterías me las dedicaba expresamente con intención de mortificarme, y esto me sublevaba.

En general, el amor es eso, sobre todo en las personas muy jóvenes, que no tienen preocupaciones espirituales; un instinto más cercano a la crueldad y al odio que al afecto tranquilo.

A veces, huyendo de la coquetería y de los desdenes mortificantes de Dolorcitas, pretextaba una ocupación cualquiera y me marchaba de casa de don Matías. ¡Qué aburrimiento! ¡Qué saturación de fastidio! ¡Qué amargura interior!

El sol brillaba en las calles desiertas, el cielo estaba azul, el mar, tranquilo. ¿Qué hacer? El mundo entero me parecía inútil. El disgusto de uno mismo, la hostilidad del ambiente, la imposibilidad de formarse otro a gusto de uno, todo caía sobre mí con una pesadumbre de plomo.

En alguna ocasión que Dolorcitas vió en mí la decisión firme de marcharme y no volver por su casa, se sintió de nuevo cariñosa conmigo. Yo no me atrevía a reprocharle su coquetería claramente, pero sí le dije varias veces que comprendía que no tuviera simpatía por mí, porque yo era más tosco que ella, y ella me contestó que yo le *gutaba azí*. Le gustaba así para mortificarme.

Las tardes del domingo solíamos ir a la Alameda de Apodaca, Dolorcitas y alguna amiga suya; ellas muy elegantes, yo de marinerito.

Desde cerca de la Maestranza contemplábamos la bahía de Cádiz, tan azul; allá lejos, Rota y Chipiona brillando al sol con sus caseríos blancos; luego, la costa baja formando una serie de arenales rojizos hasta el Puerto de Santa María, y en el fondo, los montes de Jerez y de Grazalema, violáceos al anochecer, con una línea recortada y extraña en el horizonte.

Veíamos la entrada de alguna fragata o de algún bergantín que venía con el atoaje. Luego, al avanzar la tarde, nos dirigíamos a casa por la muralla dando la vuelta a una punta que, si no recuerdo mal, se llama de San Felipe.

Veíamos las baterías con sus cañones, avanzábamos por el adarve a mirar por los huecos de las almenas. Tardábamos todo lo más posible en entrar en casa. Al llegar a la Aduana comenzaba a obscurecer.

En las torres blancas de las casas próximas a la muralla quedaban aún resplandores de sol. Echábamos una última mirada a la bahía.

El mar, como un lago azul, se rizaba apenas por el viento; en los barcos comenzaban a brillar las luces, y en el puerto resplandecía una fila de faroles; el cielo de otoño, un cielo azul y rosa, sin una nube, iba obscureciendo. Las luces de San Fernando comenzaban a reflejarse en el agua, y la esfera del reloj del Ayuntamiento de Cádiz se iluminaba y se destacaba en el cielo pálido.

Muchas veces, desde aquel sitio de la muralla, oíamos las lentas campanadas del *Ángelus*.

Al anochecer tomaba la diligencia en una plazoleta próxima y me marchaba a San Fernando con el espíritu angustiado y lleno de una extraña amargura.

IV

LA PALMERA Y EL PINO

Algunas veces he oído referirse a una poesía de un poeta alemán, creo que de Enrique Heine, en donde un pino del Norte suspira por ser una palmera del trópico.

Este símbolo podía representar la situación espiritual mía en aquella época lejana en que estudiaba en San Fernando. Hoy, cosa extraña, no me gusta nada el Mediodía, y tampoco me entusiasman las palmeras, que son, indudablemente, decorativas, pero que tienen aspecto de algo artificial.

En el tiempo de que hablo era yo el pino que aspira a transformarse en palmera. Hubiese querido hablar con abandono y ligereza, saber hacer chistes y comparaciones y echármelas de Tenorio. Hasta se me ocurrió abandonar el mar y hacerme comerciante, o por lo menos empleado.

Ya no pensaba en islas desiertas ni en hacer de Robinsón; mis ideales eran otros. Quería transformarme en un andaluz flamenco, en un andaluz agitanado. Entrar en una de esas tiendas de montañés a tomar pescado frito y a beber vino blanco, ver cómo patea sobre una mesa una muchachita pálida y expresiva, con ojeras moradas y piel de color de lagarto; tener el gran placer de estar palmoteando una noche entera, mientras un galafate del muelle canta una canción de la *maresita* muerta y el *simenterio*; oír a un chatillo, con los tufos sobre las orejas y el calañés hacia la nariz, rasgueando la guitarra; ver a un hombre gordo contoneándose marcando el trasero y moviendo las nalguitas, y hacer coro a la gente que grita: *¡Olé!* y *¡Ay tu mare!* y *¡Ezo él;* ésas eran mis aspiraciones.

Hoy no puedo soportar a la gente que juega con las caderas y con el vocablo; rae parece que una persona que ve en las palabras, no su significado, sino su sonido, está muy cerca de ser un idiota; pero entonces no lo creía así. Cada edad tiene sus preocupaciones.

Entonces hubiera querido ser tan discreto, tan conceptuoso y tan alambicado como todos mis conocimientos.

Leí las novelas de Fernán Caballero, que tenían mucha fama; no me gustaron nada, pero me convencí de que me debían gustar. Las he vuelto a leer después, y me han parecido una cosa bonita, pero mezquina. Me dan la impresión de un cuarto bien adornado, pero tan estrecho, que dentro de él no se pueden estirar las piernas sin tropezar en algo.

Yo no comprendo bien el entusiasmo que ha habido en la España del siglo XIX por cultivar la mezquindad. En libros, en dramas y en toda clase de escritos se ha exaltado con fruición la más estúpida y fría mezquindad, como la única virtud del hombre.

En aquellos tiempos era demasiado tímido para pensar así, no porque no lo creyese en el fondo, sino porque no tenía confianza en mí mismo para afirmar mis ideas categóricamente.

El no saber vivir como los demás me producía una sorda cólera, una indignación frenética.

Me sentía como una rueda de reloj suelta que no engrana con otra.

La verdad es que si la civilización era lo que creía don Matías Cepeda: tener un almacén de cacao y de azúcar y otro almacén de chistes y de frasecitas, yo no llevaba camino de civilizado.

A veces me daban ganas de dar un puntapié a aquella gente, que después de todo no me servía para nada, y mandar a paseo a don Matías, a su mujer, a la niña y a todos sus amigos y amigas.

Yo no comprendía que había en mí una exuberancia de vida, un deseo de acción; no veía que alternaba con gente orgánica y moralmente encanijada; que yo necesitaba hacer algo, gastar la energía, vivir.

Muchas veces, al asomarme a la muralla, al ver la bahía de Cádiz, inundada de sol, el mar somnoliento, dormido; los pueblos lejanos, con sus casas blancas; la sierra azul de Jerez y Grazalema recortada en el cielo; al contemplar esta decoración espléndida, me preguntaba:

—Y todo esto, ¿para qué? ¿Para vivir como un miserable conejo y recitar unos cuantos chistes estúpidos?

Realmente era poca cosa.

Un domingo de invierno, por la tarde, al anochecer, no sé por qué me decidí a dejar la diligencia de San Fernando y a quedarme en Cádiz.

Había en el muelle esa tristeza de domingo de los puertos de mar. No me sentía alegre, sino agresivo, con gana de hacer una brutalidad cualquiera. Entré en una tienda de montañés, pedí pescado frito y vino blanco. Comí y bebí en abundancia. Estos colmados andaluces resumen el carácter de la región: son pequeños, pintorescos y complicados.

Salí del colmado, fuí a un café de la calle Ancha, tomé unas copas de licor y me marché de allí dispuesto a todo.

Era ya de noche; mis botas metían un ruido tremendo por las calles desiertas.

Me pareció que quizá no había bebido bastante para ser todo lo insolente y procaz que quería, y me senté en la mesa de una taberna, en la acera, en una calle en donde hay tal profusión de colmados y de peluquerías, que no parece sino que aquella gente se ha de pasar la vida entre el plato de pescado frito y la tenacilla para rizarse el pelo.

A mi lado había un hombre borracho, vestido de negro, con el sombrero ladeado y una flor roja en el ojal.

Se levantó de su silla y se acercó a mí sonriendo. Yo le miré de mala manera y, como estaba iracundo, le pregunté:

—¿Qué pasa? ¿Qué quiere usted?

El sonrió estúpidamente.

—¿Marino?—me dijo después, en inglés, señalándome con el dedo.

—Sí, marino—le contesté yo—. ¿Y qué?

—Yo también marino—añadió él—. ¿Usted español?

—Sí, español.

—Yo, holandés. Los dos marinos..., los dos borrachos. Buenas amistades.

Después de decir esto y estrecharme la mano, el holandés se sentó a mi mesa. Bebimos juntos. El holandés era capitán de la corbeta *Vertrowen*. Era chato, rojo, rubio, con unos bigotes amarillentos, caídos y lacios como los de un chino; el traje negro, casi de etiqueta, que en aquella taberna llamaba la atención.

Yo me constituí en su defensor, y pensé que si se burlaban de él tenía derecho para hacer algún disparate.

Nos levantamos los dos. Entonces en Cádiz, y ahora probablemente pasará lo mismo, había la costumbre de andar de noche por unas cuantas calles, los días de fiesta sobre todo. Estas calles eran la calle Ancha, la de Columela, la de Aranda, la de San Francisco, y no recuerdo si alguna más. Este paseo nocturno tenía algo de procesión.

El capitán de la *Vertrowen* y yo nos echamos por aquellas calles; había por todas partes olor a aceite frito y humo de castañas asadas. En los bancos de las plazas, gente sentada pacíficamente descansaba; algunos obreros, endomingados, pasaban en coche, tocando la guitarra y cantando.

Los chiquillos se reían de nosotros. Invitamos a algunas muchachas de aire equívoco a tomar algo en los cafés y tabernas; pero al vernos borrachos huían. Aburridos, cansados, dimos con nuestros cuerpos en una tienda de montañés próxima a la Puerta del Mar. Aquella noche hice yo un gasto de cólera y de rabia inútil.

Al entrar en la taberna vi a un hombre moreno, mal encarado, que me miraba de una manera aviesa. Debía de ser un matón. Me alegré; era el momento. Me acerqué a él y le dije:

—¿Qué? ¿Qué pasa? ¿Qué mira usted?

—¡Yo!—exclamó él, sorprendido.

—Sí, me mira usted con una cara....

—Cara de *jambre, zeñorito*—me dijo amablemente—. No ha *pazao* por mi cuerpo en *to* el día a razón de *doz cuartoz* de comida.

Aquello me dió una ira y una tristeza profunda. El hombre me contó que estaba sin colocación; la familia y los hijos sin comer. Le invité a tomar cualquier cosa; pero él me dijo que, si quería pagarle algo, prefería llevarlo a casa. Le di dos o tres pesetas y el hombre se largó corriendo.

Mi aburrimiento y mi desesperación se iban fundiendo en una niebla melancólica que se apoderaba de mi cerebro. El capitán de la *Vertrowen* y yo estuvimos mirándonos sin hablarnos. De pronto nos decidimos a marcharnos. Al salir el capitán tropezó con un marinero que entraba, y estuvo a punto de caer al suelo. El holandés no sólo no se incomodó, sino que dió excusas al marinero, que, a su vez, pidió mil perdones por su torpeza.

Yo me avergoncé de mis instintos fieros. La bruma melancólica iba avanzando en mi alma, dando a mis ideas un tono de sentimentalismo verdaderamente ridículo.

Fuimos el holandés y yo al muelle. Mi compañero de embriaguez bajó los escalones de una escalerilla y se puso a gritar, hasta que brotó de entre las tinieblas un bote blanco. Creí que el hombre se caía al agua con su traje de etiqueta y su flor en el ojal; pero no, se mantuvo firme y saltó al bote con agilidad.

Luego, me saludó con el sombrero en la mano, con gran reverencia.

—*Good night*—me dijo.

—Buenas noches—le contesté yo.

Me quedé solo. Estaba cansado, triste, con la cabeza pesada. Ya no me quedaba ni un rastro de cólera. No sabía qué hacer, y me decidí a ir a San Fernando a pie.

V

NUEVAS FATIGAS DE AMOR

Como todos los hombres sentimentales que esperan demasiado de las mujeres, he tenido momentos de aborrecer al bello sexo. Don Ciriaco muchas veces me decía, con una exasperación alegre que le era característica:

—Shanti, ten esto en cuenta. De cien mujeres, noventa y nueve son animales de instintos vanidosos y crueles, y la una que queda, que es buena, casi una santa, sirve de pasto para satisfacer la bestialidad y la crueldad de algún hombrecito petulante y farsantuelo. Así nos vamos vengando unos en otros, de la manera más inhumana y estúpida.

Realmente, la naturaleza es pródiga con el hombre egoísta y con la mujer voluble e insensible. Quizá es lo natural en el hombre ser un poco canalla, y en la mujer un poco cruel. Hasta es posible que la bondad y la generosidad sean una anomalía.

Tengo que reconocer que Dolorcitas no era la excepción de las cien de que hablaba don Ciriaco. Estaba entre las noventa y nueve restantes: era caprichosa, cruel, instintiva, voluble. Por un capricho hubiera sacrificado a su padre, a su madre, al pueblo entero y, probablemente, a media humanidad.

Dolorcitas parecía decidirse por mí; pero, al mismo tiempo, todo el mundo decía que iba a casarse con el hijo del marqués de Vernay, un señor de Jerez, no muy rico, pero de familia aristocrática.

Le escribí a Dolorcitas y le hablé varias veces por la reja. Ella negaba que fuera a casarse y aseguraba que no torcerían su voluntad. Sin embargo, los indicios de la boda eran ciertos.

En todos los puertos de mar, constituídos casi siempre por una población advenediza y aventurera, se forma un espíritu aristocrático endiablado. En las ciudades arcaicas y tradicionales, los individuos que creen formar parte de la aristocracia alegan los prestigios de la clase con más o menos razón; en las ciudades modernas ya no es la clase solamente lo que se defiende, sino el matiz. Así sucede que Bilbao o Buenos Aires, Manila o Barcelona, tienen más prejuicios de casta que Toledo, Burgos o León.

En Lúzaro, en pequeño, ocurre lo propio desde que se ha llenado de indianos y de gente forastera.

El comerciante, que, en general, procede de la parte más turbia de la sociedad, necesita, ya que no pueda decir que sus abuelos estuvieron en la conquista de Jerusalén, demostrar que su escritorio es algo sagrado y que todos sus pequeños útiles y procedimientos de robo constituyen ejecutoria de nobleza.

Me chocó oír que don Matías hablaba repetidas veces de su clase. Al mismo tiempo, y refiriéndose a Dolorcitas, dijo que ésta se casaría con un hombre de su posición, indicándome de pasada que no pretendiese poner los ojos demasiado alto.

Para el señor Cepeda, como para todos los comerciantes de puerto, había, sin duda, la aristocracia de la sangre y la del escritorio, el devocionario y el libro mayor, la espada y la pesa, la coraza y el mandil.

Era extraño: así como mi abuela afirmaba la aristocracia de la marinería, el señor Cepeda afirmaba la aristocracia del escritorio.

En el comercio del azúcar y del cacao la elevación social está en razón directa de la cantidad; en cambio, en el comercio de drogas la elevación está en razón inversa. Si uno vende azúcar y canela en pequeña cantidad, es un vulgar ultramarino; en cambio, si negocia con estos géneros en grande, es un comerciante.

Fenómeno singular: con las drogas sucede lo contrario; vendiéndolas en grande, es uno un droguero; vendiéndolas en pequeño, un farmacéutico, un hombre de ciencia.

La primera vez que comprendí claramente las pretensiones aristocráticas de la familia de Dolorcitas, fué hablando con un empleado del almacén de don Matías, a quien yo llamaba el Almirante.

Muchos domingos, al llegar a casa de doña Hortensia me encontraba con que no había nadie, y solía entrar en el almacén. Los empleados me conocían. Allí se trabajaba lo mismo días de labor que días de fiesta. Era todavía la buena época de Cádiz. Constantemente estaban cargando y descargando carros en la calle de la Aduana, llena de almacenes y de escritorios, y constantemente los carretones entraban y salían del almacén de don Matías.

El almacén era inmenso, con bóvedas en donde se apilaban sacos, barricas, toneles y cajas. A la entrada estaba el escritorio, con su pantalla y sus ventanillas con letreros. Una parte estaba destinada al comercio y la otra al despacho de buques.

Antes de entrar en las cuevas se pasaba por un vestíbulo, en donde había unas grandes balanzas colgadas del techo. En este vestíbulo, vigilando las pesadas y la entrada y salida de los fardos, solía verse un señor que no era mas que algo como un conserje o portero; pero que, por su aspecto, parecía un personaje. En la casa, medio en serio, medio en broma, le conocían por don Paco. Yo le llamaba el Almirante y también el primer lord del Almirantazgo.

Este personaje decorativo gastaba patillas largas y blancas, abdomen abultado, pantalón obscuro y una chaquetilla blanca, de dril. Hablaba de manera doctoral. La geografía, la historia, el comercio, la navegación, todo lo dominaba este hombre extraordinario.

Don Paco me explicó que don Matias y doña Hortensia buscaban para la niña un novio de la aristocracia. Les faltaba el título para la decoración de la familia, y habían hablado con el viejo marqués de Vernay, y en principio la boda estaba concertada. El Almirante sabía que la niña estaba por mí. Yo no sabía otro tanto.

Conclui mi curso en San Fernando y fuí a vivir a Cádiz; tenía que esperar a don Ciriaco para embarcarme.

Varias veces hablé por la reja con Dolores. Yo le decía que no se casara, que me esperara.

—Sí, te esperaré—contestaba ella fríamente.

Supe que no era yo el único que hablaba con Dolorcitas por la reja y que un joven guardia marina iba muchas noches a charlar con ella.

Hice proyectos absurdos de provocarle, que, afortunadamente, no llegué a realizar, y a mediados del mes de julio me quedé sorprendido con la entrada en la bahía de Cádiz de la *Bella Vizcaína*.

Llegaba el momento fatal. Había que embarcarse. Me despedí de mi novia, que me hizo mil promesas de fidelidad y de escribirme, y me fuí a la fragata considerándome un hombre desgraciado. Don Ciriaco firmó el conocimiento que se hacía por triplicado para responder de las mercancías embarcadas, y levamos el ancla.

Para aliviar mi pena le conté a don Ciriaco mis amores. El viejo capitán me escuchó burlonamente.

—Cuando vuelvas, esa niña se habrá casado ya—dijo tranquilamente, y, añadió después—: Mejor para ti.

Don Ciriaco era un hombre tremendo.

VI

GRANDEZA Y MISERIA

Salimos de Cádiz y comenzamos el enorme viaje por el Atlántico hasta el Cabo de Buena Esperanza, y después por el Océano Índico al Estrecho de la Sonda y a Filipinas.

Por exigencias comerciales, en vez de volver a Europa directamente, tuvimos que atravesar el Estrecho de San Bernardino y dirigirnos por el Pacífico a buscar el de Magallanes. Por cierto que antes de llegar a las Palaos encontramos dos islas de coral que no aparecían en los mapas, y a una le llamamos con el apellido de don Ciriaco, isla Andonaegui, y a la otra, isla de Santiago Andía.

Dos años y medio después de la salida llegamos a Cádiz. Yo recuerdo que marqué el punto con la brújula con una gran emoción. Mentiría si dijera que no me acordaba de Dolorcitas; pero me acordaba de una manera vaga, remota.

En el barco supe que se había casado; pero por más esfuerzos que hice para desesperarme no lo pude conseguir.

Entramos en la bahía de Cádiz una mañana de invierno, con un sol espléndido. Sentí una gran alegría; allí estaban Chipiona y Cádiz con sus casas blancas como huesos calcinados; allá estaba el castillo de San Sebastián y la Caleta.

Al pasar por delante de la Maestranza y al ver de cerca la muralla, me acordé de mis paseos con Dolorcitas y de mi época de estudiante en San Fernando.

El caserío de Cádiz se desarrollaba ante mi vista, sus casas blancas sin alero, la catedral con sus dos torres y su cúpula dorada, las azoteas con sus torrecillas como minaretes y algunos de esos lienzos de pared blancos, con dos o tres ventanas pequeñas, como los paredones de las casas árabes.

Tenía ganas de pisar tierra española, de pasear por aquellas viejas murallas con sus garitas, sus baluartes y sus cañones, de ver el hermoso golfo de Cádiz.

La primer visita era indispensable hacerla a don Matías. Doña Hortensia me recibió como si fuera su hijo. Mi capitán le hizo grandes elogios de mí. Doña Hortensia estaba espléndida. Era una mujer de un gran atractivo; parecía una emperatriz romana. Después he visto la estatua de Agripina en el Museo del Capitolio, en Roma, y me acordé de ella.

Por lo que yo pude comprender, sentía por su marido un desprecio inaudito. Se consideraba completamente emancipada. Yo tenía un poco más de mundo que cuando estudiante, y pude comprender que la bella Hortensia se desentendía de toda preocupación moral y que no buscaba mas que prosperar y gozar. Satisfacer los sentidos y la vanidad.

Su fama en Cádiz era un tanto equívoca.

Don Ciriaco pensaba retirarse y quería que yo le reemplazara en el mando de la fragata; pero esta combinación no le gustaba a don Matías. Mi capitán y yo fuimos a ver varias veces a Hortensia para que convenciese a su marido. Ella prometió insistir hasta conseguir su asentimiento.

—Amigo, los chicos guapos tenéis esas ventajas—me dijo don Ciriaco, con su tono zumbón—: las mujeres están de vuestra parte. Os ayudan, os protegen, creen que sabéis mucho de marinería. Ya le quisiera yo ver al capitán Cook, calvo y con las barbas blancas, venir a esta casa. Estoy seguro de que Hortensia le encontraría el defecto de que no estaba muy enterado de marinería.

Yo me eché a reír.

—Sí, sí, ríete—replicó mi capitán—; pero ten cuidado. Esta mujer tiene malas intenciones para ti. Ya que has salido de la hija, no vayas a caer en la madre.

—¿Qué me puede hacer don Ciriaco?—le dije yo, riendo.

—A otros barbilindos más listos que tú les he visto yo andar de cabeza y hacer una porción de tonterías por una mujer. Conque, ¡ojo a la brújula, pilotín, y cuidado con la rueda del timón!

—La ataremos, si le parece a usted, don Ciriaco.

—No, no; el buen timonel no tiene necesidad de eso.

Los consejos de don Ciriaco hicieron que no acudiese con frecuencia a casa de Hortensia. Mi asunto marchaba bien. Antes de un mes podría ver en la calle de la Aduana este letrero:

COMPAÑÍA VASCO ANDALUZA

El día 5 de enero saldrá para las
Canarias, Cabo Verde, el Cabo de
Buena Esperanza y Manila la fragata
«La Bella Vizcaína»,
al mando del capitán don Santiago de Andía.

Los días que me quedaban de Cádiz pensé aprovecharlos. Me empezaba a encontrar bien allí; llevaba una vida ligera y alegre. Paseaba mucho, me encantaba el pueblo, sus plazas alegres, sus calles rectas; contemplaba las casas blancas de miradores enormes, las iglesias también blancas, y recorría la muralla al ponerse el sol.

Una tarde, al anochecer, al ir a entrar a la fonda, pasó por delante de mí la criada vieja de casa de doña Hortensia, la señora Presentación, y me dió una carta. Era de Dolorcitas. Me citaba para las diez de la noche; tenía que hablar conmigo. Me esperaría en la reja. Vivía en la calle de los Doblones, cerca de la Aduana. Toda mi ecuanimidad se vino abajo desde aquel momento.

Se me ocurrieron dos cosas: una, la prudente, el ir a ver a don Ciriaco y pedirle consejo; otra, la que más halagaba mi vanidad, escribir diciendo que acudiría a la cita. Me decidí por lo último. Había entre los marineros de la *Bella Vizcaína* un chico de Cádiz, a quien llamaban el Morito, porque había estado en Tánger y solía llevar con frecuencia un fez rojo en la cabeza.

El Morito era muy partidario mío. Un barco es un pequeño mundo aparte, donde las simpatías y las antipatías se establecen rápidamente, y el Morito era joven y había simpatizado conmigo. Este muchacho solía estar con frecuencia en una tienda de montañés de cerca de la Puerta del Mar. Fuí a buscarle, le encontré, le di el encargo de llevar la carta a Dolores, y después le dije que volviera por mí. Cenamos juntos el Morito y yo; para las diez nos presentamos en la calle de los Doblones.

El Morito estaba contento de intervenir en un asunto un poco misterioso como aquél.

—Tú vigila—le dije yo—, y si pasa alguno, avísame.

—Descuide usted—me contestó él.

A las diez en punto se oyó ruido detrás de la reja; vi una vaga luz, después una falleba que chirriaba suavemente y una persiana que se abría.

El corazón me golpeaba en el pecho como un martillo de fragua; creí que me caía. Apareció ella y extendió la mano. Yo la cogí entre las mías. Estaba tan emocionado que no podía decir nada.

Dolores, de pronto, rápidamente, me dijo que se había casado y que era muy desgraciada. Había comprobado que su marido, el marqués, era el amante de su madre, y ella quería vivir conmigo y abandonar Cádiz.

Yo quedé asombrado, perplejo, sin saber qué contestar. El Morito me sacó del apuro, porque se acercó a decirme que venía alguien por la acera. Pasó el transeúnte y seguimos hablando Dolores y yo.

Al día siguiente me esperaría en una casa próxima, que tenía una puerta a otra calle, por donde yo entraría.

Se cerró la persiana, le avisé al Morito que nos íbamos y me fuí a la fonda. No pude dormir en toda la noche. Realmente yo no estaba enamorado, porque discurría fríamente, con tranquilidad completa. Veía que me jugaba mi porvenir. Mis relaciones con Dolores se averiguarían en seguida, por muchas precauciones que tomáramos, y don Matías me echaría a la calle en cuanto se enterara. A veces se me ocurría la idea de marcharme al barco y encerrarme allí; pero me parecía vergonzoso.

Por la mañana, después de una noche de insomnio, me decidí a seguir la aventura. Estaba convencido de que en el fondo no tenía cariño por Dolores; de que, probablemente, ella tampoco me quería; que obraba por vengarse; pero no importaba; había que ir hasta el fin.

Al día siguiente nos vimos. Dolores había cambiado en los dos años que no la veía. Era una mujer, pero una mujer espléndida, hermosísima. Yo empecé a sentirme como en un sueño.

—¿Será la vida así?—pensaba al retirarme a la fonda.

Era un comenzar a vivir extraordinario. ¡Después de haber dado la vuelta al mundo y respirado el ambiente voluptuoso de las islas del Pacífico; después de haber luchado con los huracanes del Atlántico, con los tifones del mar de la China y los bancos de hielo del Cabo de Buena Esperanza, encontrarse con una mujer joven, bonita, marquesa, que le dice a uno que le quiere!

¡Sentirse uno al mismo tiempo viejo por las cosas vistas y niño por el corazón! Era una situación extraordinaria. No había leído todavía ninguna novela de Balzac, de esas en que figuran únicamente duquesas y jóvenes ambiciosos; de haberla leído, me hubiera encontrado a mí mismo doblemente interesante. La seguridad en mí mismo me hizo ser temerario.

Recuerdo cómo fuí varias veces al palco de Dolorcitas en el teatro. Dolores parecía una princesa; yo llevaba mi frac azul entallado, de botones dorados, pantalón *collant* de color gris, polainas y corbata negra, de varias vueltas.

La gente me señalaba disimuladamente con el dedo. Si alguien me hubiera dicho que no era el rey, el czar, el emperador, el niño mimado de la suerte, le hubiera mirado con olímpico desprecio.

En el teatro había ópera, y más de una vez de pie, en el palco junto a ella, se me arrasaron los ojos de lágrimas oyendo al tenor en *Lucía*, aquello de: *Tu che a Dio spiegasti l'ale.*

Petulancia, sentimentalismo, vanidad, tristeza, todo esto se fundía en mi alma, haciéndome creer unas veces que era un héroe y otras un desdichado.

Mis penas procedían de Dolores. Yo hubiera querido identificarme con ella, saber sus pensamientos más íntimos, penetrar en su alma. Sueño irrealizable. Siempre había en ella una reserva, un temor de dejar su espíritu al descubierto.

—¿Qué más quieres de mí?—me dijo algunas veces. Y esta sola pregunta, expresada con acritud, bastó para hacerme desgraciado.

¡Qué estupidez, pensaba en estos momentos tristes, el considerar a la mujer como una criatura ideal! ¡Qué error mirar la riqueza y el fausto como felicidad!

Se acercaba el momento de que la *Bella Vizcaína* tenía que partir. Yo fuí a la fragata a dirigir la maniobra y a ponerla en franquía, fuera de todos los barcos de la bahía de Cádiz. De allí volví en el bote. Me encontraba en la mayor incertidumbre.

Un acontecimiento, a pesar de su lógica no esperado por mí, acabó, no precisamente de una manera agradable, mis vacilaciones. Una mañana se presentaron en mi hotel dos caballeros, de parte del marqués de Vernay. Venían a provocarme a un duelo a pistola en condiciones graves. Yo acepté desde luego; tenía la seguridad de que no me había de pasar nada. Nombré de padrinos a un condiscípulo de San Fernando y a un oficial inglés de Marina que comía en el hotel y que estaba en un navío surto en la bahía de Cádiz.

Como digo, tenía una confianza absoluta, una confianza estúpida; me parecía imposible que el marqués me hiriera. No sé qué idea absurda de mi inviolabilidad se me había metido en la cabeza.

El duelo se verificaría en el Puerto de Santa María, en la finca de un amigo del marqués. Se hicieron los preparativos con extraordinaria reserva; el marqués y sus padrinos, con las cajas de pistolas, fueron a primera hora de la mañana, y yo, con los míos, nos metimos en una barca después de comer.

El patrón se sentó a la popa. Era un tipo de teatro, con patillas, faja encarnada y calañés.

Nos reímos de él, porque decía en un andaluz muy cerrado:

—Bueno, vámonoz, que ze va el viento.

Cruzamos la bahía de Cádiz, desembarcamos, atravesamos las calles del Puerto de Santa María, en coche, y llegamos a la finca del amigo del marqués, a eso de las dos de la tarde.

Hacía un tiempo de invierno admirable; los padrinos midieron veinte pasos dando unas zancadas enormes; nos dieron las pistolas, disparamos, y al mismo tiempo que oí el fogonazo sentí un golpe que me derribó al suelo. Intenté respirar, la boca se me llenó de sangre y sentí el ruido del aire al entrar por el agujero de la herida.

Tenía atravesado el pulmón. Pasé días muy malos entre la vida y la muerte. Un mes estuve en cama, y al cabo de este tiempo pude levantarme hecho una momia. Don Ciriaco, desde que supo lo ocurrido, se plantó al lado de mi cama y me cuidó como a un hijo. Hortensia vino también a verme. Dolores y su marido habían ido a vivir a Madrid, al parecer reconciliados.

Cuando ya estuve en disposición de salir de casa, don Ciriaco me llevó a ver a un amigo suyo, capitán de una fragata, *La Ciudad de Cádiz*. El viejo capitán, que me tenía cariño, quería que su amigo pasara a mandar la *Bella Vizcaína* y yo ocupara la vacante en *La Ciudad de Cádiz*.

El amigo no presentó dificultad alguna; don Ciriaco fué a ver a doña Hortensia, quien parece que dijo que se haría lo que deseábamos sin la menor vacilación.

Efectivamente; unos meses después, ya restablecido del todo, era capitán de una hermosa fragata, a los veintitrés años.

VI

EL PARADERO DE JUAN DE AGUIRRE

Nunca volví a ocuparme de mi tío Juan de Aguirre, que en mi infancia tanto me preocupó; pero un día iba en una de esas canoas que cruzan la bahía de Manila conduciendo el pasaje, y que llaman *guilalos*, cuando entablé conversación con un viejo capitán vasco que mandaba un bergantín, y al decirle que yo era de Lúzaro, me preguntó:

—¿Usted sabe algo de la vida de Juan de Aguirre?

—No. Y eso que Juan de Aguirre era pariente mío.

—¿Juan de Aguirre y Lazcano?

—El mismo. Era mi tío carnal.

—¿Qué se hizo de él?

—Debió morir. Yo he asistido a su funeral.

—¿Cuánto tiempo hará de eso?

—Pues, hará cerca de veinte años.

—No puede ser. Hace unos catorce o quince años, Juan de Aguirre vivía, y estaba, según me dijeron, en Ilo-Ilo.

—No creo que fuera él; me parece imposible.

—Yo no le he visto—repuso el capitán—, pero he conocido gente que ha hablado con él.

—Podría ser una persona del mismo nombre.

—¿Del mismo nombre, del mismo pueblo y que hubiera navegado de piloto en el mismo barco?... Muy raro tenía que ser.

—Sí, es verdad. Pero si hubiese vivido en Ilo-Ilo, le hubiese escrito a su madre.

El capitán se encogió de hombros como si el argumento no le convenciera y añadió con indiferencia:

—Hace veinte años que no le escribo yo a mi mujer, y probablemente creerá que me he muerto.

Me despedí de este paisano, que sin duda no era un caso muy significativo de ternura matrimonial; le conté la conversación a mi segundo, e hicimos una serie de indagaciones entre capitanes, pilotos y contramaestres vascongados. Varios nos confirmaron que, efectivamente, habían oído hablar hacía unos quince años de un Juan de Aguirre, propietario en Ilo-Ilo y antiguo marino; en cambio, el capitán de la corbeta *Mari Galante*, Francisco Iriberri, a quien encontramos en una de esas calmas del Océano Índico, al sur de Madagascar, me dió otros datos.

Iriberri era un viejecito pequeño, imberbe, con el aire enfermizo, el pelo rubio y los ojos ribeteados. Después he sabido que Iriberri fué uno de los capitanes más audaces de su tiempo.

Iriberri me aseguró que Juan de Aguirre había estado, como él, haciendo el comercio de negros y de chinos hasta que fué apresada su urca por un crucero inglés. Iriberri me dijo que la urca en donde navegó mi tío se llamaba *El Dragón* y que era de una Sociedad franco-holandesa, y me dió tales detalles, que quedé convencido. Según él, mi tío, si no se había escapado o no había muerto, seguiría en presidio.

Su final lo desconocía, pero era indudable que mi tío, después de andar en algún barco negrero o pirata, había sido preso.

Desde Ilo-Ilo hubiera escrito a su madre y ésta no hubiese tenido inconveniente en declarar que su hijo vivía. Encontrándose en presidio, se comprendía que mi orgullosa abuela prefiriese darle por muerto.

Con un viaje muy malo, después de siete meses de navegación con temporales y borrascas, llegamos a Cádiz.

Llevaba cinco años de mar. Tenía veintiocho. Estaba cansado. Recogí las cartas en el correo, y en la primera que leí mi madre me decía que la abuela había muerto. Era conveniente que fuese a Lúzaro, para arreglar las cuestiones de la herencia.

Tenía tanto deseo de ver tierra, que rechacé la proposición de un compañero que quería llevarme en su barco hasta Bilbao, y tomé la diligencia para Madrid.

Estuve una semana en la corte, y el primer día, al llegar al Prado, vi en un coche a Dolorcitas con su marido. Él quizá no me conoció, pero ella sí debió conocerme al momento, y volvió la cabeza con desdén.

Era una estupidez, pero aquel ademán desdeñoso me hizo mucho efecto.

Más melancólico de lo que había llegado, salí de Madrid; pasé por Burgos y Vitoria, y de aquí, tomando un coche y dejando otro, llegué a Lúzaro.

Los bienes de la abuela tenían que repartirse en partes iguales entre mi tía Úrsula y mi madre.

Aguirreche quedaba para las dos; pero como mi tía Úrsula, sintiendo cierta veleidad mística, había manifestado el deseo de entrar en el convento de Santa Clara, y mi madre no quería para vivir la antigua casa solariega, decidieron alquilarla.

Yo, movido por el interés de averiguar el paradero de mi tío Juan, registré los armarios de la abuela y leí todas las cartas y papeles viejos.

Quería aclarar el enigma de la vida de mi tío, de quien se contaban tantas historias, y que me volvía otra vez a preocupar.

Registrando los armarios, encontré un daguerrotipo en cristal, hecho en París. Pregunté a mi madre si conocía al retratado, y me dijo que era su hermano Juan, pero tan raro, que casi no le conocía. Nunca había visto aquel retrato.

En un paquete de cartas amarillas leí una firmada *Juan*. En ella se acusaba recibo de una cantidad no pequeña y se decía que enviaba su daguerrotipo, hecho por un fotógrafo de París.

No cabía duda que la carta era de mi tío. Estaba escrita desde un pueblo de Bretaña y fechada diez años después de que en Lúzaro se celebrara el entierro. Era indudable que Juan de Aguirre vivía cuando su familia y yo, de chico, asistimos a su funeral.

LIBRO TERCERO

LA VUELTA AL HOGAR

I

LA HERIDA

Por las mañanas, al asomarme al balcón, veo el pueblo con sus tejados rojos, negruzcos, sus chimeneas cuadradas y el humo que sale por ellas en hebras muy tenues en el cielo gris del otoño.

Después de las lluvias abundantes, las casas están desteñidas, las calles limpias; la carretera descarnada, con las piedras al descubierto. El azul del cielo parece lavado cuando sale entre nubes: es más diáfano, más puro.

En el jardín del convento próximo, dos monjas de toca blanca han estado mirándome y hablando entre ellas. ¡Qué idea más rara deben formarse de un marino estas pobres mujeres que no han salido jamás fuera de las tapias de su huerta.

Enfrente veo las casas solariegas contempladas por mí en la infancia, tristes, viejas, negras. Entre ellas, Aguirreche, la de mi abuela, convertida hoy en casa de pescadores; se destaca por su magnitud, con las ventanas y balcones atestados de ropas puestas a secar, de aparejos con corchos y anzuelos. Ahí siguen todas esas viejas casas bien agarradas al suelo, con sus negros paredones y sus tejados llenos de pedruscos. Están siempre igualmente tristes, igualmente severas, durmiendo, envueltas en la bruma.

¡Qué contraste con la inquietud del mar y con sus mil caminos diversos! ¡Qué existencias más inmóviles!

Esa casa de piedra amarilla, sombreada por el saliente alero, se me figura la cara de un viejo aldeano, tosco y pensativo.

¡Qué quietud en todo el pueblo! El mismo monte no es tan estático; al menos, cambia de color en las estaciones. Las casas, no; así estarían hace doscientos años, así están hoy.

Todo sigue igual. Hasta el loro de mi abuela, heredado por mi madre, ahora en el balcón de mi casa, sigue diciendo, con su voz estridente y chillona:

¡A babor! ¡A estribor!

Sí, todo está igual; yo sólo soy diferente, yo sólo he variado; era un niño, soy un hombre; era un ingenuo, soy un desengañado y un melancólico. He vivido en medio de los acontecimientos, y los acontecimientos me han escamoteado la vida.

Algunas veces me miro en el espejo y, al verme viejo y cambiado, me digo a mí mismo:

—¡Ah!, pobre hombre. Tu juventud se fué.

Han pasado muchos años desde que salí de mi pueblo, ¿y qué he hecho? Ir, andar, moverme de aquí para allá, llevado por un turbión de acontecimientos que me han dejado el alma vacía. Cuando he buscado un poco de calor y de abrigo, he encontrado frialdad, dureza y egoísmo.

Navegando, he perdido la noción del tiempo; embarcado, los días son largos, y, sin embargo, los años, suma de días, son cortos, escapan, vuelan. El tiempo ha corrido bien rápidamente para mí. Ese pensamiento en el pasado, cuando se deja atrás la juventud, es como una herida en el alma, que va fluyendo constantemente y nos anega de tristeza. Todo el camino andado parece una vía Apia sembrada de tumbas.

La *Iñure* ha muerto: ya no la oiré contar historias supersticiosas; la cerora ha muerto: ya no le haré las hostias, como antes; el atalayero también ha muerto: ya no le veré, en el extremo del muelle, levantando sus gallardetes. Ya, ni Caracas hará sus barcos, ni Yurrumendi hablará de los piratas, ni Joshepe Tiñacu irá haciendo eses por las calles. Todos han desaparecido. No he debido salir de aquí, o no he debido volver aquí.

Extraña existencia la mía y la de los hombres andariegos. En una época, todos son acontecimientos; en otra, todos son comentarios a los hechos pasados.

La primera impresión, al llegar Lúzaro, fué un gran asombro, al ver lo insignificante de los muelles, de la ciudad, del río. ¡Me parecía tan pequeño, tan desierto, tan triste! Me había figurado grande la entrada del puerto; hermoso, el río; anchos, los muelles, y al verlos quedé asombrado; me parecieron de juguete.

—No vale la pena de vivir aquí—me dije al llegar.

Y ahora, ¡absurdo cambio de opinión!, me digo muchas veces:

—No vale la pena de vivir fuera de aquí.

Hace un mes no quería pensar en quedarme en Lúzaro; me parecía una locura cambiar esas horas de indolencia y ensueño de los días de navegación, por la vida de un pueblecillo triste, aburrido, lleno de preocupaciones y de mezquindades. Ahora me espanta la idea de volver a mi barco, de hundirme en el ajetreo contínuo del acontecimiento. Toda la vida de a bordo se va alejando de mí; me parece una cosa vaga y sin realidad. A medida que adquiero mi calidad luzarense me voy aficionando a las cosas viejas; me paso las horas muertas contemplando, desde el balcón, el pueblo, el campo y el mar, y me figuro encontrarles aspectos antes no vistos por mí.

Me levanto todos los días muy temprano. Me gusta ver, al amanecer, cómo se aligera la niebla y sube por el monte Izarra, y comienza a brotar la ciudad y el muelle de las masas inciertas de bruma; me encanta oír el cacareo de los gallos y el chirriar de las ruedas de las carretas en el camino.

Cuando hace buen tiempo salgo por las mañanas y recorro el pueblo. Contemplo estas casas solariegas, grandes y negras, con su alero ancho y artesonado; me meto por las callejuelas de pescadores, empinadas y tortuosas. Algunas de estas calles tan pendientes tienen tres y cuatro tandas de escaleras; otras están cubiertas y son pasadizos en zig-zags. Al amanecer, por las callejuelas estrechas, sólo se ve alguna mujer, corriendo de puerta en puerta, golpeándolas violentamente, para avisar a los pescadores. Las golondrinas pasan rasando el suelo, persiguiéndose y chillando....

Los días de lluvia Lúzaro me gusta más. Esa tristeza monótona del tiempo gris no me molesta. Es para mí como un recuerdo amable de los días infantiles.

Acostumbrado al horizonte violento de los trópicos, a esos cielos nublados y brillantes de las zonas en donde reinan los vientos alisios, estas nubes grises y suaves me acarician. La lluvia me parece caer sobre mi alma, como en una tierra seca, refrescándola y dándole alegría.

Muchas veces me paso el tiempo en el balcón viendo cómo la carretera se llena de charcos y se ennegrecen las casas.

De noche, el ruido de la lluvia, esa canción del agua, es como un rumor que acompaña resonando en los tejados y en los cristales; ritmo olvidado vuelto a recordar.

Aun desde la cama lo oigo en la gotera del desván, que, al caer en un barreño, hace un ruido metálico.

Y la lluvia, y el viento, y el agua, todo me encanta y todo me entristece.

Es la herida, esa herida que va fluyendo y anegando mi alma; manantial cegado que ahora tornó a brotar.

No sé por qué parecen llenas de magia melancólica las cosas pasadas; no se lo explica uno bien; se recuerda claramente que en aquellos días no era uno feliz, que tenía uno sus inquietudes y sus penas, y, sin embargo, parece que el sol de entonces debía brillar más, y el cielo tener un azul más puro y más espléndido.

Uno quisiera que las personas y las cosas relacionadas con nuestros recuerdos fueran eternas; pero nuestra existencia no representa nada en la corriente tumultuosa de los acontecimientos. Allí teníamos un amigo..., en aquel rincón fuimos felices..., nuestra felicidad o nuestra amistad tienen poca importancia.

Siento, al pensar en esto, un profundo terror, como si la vida se me escapara en un momento de desmayo. La inanidad de las cosas me conturba; la esperanza me falta. Yo quisiera que mi espíritu fuera como el ruiseñor, que canta en la noche negra y sin estrellas, o como la alondra, que levanta su vuelo en la desolación de los campos, y no el pájaro herido que se viene a tierra velozmente....

II

LÚZARO Y SU FORMACIÓN

Si no hubiera vuelto ya de hombre a Lúzaro, no hubiera tenido una idea clara de cómo es. Los recuerdos de la infancia me daban datos falsos; esto amplificado, aquello disminuído, y entre una cosa y otra grandes lagunas.

Si, basado en mis impresiones de chico, hubiese pretendido describir mi pueblo, seguramente mi descripción se parecería muy poco, o quizá nada, al original. Lúzaro es un pueblo bonito, obscuro, como todos los pueblos del Cantábrico; pero de los menos sombríos. A un hombre del norte de Europa le debe dar la impresión de una villa andaluza.

Muy templado, muy protegido del noroeste, Lúzaro tiene una vegetación exuberante. Por todas partes, en las paredes negruzcas, en las escaleras de piedra de algunas casas, en las tapias de los jardines, salen hierbas carnosas y relucientes, con florecillas azules y rojas. En las huertas hay inmensas magnolias, naranjos y limoneros.

Yo encuentro a mi pueblo algo de Cádiz, de un Cádiz pequeño, melancólico y negro, menos suave y más rudo. Lúzaro tiene una salida al mar bastante estrecha y una playa de arena muy movediza.

El puerto se ha agrandado en mi ausencia; hoy, la escollera de *Cay luce* avanza mucho; va paralelamente al barrio de pescadores, y termina en el Rompeolas. El Rompeolas es hermoso; se ensancha en forma de explanada; tiene en medio una cruz de piedra, y a un lado la atalaya nueva, en cuya pared suelen jugar los chicos a la pelota. Desde allí se disfruta del espectáculo admirable del mar batiéndose con furia contra las olas.

Como en todos los pueblos de pescadores, en Lúzaro se ven lanchas en los sitios más extraños e inverosímiles: en una calle en cuesta, interceptando el paso; debajo de una tejavana, dentro de la guardilla de una casa.

La ría de Lúzaro es pequeña, pero muy romántica; sobre ella se tiende un puente de un solo arco, por donde pasa la carretera de Elguea. Una de las orillas de esta ría es rocosa, accidentada; la otra es un fangal negruzco. Sobre este fangal, desde hace años, según algunos, siglos, está instalado un astillero. Antes, en él se construían fragatas y bergantines; hoy sólo se hacen lanchas y alguna goletilla de poco tonelaje.

El actual dueño del astillero es Shempelar. El astillero no es muy complicado; consta solamente de dos barracas negras, formadas por maderas de barcos desguazados y de una rampa con un carril en medio.

Ordinariamente se calafatea y se hacen composturas. Cuando hay trabajo nuevo, Shempelar disfruta; saca sus compases y allí se está, dibujando las piezas de un barco, sin levantar cabeza. Si se le pregunta qué tal va la obra, dirá que mal, porque Shempelar es un *dilettanti* del pesimismo.

Concluye el maestro de dibujar las piezas, y entonces los carpinteros de ribera comienzan a trabajar con el hacha y la azuela, cortando las tablas, barrenándolas y armando después las costillas. El esqueleto del barco se va cubriendo, la obra marcha; Shempelar, interiormente entusiasmado con su obra, anda muy fosco, riñendo a todo el mundo. Los calafates van clavando gruesos clavos en el costado del barco, a golpes de martillo; alrededor suelen verse mazos, grandes barrenos, gubias, gatos para levantar pesos y varias calderas negras llenas de alquitrán, que los hijos pequeños de Shempelar suelen hacer hervir con virutas y pedazos de tablas viejas. Luego, todos van cogiendo alquitrán con los candiles de calafatear, y rellenan las hendiduras del barco, hundidos en el fango como patos. Y cuando el barco queda a flote, y todo el mundo dice que es un gran barco, hay que verle a Shempelar haciendo esfuerzos maravillosos para demostrarse a sí mismo que tiene motivos, motivos graves, motivos serios para estar profundamente incomodado.

Suelo ir a ver a Shempelar, sobre todo si tiene obra nueva, y hablamos; pero mi paseo constante no es hacia el río, sino hacia el muelle; veo cómo pescan en *Cay luce*, y cómo van entrando las barcas de bonito y las goletas de cabotaje; oigo, riendo, las riñas en vascuence de las mujeres a los chicos, porque todas estas mujeres de mar tratan a la prole a fuerza de chillidos, como si imitaran a las gaviotas, y cambio algunas palabras con los pescadores.

En ver esto, en recordar los sitios donde anduve de chico, en paladear y saborearlo todo, he pasado más de un mes sin hacer mucho caso de visitas y de prácticas sociales.

Mi madre quiere ayudarme a la reconquista de mi calidad luzarense, haciendo ella misma una porción de guisos complicados y de postres clásicos del país.

—Esto te gustaba mucho antes—me dice.

—¿De veras?

—Sí

—Pues ahora también me gusta.

Ya, saturado de sabor local, he comenzado a ir a la tertulia de Zapiain, el relojero y corredor de comercio, el antiguo dueño del *Cachalote*. La relojería es una academia enciclopédica, un gimnasio ateniense. Allí se ha discutido de todo lo divino y humano, y, entre lo no divino, una de las cuestiones más debatidas ha sido la formación de Lúzaro.

Garmendia, el farmacéutico, atribuye la formación de Lúzaro casi exclusivamente al río, que fué, dice él, abriéndose paso lentamente, disgregando los terrenos blandos hasta salir al mar. Según Garmendia, Frayburu y sus arrecifes, como los arenales de Legorreta, no son mas que restos de la disgregación de las rocas; los núcleos fuertes resistieron a la acción corrosiva del aire y del agua y se convirtieron en peñascos; los débiles se han disuelto en arena.

Socoa, el viejo capitán, quiere atribuir el boquete de Lúzaro únicamente a la influencia de la Gran Corriente del Golfo o *Gulf Stream*.

El *Gulf Stream*, ese inmenso río de agua caliente, como le llamó el mayor Rennell, que corre por dentro del mar y que atraviesa con oblicuidad el Atlántico, proyecta, al llegar a la costa oeste de España, dos corrientes: una la del golfo de Vizcaya o corriente costera, que al subir por las costas de Francia se llama corriente de Rennell, y que luego se incorpora al *Gulf Stream*; otra la corriente que baja hacia el África y se llama corriente de Guinea.

La corriente costera se mete en las grandes curvas que hace la costa, y después en las ensenadas y bahías, y lleva, además, restos orgánicos que se depositan en las playas.

Para el capitán Socoa, esta corriente, y sólo ella, ha producido el boquete de Lúzaro. La predilección de Socoa por el *Gulf Stream* se explica porque viajó continuamente por el Golfo de Méjico y pudo apreciar la violencia de la corriente que parte de aquel punto y que es como el horno que calienta las costas del noroeste de Europa.

Otro piloto antiguo, también contertulio de la relojería, aseguraba que los arenales de Legorreta están formados por el viento.

Discutían los tres para demostrar que sólo lo que cada uno de ellos decía era la verdad, y me preguntaron mi opinión.

—Creo que los tres tienen ustedes parte de razón—dije yo—. El río, como dice el farmacéutico, fué, sin duda, el que abrió las tierras blandas hasta llegar al mar y hacer un boquete; la corriente costera vino después a ensancharlo, a redondearlo y a formar una ensenada; luego, el viento del noroeste, que sigue al *Gulf Stream y* que es el semillero de todos los temporales del Cantábrico, fué echando las arenas hacia Legorreta.

Por dar una opinión tan sensata y desapasionada, fuí calificado de pancista y de pastelero.

Si hubiese sido ya antropólogo entonces el hijo de Recalde, hubiera encontrado, probablemente, que todos ellos tenían la cabeza redonda y que por eso eran tan absolutistas y violentos.

III

LA TERTULIA DE LA RELOJERÍA

Mi madre quería que, aprovechando mi licencia, me casara. Me tenía destinada la hija de un propietario de *Lúzaro,* más vieja que yo, feúcha, flacucha y mística. Yo, la verdad, no estaba muy decidido. Sabido es que los marinos no somos modelo de amabilidad ni de sociabilidad. La perspectiva de los viernes con vigilias y abstinencias, que me prometía el destino, de unirme con Barbarita, así se llamaba la candidata de mi madre, no me sonreía. Mayormente, las mujeres de Lúzaro, a pesar de su dulzura, tienen bastante afición a hacer su voluntad. Como son casi todas hijas y mujeres de marinos, el vivir mucho tiempo solas les ha dado decisión y energía, y las ha acostumbrado a no obedecer a nadie.

Hoy no debe pasar esto, no porque las mujeres se hayan hecho más humildes, sino porque apenas quedan en Lúzaro marinos de altura, con lo cual las mujeres tendrán, de grado o por fuerza, que soportar a sus respectivos esposos, todos los días del año.

El caso de mi amigo Recalde, padre del actual antropólogo, que me contaron en la relojería, me pareció sintomático.

Recalde, mi antiguo camarada, el terrible Recalde, el piloto más atrevido y más valiente del pueblo, se había casado con la Cashilda, la hija del confitero de la plaza, muñequita con los ojos azules, muy modosita y formal. Todo el almíbar, todo el cabello de ángel de la tienda de su padre se le había comunicado a ella.

Recalde era un déspota: decidido, audaz, acostumbrado a mandar como se manda en un barco, no podía soportar que nadie le contrariase. Se casó, pasó la luna de miel; la Cashilda tuvo un niño, el antropólogo; Recalde estuvo luego navegando tres años, y volvió a su hogar a pasar una temporada.

El primer día, al volver a su casa, quiso ser fino:

—¿Qué hay? ¿Ha pasado algo?—le preguntó a su mujer.

—Nada. Estamos todos bien.

—¿Ha habido muertos en el pueblo?

—Si; don Fulano, don Zutano. La señora de Tal ha estado enferma.

Recalde escuchó las noticias, y después preguntó:

—¿A qué hora se cena aquí?

—A las ocho.

—Pues hay que cenar a las siete.

La Cashilda no replicó.

Recalde creía que el verdadero orden en una casa consistía en ponerla a la altura de un barco.

Al día siguiente Recalde fué a su casa a las siete, y pidió la cena.

—No está la cena—le dijo su mujer.

—¿Cómo que no está la cena? Ayer mandé que para las siete estuviera la cena.

—Sí; pero la chica no puede hacer la cena hasta las ocho, porque tiene que estar con el niño.

—Pues se le despide a la chica.

—No se le puede despedir a la chica.

—¿Por qué?

—Porque me la ha recomendado la hermana de don Benigno, el vicario, y es de confianza.

—Bueno; pues mañana, haga la cena la muchacha o la hagas tú, se ha de cenar a las sietes.

Al día siguiente, la cena estaba a las ocho. Recalde rompió dos o tres platos, dió puñetazos en la mesa, pero no consiguió que se cenara a las siete, y cuando la Cashilda le convenció de que allí se hacía únicamente su voluntad, y que no había ningún capitán ni piloto que le mandara a ella, para remachar el clavo acabó diciendo a su marido:

—Aquí se cena todos los días a las ocho, ¿sabes, chiquito? Y si no te conviene, lo que puedes hacer es marcharte; puedes ir otra vez a navegar.

Y la Cashilda, mientras decía esto, le miraba a Recalde sonriendo, con sus ojos azules.

Recalde, el terrible Recalde, comprendió que allí no estaba en su barco, y se fué a navegar. Este caso ocurrido con mi camarada, ejemplo de la energía femenina luzarense, no me inducía a casarme, ni aun con la espiritual Barbarita. Me contaron el proceso de este conflicto familiar entre Recalde y la Cashilda, en la relojería de Zapiain, que era el mentidero de las personas pudientes del pueblo. Mi tío, el viejo Irizar, fué el que me llevó allí. Todavía no se había fundado el casino de Lúzaro, que, después de una época de pedantería y de esplendor, quedó reducido a una reunión soñolienta de indianos y de marinos retirados.

En la relojería me enteré de cuanto pasaba en el pueblo. Casi todos los contertulios eran carlistas y fanáticos; yo no lo era; pero allí pasaba el rato enterándome de las vidas ajenas, y me entretenía. Mi norma era no discutir cuestiones de política ni de religión.

El que por las trazas debía de ser liberal, mucho más aún de lo que se mostraba en público, era el boticario Garmendia. No le convenía desenmascararse por completo; pero, en el fondo, no tenía ideas religiosas.

Garmendia no se atrevía a mostrarse francamente volteriano, y procedía en la conversación con insidia, por frases sueltas, por observaciones al parecer cándidas.

Los que más se indignaban con él eran dos carlistas cerrados, venidos del interior de la provincia: el uno, administrador de un título; el otro, contratista de piedras.

El administrador se llamaba Argonz; el contratista, Echaide.

Garmendia les sacaba fuera de quicio con sus observaciones, al parecer ingenuas, pero de doble fondo.

El boticario decía, por ejemplo, que había conocido algún protestante o judío, buena persona, y añadía que era para él muy extraño y muy triste que un hombre que profesaba una religión falsa pudiera ser mejor que muchos católicos.

—¿Qué importa que un hombre sea bueno o malo, si no es cristiano?—preguntaba Echaide, furioso.

—Hombre, sí importa.

—No importa nada—replicaba el otro—. Nada. Si no va a misa, no se puede salvar.

Garmendia les mortificaba continuamente. Lo mismo Echaide que Argonz eran muy aficionados a la sidra y al chacolí, y a toda clase de licores.

—Es una lástima—les dijo una vez Garmendia—que los vascongados, a pesar de ser tan religiosos, sean tan borrachos.

—¡Mentira!—exclamó Echaide, poniéndose rojo de indignación—. El pueblo vascongado es un pueblo honrado, y los que le denigran son indignos de pertenecer a él.

—Son unos canallas—añadió Argonz, con los ojos fuera de las órbitas.

—No lo dudo—replicó Garmendia—. Soy tan vascongado como cualquiera, pero siento que a mis paisanos les pase lo que a los irlandeses, que son muy religiosos, pero les gusta demasiado el vino.

—¿Y qué? ¿Por qué no les ha de gustar?

Los dos carlistas exaltados comprendían que Garmendia era su enemigo, y uno de ellos dijo una vez, amenazadoramente:

—Lo que hay que hacer aquí es salir al campo con el fusil, y a todo liberal que se encuentre, ¡fuego!

—Y por la espalda—añadió el otro, con la cara inyectada de rabia.

El relojero era de estos hombres que a todo el mundo dan la razón, y, con su lente en el ojo derecho, movía la cabeza, en señal de asentimiento, a cuanto decían sus contertulios; pero, al marcharse los carlistas exaltados, murmuraba:

—Son unos bárbaros: la Inquisición no es para estos tiempos. El mundo marcha.

Esta frase no expresaba para Zapiain mas que el contento de vivir tranquilo y satisfecho, sin guerras ni trifulcas.

Uno o dos meses después de llegar yo a Lúzaro, en la relojería se comenzó a hablar a todas horas de las minas de hierro que se estaban explotando en Izarte, y del embarcadero que se iba a construir en un extremo de la playa de las Animas.

Estas minas se habían descubierto y comenzado a explotar mientras yo estaba viajando. Dirigía los trabajos un tal Juan Machín, hijo de Lúzaro, a quien se recordaba haber conocido holgazaneando por el pueblo.

En mis tiempos de chico, hablaba mucho de minerales y de filones de hierro un señor que se llamaba don Juan Beracochea, de quien la gente solía burlarse porque andaba con un criado suyo haciendo excursiones por los montes próximos, y decía que los alrededores de Izarte valían una millonada.

Beracochea era hombre con tipo de mosquetero: nariz aguileña, barba negra en punta, sombrero de ala ancha y melenas. Llevaba un bastón grueso, cuyo mango era un martillo, y volvía de sus paseos con los bolsillos llenos de piedras.

Beracochea tenía fama de hereje; él decía con orgullo que su padre había sido uno de los primeros suscriptores a la célebre *Enciclopedia metódica* de Diderot.

Cuando se murió se encontraron en su casa muchos libros. La sobrina de Beracochea, que era la heredera, llamó a don Benigno, el vicario, para que los examinara, y éste afirmó que aquellos libros eran tan malos, que era mejor quemarlos. Algunos preguntaron cómo había averiguado la maldad de estos libros el buen cura, no sabiendo francés e inglés, idiomas en que la mayoría estaban escritos; pero un vicario no necesita de eso para comprender la ponzoña que hay encerrada en el papel impreso. Beracochea tenía una porción de minas denunciadas; pero, a pesar de la decantada bondad del mineral, no pudo explotarlas ni venderlas.

En esto apareció Juan Machín, en compañía de unos ingleses; se entendió con la sobrina de Beracochea, formaron una sociedad y comenzaron a ganar dinero.

De un vagabundo de mala fama, Machín se convirtió en hombre todopoderoso: daba trabajo, favorecía a los pescadores, era un personaje.

Juan Machín se casó con una mujer rica de Bilbao; compró una casa solariega en Izarte, y comenzó a arreglarla a su gusto.

Varias veces me dijeron que fuera a ver los trabajos y excavaciones que se hacían en el pueblecito vecino; pero no tenía gran curiosidad, y no hubiese ido por allí a no aconsejarme mi madre que fuera, aunque por otra causa.

Mi abuela había dejado un caserío en Izarte, sobre las dunas de la playa de las Ánimas. Este caserío se llamaba *Bisusalde.*

Bisusalde correspondía a mi madre, y estaba alquilado a un inglés. No sabía mi madre el contrato que mi abuela había hecho con él; y como se acercaba Año Nuevo, quería averiguarlo para cobrar la renta.

Este motivo me hizo sacudir la pereza e ir despacio, una mañana de noviembre, a la playa de las Ánimas. Fuí por el monte Izarra; quería recorrer aquel camino del acantilado que tantas veces pasé de niño, echar una ojeada a la cueva de la *Egansuguía* y recordar el olor de las aliagas y de los helechos, ya olvidado por mí desde la infancia.

IV

LA PLAYA DE LAS ÁNIMAS

El monte Izarra forma una pequeña península: a un lado tiene el boquete de Lúzaro, al otro, una playa extendida algunos kilómetros entre la punta del Faro y los cantiles pizarrosos de la parte de Elguea.

Esta playa es la llamada playa de las Ánimas; playa solitaria y desierta. Sobre ella, dominándola en toda la extensión y limitando el arenal, hay como una cornisa de dunas de treinta o cuarenta metros en la parte más alta, formadas por masas de arena y de arcilla, amarillentas y blancas, cortadas en unas partes a pico, en otras constituídas por mamelones terrosos llenos de grietas, de anfractuosidades y de torrenteras. Un hilo de agua rompe esta barrera de dunas y corre por el fondo del barranco. Esta pequeña corriente se llama *Sorguiñ-Erreca* (el arroyo de las Brujas). En el combate del mar con la tierra, en unas partes el mar roe la costa, transformándola en acantilado, haciéndola desmoronarse; en otras, por el contrario, la tierra avanza; la arena se convierte en duna; la duna se defiende con sus hierbas, con sus algas; resiste el empuje del mar, se consolida y se afianza como terreno fuerte. Sobre las dunas de la playa de las Ánimas la vegetación se hace cada día más tupida, y van llegando las praderas y las heredades de Izarte hasta el borde mismo de la cornisa.

Hacía el lado del Izarra, en un pequeño promontorio, hay un faro de poca importancia; por el lado de Elguea se ve toda la costa española y parte de la francesa.

La playa de las Ánimas es punto donde se desarrollan grandes temporales y galernas.

Este mar de las costas vascas es de los más salvajes, de los más violentos; tiene cóleras rápidas e imprevistas; es pérfido y cambiante, hierve, tiembla, siempre agitado y tumultuoso.

Aquí, en el fondo del golfo de Gascuña, el Cantábrico tiene mucha profundidad, la costa es de roca y las corrientes fuertes.

En invierno, la playa de las Ánimas es triste; la bruma blanquecina cubre el mar; jirones de niebla se levantan por el Izarra, y el aire y el agua se confunden. Ni una línea se destaca claramente; cielo y agua son la misma cosa: un caos sin forma y sin color.

Se siente ese silencio del mar lleno del gemido agudo del viento, del grito áspero de las gaviotas, de la voz colérica de la ola, que va en aumento hasta que revienta en la playa y se retira con el rumor de una multitud que protesta.

Muchas veces el cielo gris permite ver perfectamente a lo lejos; hay una claridad difusa, que parece no venir del cielo entoldado, sino del mar blanquecino y turbio; las olas, de un color de arcilla, llegan con meandros dislocados de espuma a dejar en la playa una curva plateada, y la resaca hace hervir la arena al contacto del mar.

Las gaviotas juegan por encima de las olas, se meten en las concavidades abiertas entre unas y otras, descansan sobre las espumas, se acercan a la playa a mirar con sus ojos grises, en donde se refleja la luz apagada del día, y lanzan ese grito salvaje parecido al áspero chirriar de la lechuza.

Muchas veces, en pleno invierno, se aligera el cielo, huyen las nieblas y queda el mar azul, admirable; pero nunca la playa de las Ánimas da una impresión de serenidad, de belleza, como en otoño, después de pasar las tormentas equinocciales.

Sabido es que la climatología oceánica y terrestre no es igual; en tierra, el máximum de frío y de calor es febrero y agosto; en el mar, es marzo y septiembre.

Octubre, en nuestras costas, es el verdadero principio del otoño; cuando la tierra empieza a enfriarse, el mar sigue templado.

En estos días tranquilos, suaves, de temperatura benigna, se pueden pasar las horas dulcemente contemplando el mar. Las grandes olas verdosas se persiguen hasta morir en la playa; el sol cabrillea sobre las espumas, y al anochecer algún delfín destaca su cuerpo y sus aletas negras en el agua.

Ese espectáculo de las olas, tan pronto tranquilas en su marcha como lanzadas a la carrera en un furioso galope, tiene, a pesar de su monotonía, un inexplicable interés. Es un líquido cargado de sales, movido por el viento con un ritmo mecánico en su circulación, y, sin embargo, da la impresión de una fuerza espiritual de algo infinito.

Los días de viento sur, los promontorios lejanos se ven con una claridad diáfana, y la costa de Francia y la de España se dibujan como en un plano en el mar. En estos días la arena no echa fuego, como en el verano; espejean los charcos dejados por la marea; el liquen de las rocas verdea más al sol; en los agujeros redondos formados por los *mangos de cuchillo* se escapan burbujas al pasar la ola; las algas negruzcas forman madejas semejantes a correas, y los fucus y las laminarias y las gelatinosas medusas brillan en el arenal.

Al anochecer, el crepúsculo hace ostentación de su magia; el sol tiene fantasías, aparece en un fondo de nubes rojo, da a la superficie de las olas reflejos rosados e inunda a veces el mar de luz dorada, dejándolo como un metal fundido.

Por marzo, cuando el invierno ha pasado; cuando la estufa, encendida por los rayos solares en el verano, se extingue por completo, el mar está frío. Entonces es la época de los grandes temporales, de las mareas vivas, con el flujo y el reflujo muy grandes.

Casi siempre, antes de las tempestades, el mar arroja a la playa medusas y estrellas de mar, algas y trozos de madera arrancados del fondo del abismo por las agitaciones interiores del Océano.

Después de los temporales y de las lluvias abundantes, ese hilo de agua limpia que sale del barranco abierto entre las dunas *Sorguiñ-Erreca* (el arroyo de las Brujas), se hincha, se agranda y se convierte a veces en un torrente.

V

FRAYBURU

Y con la suavidad del mar en la playa, contrasta la violencia de las olas en la punta del Faro, hacia el lado del Izarra, en los arrecifes de Frayburu.

En pocas partes la conjunción del mar y de las rocas se verifica de una manera tan violenta, tan tumultuosa, tan trágica como en esos peñascales del Izarra, dominados por ese islote negruzco llamado Frayburu.

Desde la barandilla del faro, el espectáculo es extraordinario; abajo, al mismo pie del promontorio, hay una sima con fondo de roca, y allí el agua, casi siempre inmóvil, poco agitada, es de un color sombrío; a lo lejos, el mar aparece azul verdoso; cerca del horizonte, de un tono de esmeralda. Cuando el viento riza las aguas, toman el aspecto y el brillo de la mica, y se ve el mar surcado por líneas blancas que indican las diversas profundidades.

Lejos, detrás del Izarra, las lanchas pescadoras, negras, parecen inmóviles; algún barco de vela se presenta en el horizonte, y pasa una gaviota despacio, casi sin mover las alas.

Toda esta serenidad, toda esta placidez se cambia en agitación y en violencia cerca de la costa, junto al acantilado del Izarra, con sus lajas pizarrosas, negras, hendidas, y sus rocas diseminadas como monstruos marinos entre las aguas.

La lucha del mar y de la tierra tiene en estos arrecifes acentos supremos. El agua está allí como desesperada, verde de cólera, sin un momento de reposo, y lanza contra las rocas todas sus furias, todas sus espumas.

Los peñascales negros avanzan desafiando el ímpetu de la ola embravecida, y por las hendiduras de las rocas, huellas del combate secular entablado entre el mar y la tierra, penetra el agua y salta a lo lejos en un surtidor blanco y brillante como un cohete.

Se piensa vagamente si el mar tendrá algún misterioso designio al querer conquistar estos peñascos, y que lucha y se desespera al no conseguirlo. Vienen a lo lejos las olas como manadas de caballos salvajes, adornados con crines de plata, empujándose, atropellándose; asaltan las rocas, se apoderan de ellas; pero como si les faltara la confianza en su dominación, la confianza en su justicia, vuelven atrás con el clamor de un ejército derrotado, en láminas brillantes, en hilos de agua, en blancos espumarajos.

El hombre, sin duda, no está organizado para comprender lo trascendental de lo que es extraño a él. Así presta sus designios a las cosas e inventa las religiones; así supone que el sol está hecho para alumbrarle y las estrellas para adornar su noche.

Todo lo vaciamos en el molde de nuestro espíritu; fuera de ese pequeño molde, no tenemos nada para asir y comprender las cosas que pasan por delante de nosotros. Por eso damos a todo el universo, desde la gota de agua hasta Sirio, una intención humana.

Así, alguna de estas olas se nos figura que suben arteramente, buscando el camino estrecho y tortuoso, como una guerrilla intrépida, y ya desde la cumbre de un peñascal bajan en una rápida fuga.

Frayburu, negro, en medio de las aguas espumosas, parece una representación del orgullo y de la fuerza de la tierra frente a las iras del mar.

En los días de oleaje, Frayburu desaparece como tragado por las espumas, y vuelve a surgir por instantes con su color negro, su piel de monstruo marino y la franja de meandros de plata que lo ribetea.

¿Este peñasco misterioso y extraño exaltaría la imaginación de un Hamlet? ¿Es la ruina de un castillo? ¿Es un enorme delfín? ¿Es un tiburón? ¿Es una esfinge que mira al mar, o la cabeza pensativa de un sabio?

El hombre de la costa no ha querido que sea un delfín, ni un tiburón, ni una ruina; ha decidido que sea la cabeza de un monje y le ha llamado así, en vasco: Frayburu.

La imaginación fabrica cosas extrañas con las nubes y con las rocas, con lo más impalpable y con lo más duro. En las forjas del espíritu se funden todas las substancias.

El Izarra presenta también motivos de fantasía para las imaginaciones vagabundas; en ese alto acantilado, paredón gigantesco, pizarroso, con vetas blancas, las hornacinas se abren como esperando una imagen; los balcones, ribeteados por líquenes verdes, se alargan en lo alto. Podría asomarse allí una ondina o una hada. A veces, al pie de este acantilado, aparecen manchas rojas de algas adheridas a las peñas, que sugieren cierta idea trágica.

Pero cuando la costa y, sobre todo, Frayburu llegan a lo álgido de su fuerza, al paroxismo de su misterio, es al anochecer. Entonces el horizonte se alarga bajo la bruma rojiza, el cielo azul del crepúsculo va palideciendo y sus colores de rosa se tornan grises; los promontorios lejanos, dorados por el último resplandor del sol, desaparecen en la niebla, y Frayburu se yergue en la soledad de su desolación más misterioso y más sombrío, en su continuo reto lanzado al cielo obscuro y al mar hipócrita que intenta conquistarlo.

VI

BISUSALDE

Una mañana de otoño llegué a la playa de las Ánimas antes del mediodía. Un hombre iba con un carro por el arenal, aguijoneando la yunta; se oía el chirrido de los ejes de la carreta y el ruido crepitante de la arena bajo las pezuñas de los bueyes.

Pregunté al boyero por dónde se subía más de prisa a Bisusalde, y me mostró el camino, que, al principio, más que camino, era una escalera formada por tres o cuatro tramos hechos con vigas y que terminaba en una cuesta en zig-zag. Este sendero se llamaba Cuesta de los Perros *(Chacur aldapa)*.

Más avanzado que ninguna de las casas de Izarte, más al borde de las dunas estaba el caserío de mi abuela, un caserío negro, con un balcón corrido hacia el lado del mar.

Se llamaba Bisusalde (cerca de las borrascas). Realmente, el viento debía azotar allí de una manera furiosa.

Me acerqué a contemplar el caserío: la fachada que miraba al mar era toda negra; la otra tenía un jardín abandonado, con dos cipreses secos, y luego una huerta, que se continuaba con un prado.

Entré en la casa y llamé. Esperé algún tiempo, y un hombre que trabajaba en la huerta me dijo que el capitán, así llamaba sin duda al amo, no estaba en casa. Había ido a Elguea con su hija.

Recordé que aquel viejo era el mismo que encontramos Recalde y yo cuando, después de nuestra expedición al *Stella Maris*, anduvimos buscando al que tenía la llave de la lancha que solía estar atada en la punta del Faro.

Pregunté al viejo cuándo volvería el señor, y me dijo que por la tarde, a eso de las cinco.

Me dirigí hacia el pueblo, formado por quince o veinte casas agrupadas en derredor de la iglesia, y me detuve en una venta del camino, con el objeto de almorzar, y de paso a enterarme de la clase de gente que vivía en Bisusalde.

La venta era de esas mixtas entre campesina y marinera; tenía las puertas y las paredes pintadas de verde, mostrador en el portal y a un lado un cuarto pequeño con una mesa de pino, blanca, un espejo cubierto con gasa y varias sillas.

Estaba todo limpio a fuerza de arena y de baldeo. Contiguo a la venta había un soportal con una fragua: en aquel momento estaban herrando a un buey amarillento.

Llamé; vino una mujer, a quien pregunté si podía comer algo; me dijo que esperara un momento. Hablamos; le expliqué quién era y a lo que iba, y a mis preguntas contestó dándome los informes que le pedía acerca del inquilino de nuestro caserío.

El hombre de Bisusalde a quien llamaban el capitán era un marino inglés, que vivía con su hija, muchacha de catorce o quince años, y un criado, llamado Allen.

Algunos aseguraban que el viejo había sido pirata; pero esto, según la mujer de la venta, eran ganas de hablar.

El inglés daba lecciones de su idioma y solía ir todos los días a Elguea, donde tenía varios discípulos. Le habían invitado también a establecerse en Lúzaro, pero no quería: prefería vivir en Izarte.

La vida de aquella gente era muy sencilla y muy pobre. Por las mañanas, el capitán y su hija solían recorrer la playa desierta, los dos descalzos. Había una cueva pequeña en las dunas con una puerta; allí, los días buenos, la chica entraba a desnudarse, se ponía un traje de baño y se metía en el mar. Solía estar nadando, y cuando se cansaba, al salir a la playa, su padre le ponía una manta blanca.

Por la tarde, después de almorzar, el capitán iba a Elguea y volvía por la playa despacio. Muchas veces se quedaba entre las rocas hasta el anochecer.

La chica apenas aparecía en el pueblo; el criado trabajaba en el campo, y los domingos iban los tres al faro de las Ánimas, pues se trataban con el torrero y su familia.

La mujer de la taberna añadió que al principio decían que Mary, la hija del capitán, era débil; pero que con aquella vida al aire libre se estaba haciendo una muchacha muy robusta.

Todos estos datos contribuyeron a hacerme creer que aquella gente era bastante misantrópica y extraña.

Después de almorzar y descansar en la venta, me fuí por el borde de las dunas adelante. Serían las cuatro y media, cuando vi al capitán y a su hija, que volvían, hacia su casa, por la playa. El iba despacio; ella corría, tiraba piedras, gritaba.

La subida por la Cuesta de los Perros era bastante fatigosa, y el viejo se detuvo varias veces a descansar. Tenía aire de hombre enfermo y abatido; al pararse bajaba la cabeza hasta dar con la barba en el pecho.

Me acerqué a ellos. La muchacha era muy bonita, rubia, tostada por el sol; al pasar por delante de mí me miró con un aire completamente salvaje. Aguardé a que entraran en su casa, y poco después me decidí a llamar.

Había obscurecido. El viejo alto que trabajaba en la huerta me indicó que pasara. Entré. Una lámpara de aceite alumbraba un cuarto pequeño y modesto, que tenía un armario con cortinillas blancas.

El capitán leía sentado cerca de la mesa; la muchacha estaba haciendo la cena allí mismo; el viejo criado raspaba el mango de una azada.

El capitán se levantó al verme, con aire de alarma; yo le rogué que se sentara, y le dije quién era y a lo que iba. La muchacha salió del cuarto.

—¿De manera que usted es nieto de doña Celestina?—me preguntó el capitán.

—Sí, señor.

—¿Hijo de Clemencia?

—Sí, así se llama mi madre.

El hombre se turbó, no supo decirme lo que pagaba de renta a mi abuela, y murmuró:

—Dígale usted a su madre que me diga lo que tengo que pagar al año por la casa, y si puedo me quedaré en ella.

Yo le indiqué repetidas veces que no, que siguiera pagando como hasta entonces; pero no le pude convencer.

De cuando en cuando la muchacha rubia se asomaba a la puerta y me miraba con sus ojos azules obscuros, con una expresión de temor y desconfianza, como si tuviera miedo de que yo le hiciera algún daño a su padre.

Me levanté molestado del aire de suspicacia de toda aquella gente, y, saludando a los tres con frialdad, me volví a Lúzaro.

VII

EL RECADO

Una tarde de diciembre, al volver de la relojería, ya obscurecido, un chiquillo me detuvo y me entregó una carta. ¿Quién podía escribirme? Examiné el sobre a la luz de un farol. Era letra de mujer. Con gran curiosidad leí la carta, que decía así:

«Al capitán don Santiago de Andía.

Mi padre, que se encuentra enfermo, le suplica encarecidamente a usted que venga a verle lo más pronto posible; si puede, esta misma noche. Tiene que hablarle a usted de asuntos importantes. Si se decide a salir por la noche, a la salida del pueblo, en la herrería de Aspillaga, le esperará un amigo con un caballo.

Mary A. Sandow.

Bisusalde: Playa de las Ánimas.»

Al entrar en casa enseñé la carta a mi madre, que se quedó también asombrada. Como sentía gran curiosidad, quise marcharme en seguida; pero mi madre me obligó a sentarme a cenar. Cené rápidamente, y, envuelto en el capote, tomé el camino hacia la herrería de Aspillaga.

Allí se encontraba Allen, el viejo hortelano de Bisusalde. Le dirigí algunas preguntas acerca del capitán; me contestó con monosílabos, y, en vista de que no manifestaba muchas ganas de hablar, enmudecí.

El caballo tomó un trotecillo no muy cómodo, y por la carretera, húmeda, llegamos en una hora a la playa de las Ánimas.

El viento silbaba y gemía con alaridos violentos; el mar bramaba en la playa y la resaca debía de ser furiosa.

Nos acercamos al caserío. No hubo necesidad de llamar; la puerta se hallaba abierta y en el umbral se encontraban la hija del inglés en compañía de una muchacha morena, desgarbada, con los pies desnudos.

La hija del capitán tenía los ojos como de haber llorado.

—¡Cuánto ha tardado usted!—me dijo.

—No he podido venir antes.

—Vamos a ver a mi padre.

Dimos vuelta a la esquina de la casa, y, por una escalera que había a un lado, subimos al piso principal. El capitán se hallaba en un sillón, envuelto en un capote azul, viejo y raído, con los ojos cerrados.

Al oír mis pasos se incorporó y murmuró con voz apagada:

—Mary, trae una silla.

Cogí yo la silla y me senté. ¿Qué podía querer aquel hombre de mí? ¿Qué relación podía haber entre nosotros dos?

La muchacha dió a beber al viejo un poco de café, y yo pude contemplar al padre y a la hija. Era él un hombre escuálido, de unos sesenta años; la barba, blanca, recortada y en punta; los ojos, pequeños, grises y vivos, debajo de unas cejas largas y amarillentas; la nariz, aguileña.

La muchacha tendría quince o diez y seis años; era delgada, esbelta, con las mejillas doradas por el sol; los ojos brillantes, obscuros; el pelo rubio, de fuego, y la expresión entre asustada y salvaje.

En las paredes del cuartucho había unos mapas, un barómetro, un reloj de barco y una brújula; se notaba que era la casa de un marino.

Afuera, el viento silbaba con furia, haciendo retemblar puertas y ventanas.

El capitán, después de tomar el café, pareció reanimarse; me miró con atención, esperó a que su hija saliera y me dijo rápidamente:

—Yo soy Juan de Aguirre, el marino, el hermano de su madre de usted, el que desapareció.

—¡Usted es Juan de Aguirre!

—Sí.

—¿Mi tío?

—El mismo.

—¡Y por qué no habérmelo dicho antes!

El viejo me miró con cierta sorpresa. Sin duda no esperaba mi pregunta, ni mi rápido asentimiento a sus palabras. Luego, dijo:

—Creí que tu madre y tú me hubierais considerado como un impostor.... Mi estado civil no está claro, no podría fácilmente identificar mi personalidad.

—¿Y qué?

—Se hubiera averiguado de dónde venía y tu madre hubiera tenido un disgusto.... Tu abuela sabía que yo estaba aquí.

—Yo también sospechaba que usted vivía.

—¿Sí?

—Sí. Un tal Iriberri, capitán de barco, me dijo dónde debía usted de estar.

—Iriberri, Francisco Iriberri, que mandaba el *Fénix*, un barco negrero.... Sí, lo recuerdo.... Dejemos eso, si quieres.... He sido un hombre desgraciado, no criminal; puedes creerlo. Ligero, imprudente, violento; pero no malo. Antes de que se me nuble la inteligencia por completo, tengo que hacerte dos encargos: uno, que entregues este sobre a Juan Machín, el minero. Entrégaselo un año después de mi muerte, o antes, si las circunstancias te obligan a abandonar Lúzaro. El otro encargo es que protejas en lo que puedas a mi hija, que va a quedar desamparada. ¿Has comprendido?

—Sí.

—¿Tienes inconveniente en jurar que cumplirás mis encargos?

—Ninguno.

—Pues bien. ¿Juras que reconocerás como pariente a mi hija María de Aguirre, siempre, digan lo que digan, y que la favorecerás con todos tus medios?

—Sí, lo juro.

—¿Juras que entregarás esta carta a Juan Machín, el minero, dentro de un año o antes si las circunstancias te obligan a abandonar Lúzaro?

—Lo juro.

—¡Oh, gracias; gracias! ¡No es que pudiera dudar de una simple promesa tuya, pero así estoy más tranquilo. Toma el sobre. Guárdalo.

Yo guardé el sobre en el bolsillo interior de la americana.

—¿Quiere usted algo más?—le pregunté.

—No, nada más. ¿Cómo te llamas, sobrino?

—Santiago.

—¡Ah! *Shanti.* Así se llamaba también mi padre. Haz el favor de decir a mi hija que venga.

Llamé, y se presentó la muchacha rubia, ¡mi prima! Tenía los cabellos despeinados por el viento, la ropa mojada por la lluvia; en sus ojos se leía una decisión huraña y melancólica, que me sorprendió.

—Ven, Mary—dijo el viejo capitán—. Da la mano a este caballero. Es primo hermano tuyo. Será para ti un amigo, un defensor cuando yo falte.

La muchacha sollozó al oír esto.

—Dale la mano—siguió diciendo mi tío—; tiene la cara franca, y aunque no le conozco apenas, creo que puedes fiarte de él.

—Sí, yo también lo creo—dije yo.

La muchacha miraba a su padre y me miraba a mí con honda amargura. Alargó su mano, pequeña y callosa, que estreché un momento en la mía.

—Bueno—murmuró el viejo—, no quiero retenerte más, Shanti. ¡Adiós!—y me tendió los brazos y me estrechó en ellos débilmente. Salí del cuarto y bajé con Mary al raso del caserío.

—Si puedo servir a usted en algo, dígamelo usted—advertí a mi prima.

—Hoy no necesito nada. Cuando necesite....

—Entonces, hábleme usted sin ningún reparo.

—Así lo haré. ¡Muchas gracias!

—Adiós, Mary.

—Adiós.

En la puerta de la tapia me esperaba Allen con el caballo. Lo sostuvo de la brida para que yo pudiese montar, y me dijo:

—No necesitará usted guía, ¿eh?

—No.

—El caballo sabe el camino; le dejará a usted en la herrería de Aspillaga.

—Muy bien.

La noche había aclarado; la luna, en creciente, aparecía envuelta en nubes, y su luz alumbraba con vaguedad el mar. El viento bramaba furioso. Círculos de espuma fosforescente brillaban sobre las olas.

Como me había dicho Allen, el caballo sabía el camino y tuve que refrenarlo para que no partiera al galope. Llegué rápidamente a la herrería, y de allí, a pie, volví a mi casa.

No sabía qué decir a mi madre; quizá le iba a producir una gran emoción hablándole de que su hermano vivía a poca distandia de ella, enfermo, casi moribundo.

Cuando entré en mi cuarto, mi madre, aun despierta, me preguntó desde la cama:

—¿Te ha ocurrido algo?

—No, nada.

—¿Te has mojado?

—No.

—¿Pasa algo importante?

—No; mañana te to diré.

Guardé en el cajón de la mesa, bajo llave, la carta que me había dado mi tío para Machín; luego me acosté; pero por más que quise dormir, no pude conseguirlo.

Al día siguiente conté a mi madre la escena de la noche anterior en Bisusalde, y no sé si dudó de la veracidad de lo dicho por su presunto hermano, o si creyó que querría quitarnos parte de la herencia; el caso fué que mi madre no se conmovió tanto como yo creía, y hasta se me figuró que le pareció mal que yo me comprometiese a ayudar a mi prima.

Después he visto claramente que las madres lo reconcentran todo en el interés de los hijos y desconfían de lo que puede perjudicarles.

Yo no dudaba: tenía la evidencia de que el viejo era Juan de Aguirre y de que Mary era mi prima.

VIII

URBISTONDO Y SU FAMILIA

Durante algún tiempo fuí casi todos los días a la casa de la playa. Mi tío marchaba cada vez peor. El médico vaticinaba el final para un breve plazo.

Varias veces pregunté a Mary si tenía algún proyecto para el porvenir. Ella me dijo que podría dar lecciones de inglés a los muchachos de Elguea y seguir viviendo allá; pero yo le advertí que esto era imposible.

—¿Por qué?

—Porque no, criatura. ¿Cómo le van a tener respeto muchachos de su misma edad o mayores que usted? No puede ser.

—¿Y si les enseño el inglés tan bien como otro profesor?

Aunque así sea. No iría nadie, o, mejor dicho, irían muchos; pero no a aprender el inglés, sino a hacerle a usted el amor.

Ella quedó pensativa.

—¿Y si me pusiera a coser y a hacer trajes para las señoras?

—¿Pero sabe usted algo de eso?

—No, pero aprenderé.

—Quizá fuera práctico.

Yo le ofrecí pagarle todo lo que necesitara, aunque dudaba mucho del éxito. El mismo día escribió a Bayona y a París pidiendo católogos y periódicos de modas.

Mi madre, que desde el principio que le hablé de Mary sintió por ella antipatía, se informó, y obtuvo malos informes; según le dijo una mujer de Izarte, la chica llevaba una vida salvaje, corría por las peñas, andaba tirando piedras, y muchas veces había ido con la hija del torrero, una muchacha igualmente salvaje, a pescar calamares.

Yo intenté convencer a mi madre de que Mary no tenía edad para reflexionar; si había ido a pescar calamares con la hija del torrero, probablemente no sería por capricho, sino más bien por necesidad. Mi madre no se convenció, y me dió a entender que, si la chica se quedaba huérfana, no estaba dispuesta a recogerla.

—¿Aunque se pruebe que es tu sobrina?

—Si se prueba eso, la llevaremos a un colegio.

Unos días después de esta conversación encontré a Mary en su casa, con la hija del torrero, la muchacha amiga suya, con la que iba a pescar detrás del Izarra.

Esta muchacha se llamaba Genoveva; pero todo el mundo la decía *Quenoveva*, y ella estaba convencida de que así se pronunciaba su nombre.

Quenoveva me fué muy simpática. Era fuerte, valiente, tímida, tostada por el sol y por el aire del mar, con las cejas un poco juntas. Aquel día estaba vestida de fiesta: llevaba una blusa clara, una falda azul, medias rojas y alpargatas blancas.

Cualquier cosa la confundía y la turbaba. Me pareció ser una excelente amiga para Mary y que la tenía mucho afecto.

Mary me dijo que ellas iban al faro.

—Si quieren ustedes, las acompañaré.

—Bueno.

Pasamos los tres por el arenal y salimos a la punta del Faro. Me chocó que Mary hablase el vascuence tan bien. Parecía una aldeana que no hubiese salido del pueblo. Nos acercamos a la casa del torrero; de pronto Quenoveva comenzó a gritar como un hombre, y corrió a la barandilla del faro, donde había visto a uno de sus hermanos inclinado hacia afuera.

Mary me miró, para ver, sin duda, el efecto que me hacían los exabruptos de su amiga.

La casa del torrero y el faro formaban un solo edificio, asentado sobre una plataforma cortada en las rocas. Bajamos a la vivienda por una escalera estrecha y entramos por un corredor con puertas a los lados. Una porción de chiquillos, que andaban chillando y riñendo, se nos acercaron.

El torrero era viudo, y Quenoveva dirigía a sus ocho hermanos como a un rebaño, a fuerza de gritos furiosos.

Quenoveva nos pasó a Mary y a mí al despacho del torrero, lo mejor de la casa, y cerró la puerta para que la prole de chicos y chicas no se nos amontonara encima.

—¡Un señorito!—decían aquellos pequeños salvajes, con una curiosidad inmensa.

Mary abrió la puerta y trajo en brazos a un chiquitín, que al verse preso y en presencia mía empezó a llorar y patear, con tal rabia, que tuvo que dejarlo.

—El torrero tarda—le dije yo a Mary.

—Como está cojo....

—¡Ah! ¿Es cojo?

—Sí.

Esperamos en el despacho. En la pared había un mapamundi, el plano del faro, en papel azul, clavado con tachuelas; un cronómetro y un barómetro. Sobre la mesa se veía un barquito que, sin duda, el torrero estaba tallando con un cortaplumas.

Se oyó poco después en el pasillo el ruido de una pierna de palo, y entró el torrero, Juan Urbistondo. Urbistondo era un tipo extraordinario, un viejo lobo de mar.

Tendría cerca de sesenta años, la cara curtida, la expresión simpática, la nariz roja, que brillaba entre la barba, inculta, como una rosa entre el follaje. Hablamos largo rato, y yo quedé verdaderamente asombrado. Era un hombre de una fe tan absurda en sí mismo y en sus fuerzas, que se sentía capaz de emprenderlo todo. Ni la más ligera duda ni la más pequeña desconfianza enturbiaba su convencimiento. A esta confianza unía una sencillez y una falta tan absoluta de malicia, que le dejaban a uno perplejo. Sólo el mar puede producir tipos semejantes.

El faro de las Ánimas era de última clase; alguna persona de influencia de Elguea había conseguido que le llevaran allí a Urbistondo; pero éste creía que el mundo entero dependía de su linterna. Le parecía también un asunto trascendental y complicadísimo encender la lámpara de petróleo y ponerle la chimenea.

Urbistondo subía las escaleras de caracol de la torre, convencido de su sacerdocio, de la trascendencia de su misión. También le parecía una ciencia profunda y hermética la de conocer las indicaciones del barómetro y del termómetro. El poseía, por encima de todos los barómetros del mundo, su pierna. Me explicó cómo se la amputaron, a consecuencia de haberle destrozado el pie una barrica, y no supe si horrorizarme o reírme cuando contaba que al operarle, como el muñón que le quedaba se le gangrenaba, le tuvieron que cortar la pierna dos o tres veces en rodajas, como si fuera una merluza.

Al día siguiente, en la relojería, me enteré de la vida del torrero y de su gran odio.

Urbistondo había sido capitán, durante mucho tiempo, de un paquebot de la carrera Bilbao-Liverpool. La casa armadora, a la que le quedaban algunos barcos de vela viejos, los reemplazó por barcos de vapor.

Urbistondo no creía en el vapor; le parecía que gastar carbón, pudiendo navegar a vela, era una estupidez, y cuando veía que soplaba un buen viento, creyendo hacer un obsequio a la Compañía, mandaba apagar los fuegos, largaba las velas y se lanzaba a navegar como Dios manda. La Compañía recomendó a Urbistondo que no se metiese a favorecerla; pero el capitán, con aquella admirable confianza que tenía en sus facultades intelectuales, no hizo caso. Creía deber suyo no perjudicar a nadie, y el director de la casa lo sacó del barco y lo llevó al almacén, donde le ocurrió el percance de la pierna.

El torrero tenía muy poco sueldo para alimentar nueve hijos, y los dos mayores trabajaban en el pueblo como aprendices. Urbistondo pescaba desde el faro con un aparejo que le habían regalado, y vendía su pesca; la Quenoveva también era pescadora; iba con alguno de sus hermanos, en lancha, a coger calamares.

La familia era muy graciosa y simpática; el viejo Urbistondo nos enseñó la casa; luego me llevó a la torre. Me preguntó allí, confidencialmente, cómo estaba el padre de Mary, y al decirle que no andaba bien y que no sabía qué iba a ser de aquella muchacha, me dijo:

—¡Eh!, cuidado, compañero. Si Mary tiene que salir de Bisusalde, que venga aquí. Esta casa, como si fuera suya. Se le dejará un cuarto para ella, y Quenoveva la atenderá.

—Pero, hombre, Urbistondo, usted tiene mucha gente.

—Nada, Shanti. No hay más que hablar. Que venga aquí.

Yo le di las gracias a este hombre, de una generosidad tan absurda, que con poco sueldo y nueve hijos todavía quería cargarse con una persona más, y, al ver su insistencia, accedí; el faro podría ser un buen recurso para Mary, al menos al principio.

Nos despedimos del torrero, acompañé a mi prima a casa y volví a Lúzaro.

IX

EL DEVOCIONARIO DE ALLEN

La enfermedad de mi tío Aguirre seguía aproximándose al desenlace. Se acercaba para mí el día de la marcha; el tiempo de licencia concluía; de Cádiz me mandaban recados urgentes. Aquello de pasarme cuatro o cinco años seguidos en el mar, me parecía muy duro.

Mi madre se lamentaba al mismo tiempo de que tuviese que ir y de que perdiese una plaza tan buena.

No sabía a quién dirigirme, y se me ocurrió, medio en serio, medio en broma, ir a consultar a Quenoveva. Una mañana me acerqué al faro de las Ánimas. Al asomarme a la plataforma vi a uno de los chicos del torrero y le pregunté:

—¿Está tu hermana?

—¿Quién, Quenoveva?

—Sí.

—Aquí está.

Bajé, y me encontré a la muchacha, despeinada, con las piernas desnudas, envuelta en una falda hecha jirones. Estaba lavando. Al verme, se levantó avergonzada; yo la tranquilicé y le expliqué a lo que iba. Le dije que la derrota de mi barco era tan larga, que tendría que estar dos o tres años sin venir a Lúzaro y sin ver a Mary. No me gustaba dejar a la muchacha sola, y a ella, que era su amiga, le pedía consejo, le preguntaba qué debía hacer.

Quenoveva me escuchó con gran atención para no perder palabra.

Era partidaria de que dejara esta derrota larga y me embarcara en algún vapor de la travesía Bilbao-Liverpool. Su padre podría escribir al director de la Compañía donde antes había navegado.

Me pareció un buen consejo, y hablé a Urbistondo para que escribiera inmediatamente. El hombre quedó muy satisfecho de poder demostrar su influencia.

Avisé a Cádiz, diciendo que me encontraba enfermo y que abandonaba mi cargo de capitán de la fragata, y esperé los acontecimientos. Mi madre encontraba que dejar la derrota de Cádiz a Filipinas para ir a Liverpool era bajar de categoría; pero a mi no me han preocupado gran cosa las categorías.

[Ilustración]

A principios de febrero, una mañana, Mary me mandó un recado urgente diciéndome que fuera a Bisusalde lo más pronto posible. Me vestí, tomé el caballo de Aspillaga y, al trote, me fuí a la casa de la playa. Mi tío Juan había muerto.

En la casa estaban Mary, el criado viejo, Quenoveva y Urbistondo. Me enteré de lo que se necesitaba. Había que mandar construir un ataúd en Lúzaro. El entierro lo harían al día siguiente en Izarte.

Enviamos a un hombre a que encargara el ataúd al carpintero, y Urbistondo y yo nos quedamos en la casa.

Me sorprendió bastante ver al médico de Elguea, que allí mismo sobre la mesa extendió la partida de defunción del muerto, a nombre de Tristán Ugarte, de profesión marino.

Me chocó, pero no dije nada. Por la noche velamos el cadáver Urbistondo, el criado y yo, y por la mañana lo enterramos en el pequeño cementerio de la aldea.

Al día siguiente Mary fué a instalarse al faro, y Allen, el criado viejo, marchó a vivir a la venta de Izarte.

Unos días después, Allen se presentó en mi casa con una pretensión extraña. Traía un devocionario en la mano.

—Su tío de usted y yo—me dijo con mucho misterio—sabíamos dónde hay un tesoro escondido.

—¡Hombre!—exclamé yo.

—Sí. Está en la costa de África, y en este libro viene la indicación.

—¿En el devocionario?

—Sí.

—¿Y qué quiere usted que yo haga?

—Primero leer lo que dice en el libro; después, si usted quiere, puede asociarse a mí.

—Respecto a leer, no tengo inconveniente. Lo que no me explico es por qué no lo lee usted.

—Es que la indicación está en vascuence, y no comprendo bien el sentido.

—Bueno, vamos a verlo.

Tomé el devocionario, escrito en inglés, y vi que varias letras estaban marcadas con lápiz.

—Hay que unir todas las letras señaladas—me dijo el viejo.

Tomé un papel, fuí uniendo las letras y apareció al final esta serie de palabras en vascuence:

Nun ibayean, costatic urruti amabost
milla, N. zazpi O. Gaztelu zarra. Elefantearen
beguitic beiratuaz bi arrien tartean,
arri sorrotzaren arquitzendanari milla baten
erdi ibayaren ondoan. Iraillareco ogueitazazpi
garren egunean arratzaldeco lau orduaren itzalean.

Lo que, traducido literalmente, quería decir:

A quince millas de la costa, en el río
Nun, Norte 7 grados Oeste. Castillo viejo.
Visual del ojo del elefante entre dos piedras
a la peña afilada que hay a media
milla cerca del río. En la sombra de las
cuatro de la tarde del día 27 de Septiembre.

Le di la traducción a Allen, quien me preguntó:

—¿Usted quiere venir conmigo?

—¿Adónde?

—Al África, por el tesoro escondido.

—Hombre, yo no puedo, no tengo medios....

No quise decirle que me parecía una fantasía absurda esta historia del tesoro.

—¿De manera que usted me cede sus derechos?

—En absoluto.

—Está bien.

Allen se despidió de mí, y pocos días más tarde desapareció del pueblo.

X

LA CUEVA DE LA SERPIENTE

Una semana después, mi prima me comunicó su pensamiento de trasladarse a Lúzaro.

Volví a insistir con mi madre para que recogiese a la huérfana, pero ella se negó en redondo. No creía que fuera su sobrina, sino la hija de un aventurero; sabe Dios de quién.

Entonces fuí a ver a Cashilda, la mujer de Recalde, e hice un convenio con ella de pagarle un tanto por tener en su casa a Mary, siempre que la muchacha se portara bien.

De Bilbao habían contestado a Urbistondo aceptando mi ofrecimiento. Iba a tener barco que mandar.

Fuí a buscar a Mary para traerla a Lúzaro y presentarla en casa de la mujer de Recalde. Era el día de Nochebuena. Llevaba en un estuchito forrado de raso un anillo de oro con unas perlas para Quenoveva, que me había costado ocho duros, y en un paquete unos juguetes para los chicos de Urbistondo.

Quenoveva palideció y se ruborizó de alegría al recibir la sortija; respecto a los juguetes, Urbistondo opinó que para el primer día bastaba con que los chicos los vieran únicamente; si no, los iban a romper.

Me despedí de Urbistondo y de su familia, y Mary y yo nos dirigimos a Lúzaro por el Izarra. Ella marchaba al mismo paso que yo, con una agilidad de campesina; en sus miradas se expresaba alternativamente la timidez, la audacia y el enfado. El día estaba gris, el mar lleno de bruma; el viento silbaba entre los árboles, agitando las hojas rojizas de las hayas que aun quedaban en las ramas y las copas negruzcas de los pinos. Grandes gotas de agua sonaban en la hojarasca seca.

Mary estaba enfurruñada.

—¿Qué le pasa a usted?—la dije.

—Nada.

—No, algo le pasa. ¿Está usted incomodada conmigo?

—Sí.

—¿Por qué?

—¡A mí no me ha traído usted anillo!—me dijo, dolorida.

—No importa; le compraré otro más bonito.

—No, no; yo lo quiero igual que el de Quenoveva.

—Pues como el de Quenoveva.

—Además—añadió con la voz preñada de lágrimas—, su madre de usted no me quiere.... Ha dicho que yo soy una chica mala ... que ando tirando piedras. Su madre de usted no me quiere ... usted tampoco. Sólo mi padre me quería y yo voy a reunirme con él.

Y la chica, en un momento de arrebato, se acercó al acantilado con intención de tirarse al mar; yo la cogí de un brazo y la retiré de allí.

—Mary—la dije agarrándola enérgicamente y zarandeándola con furia—. ¡Cuidado con hacer necedades!

La muchacha comenzó a sollozar con inmensa amargura. La dejé que llorase largo rato, haciéndome el incomodado, y después, ofreciéndole la mano, le dije:

—Vamos, Mary, que empieza a llover.

Ella puso entre la mía su mano pequeña y callosa, y comenzamos a subir el Izarra. Ibamos escalando el monte, deprisa, huyendo del agua. Llovía cada vez más fuerte, cuando llegamos cerca de la cueva de la *Egan-suguia*.

—Entremos aquí—dijo Mary, que, después de las lágrimas, había quedado sonriente y de buen humor.

—Ahí, mi querida Mary—le dije yo—, hay, según dicen, una gran serpiente con alas, con garras de buitre y cara de mujer, que se llama *Egan-suguia*.

—¿Y qué hace?

—Envenena con el aliento y se come a los chicos.

—¿Quién la ha visto?

—Creo que nadie la ha visto.

—¿Y usted la tiene miedo?

—Yo, no.

—Pues vamos a entrar en su casa.

—Vamos.

Entramos en la cueva. No estaba, como en mi tiempo, llena de malezas, sino completamente limpia; en el fondo había una cama de paja, de algún pastor.

—¿Dónde estás, *Egan-suguia?*—dijo Mary—. Ven, que queremos hablarte y darte las gracias porque nos prestas tu casa. ¡No aparece!

—Estará haciendo algún recado—repliqué yo—. Quizá se haya perdido por el monte o ande buscando un paraguas por las calles de Lúzaro.

—¡Pobrecita! ¡En una cueva así debe tener mucho frío! Yo no creo que esa *Egan-suguia* sea tan mala como dicen. Si se comiera los niños, aquí estarían los huesos, y no hay nada.

—Es que tiene el estómago fuerte y la picara de ella se los traga. Ahora, Mary, ¿qué hacemos? ¿Quiere usted que vaya a Lúzaro y venga con un paraguas?

—No; sentémonos. Ya pasará la lluvia.

—¿Y qué vamos a hacer?

—Hablaremos.

Nos sentamos en el suelo.

Mary me preguntó adónde iba a llevarla; le dije quién era la mujer de Recalde y cómo vivía; luego me interrogó acerca de lo que pensaba hacer yo; le expliqué cómo tenía que embarcarme, lo que ganaba, cuándo volvería, todo.

Hablamos muy seriamente largo rato. Al cabo de algún tiempo cesó de llover y salimos de la cueva.

—¡Gracias, *Egan-suguia!* ¡Muchas gracias!—dijo Mary—. ¡No es verdad que comes a los chicos; eres muy buena y prestas tu casa a los que van por el monte! Adiós!

Llegamos a Lúzaro y llevé a Mary a casa de Recalde. Ella estaba tranquila, pensaba que tendría que trabajar pronto. En cambio, mi inquietud era grande.

Comprendía que estaba enamorado. Mary, casi niña; yo, casi viejo, y teniendo que ausentarme continuamente. Mis amores comenzaban mal.

LIBRO CUARTO

LA URCA HOLANDESA. «EL DRAGÓN»

I

EL CAPITÁN DE LA «DAMA ZURI»

De la Compañía de vapores de Bilbao a Liverpool, pasé a otra de trasatlánticos de la línea de Burdeos a Buenos Aires. El corto tiempo que tenía licencia lo aprovechaba para llegar a Lúzaro y ver a mi madre y a Mary.

Mary iba acomodándose a la vida sedentaria, y comenzaba a trabajar de modista. Nos escribíamos en todos los correos; yo la llamaba a ella «mi querida Mary», y ella «mi querido Shanti». Muchas veces me decía en broma: La *Egansuguia* nos protege. Yo no le había dicho claramente que estaba enamorado de ella y que aspiraba a hacerla mi mujer.

Mi madre sabía que el médico de Elguea había certificado la muerte de su presunto hermano a nombre de Tristán de Ugarte, y quería creer que el parentesco con el capitán de Bisusalde era un engaño. A pesar de esto, como la conducta de Mary en casa de Cashilda era buena, comenzaba a sentir por la muchacha cierta simpatía.

Yo tenía que vivir desesperado en el vapor. Cumplía los deberes de mi cargo como un autómata. Mis pensamientos estaban en Lúzaro.

Solía encerrarme en mi camarote, teniendo su retrato delante de los ojos. ¡Qué largos me parecían estos días de navegación! ¡Qué horrible este cielo azul de los trópicos!

A la vuelta de mi viaje, cuando perdía de vista por las noches la Cruz del Sur y comenzaba a divisar la Estrella Polar y las dos Osas, me sentía tranquilo.

Al acercarnos a Europa, al oír las sirenas de los vapores dando sus largos alaridos, experimentaba una alegría infinita. Si tenía ocasión propicia, al llegar a Burdeos tomaba un vapor, aunque no fuese mas que para pasar un día en Lúzaro. Si no, me quedaba en el barco, escribiendo a Mary.

La cuestión del nombre de mi tío Juan de Aguirre, que a veces me preocupaba, se aclaró en Burdeos. Un viejo marino retirado, que tenía una tienda de objetos náuticos, y que navegó con mi tío Juan, me dio nuevos datos acerca del padre de Mary.

Un día estaba haciendo los preparativos para zarpar, cuando recibi la visita del capitán de la goleta *Dama Zuri*, que me traía una carta de recomendación de mi amigo Recalde. La *Dama Zuri* era una goleta de tres palos, blanca como una gaviota y airosa como un cisne.

El capitán deseaba buscar aparejos para su barco; le habían dicho que allí, en Burdeos, se hacían los mejores y más baratos, y que la gente de Bayona y de la costa vasco-francesa se entendía para esto con un comerciante vascongado.

Acompañé al paisano en busca del comerciante; preguntamos en una cordelería de la orilla del río, y nos dirigimos a una tienda de objetos navales del muelle de Borgoña, casi en el centro de la población.

Era una covachuela a más bajo nivel de la calle, que tenía unos escalones desde la acera. En el escaparate, ancho y de poca altura, se veían fanales de barco, rodeados de alambres gruesos y dorados; cronómetros, cámaras de bitácora, correderas, sextantes, catalejos y otros muchos instrumentos. Se mostraban, además, cables metálicos, rollos de amarras, de relingas, de cordajes en cáñamo, anclas, argollas, impermeables blancos y negros y otros muchos objetos navales, de lona, fabricados en Angers y en Burdeos, y diversos aparatos de pesca y latas de conservas inglesas.

La tienda exhalaba un olor de alquitrán, muy agradable. En el cristal del almacén, escrito con letras negras, se leía un nombre medio borrado: Fermín Itchaso.

Entramos en el establecimiento el capitán de la *Dama Zuri* y yo. Hablé yo con un hombre joven que nos salió al encuentro, y que no comprendía el vascuence. El capitán, paisano mío, no sabía el francés, y quería entenderse directamente con el comerciante. En vista de esto, el joven dijo que esperáramos un momento a que llegara su padre.

No tardó mucho en venir. Era un hombre viejo, encorvado por la cintura, con el pelo blanco y la pipa en la boca. Vestía de negro, la cara rasurada, la boina grande, de gascón; llevaba patillas cortas, que entre los marinos franceses solían llamar patas de conejo, y por debajo de la manga se le veían en las dos muñecas unas anclas tatuadas, de color azul. Tenía la nariz larga, los ojos pequeños, las cejas como pinceles y un rictus sardónico en los labios.

Al decirle su hijo que éramos vascos, levantó los brazos al aire con grandes extremos.

—¿De qué pueblo?—nos dijo en vascuence.

—De Lúzaro.

—¿Españoles?

—Sí.

—Yo soy vasco-francés. Nuestra tierra es muy buena, ¿eh? Yo no digo que la Gironda sea mala, no. Es un país rico; pero la tierra vasca es otra cosa.

Luego, mirándome con fijeza, me preguntó:

—¿De qué pueblo habéis dicho que sois?

—De Lúzaro.

—¡Lúzaro!—exclamó el viejo—. Yo he conocido a alguien de Lúzaro. ¡Ah, sí!—añadió, llevándose la mano a la frente—. El piloto de *El Dragón* ... Tristán, Tristán de Ugarte.

Tristán de Ugarte era el nombre con que el médico de Elguea había extendido la partida de defunción de mi tío, y *El Dragón* el nombre del barco en donde había navegado Juan de Aguirre, según me contó Francisco Iriberri.

—¿De manera que usted ha conocido a Tristán de Ugarte?—preguntó el viejo.

—Sí. ¿Usted también lo ha conocido?

—¡Ya lo creo! ¡Era pariente mío!

—Es verdad ... Se parece usted a él en la voz..., en algo, no sé en qué ... ¿Y qué fué de su vida?

—Murió hace unos meses.

—¿En España?

—Si.

—¿Con quién vivía?

—Con su hija y con un criado, alto, rojo ...

—¿Escocés, quizá?

—Si.

—Allen: lo recuerdo.

—¿Y en qué condiciones le conoció usted a mi pariente?—le dije.

—¿Está usted para bastante tiempo aquí, mi oficial?—me preguntó el viejo.

—Mañana por la mañana he de zarpar para Buenos Aires.

—Pues si no tiene usted algo más importante que hacer, venga usted esta tarde a las cinco; le contaré lo que sé de Ugarte.

—Muy bien. A las cinco estaré aquí.

—Ahora, vamos—añadió el viejo, dirigiéndose al capitán de la *Dama Zuri*—, a nuestros asuntos.

Me despedí del capitán y de Itchaso, fuí a mi barco, y a las cinco en punto estaba en el muelle de Borgoña, en la tienda de objetos navales.

El viejo Itchaso me esperaba, e, inmediatamente de llegar, me pasó a un cuarto pequeño con una ventana que daba al muelle.

Desde allí se veían los mástiles entrecruzados de las fragatas y bergantines, de las goletas y pailebots.

Había en el cuarto, en un armario, varios libros, y entre ellos el *Diccionario filosófico* de Voltaire.

—Este libro es mi amigo—me dijo el viejo, señalándolo.

—¿No es usted religioso?—le pregunté yo.

—No, no. No creo en supersticiones.

Itchaso tenía preparada una botella de vino de Burdeos, añejo, que conservaba en el casco polvo y telarañas. Llenó dos copas; luego levantó la suya, y dijo:

—Por el país vasco, mi oficial.

—Por España.

—Por Francia.

Chocamos las copas, bebimos, y el viejo comenzó su narración de este modo:

II

NARRACIÓN DE ITCHASO

LOS DOS CAMINOS DEL MARINO

—Soy de Guethary, un pueblo pequeño próximo a España, y que quizá usted conozca. Allí pasé mi infancia. Sabrá usted tan bien como yo que los vascos nunca hemos sentido gran entusiasmo por el Ejército ni por la Marina de guerra. Yo no fuí una excepción; por el contrario, la quinta me indignaba; un hermano mío murió en Argelia; el otro estaba sirviendo en un navío del Estado; la tierra de la familia no se podía cultivar, y mi pobre padre me recomendó que fuera a América.

A los diez y seis años hice un viaje no muy feliz a Terranova, de grumete. Casi todos los vascos que íbamos a la pesca del bacalao nos reuníamos en Saint-Malô; arrendábamos unas cuantas barcas y marchábamos a pescar a las islas de Saint-Pierre y Miquelon; pero los arrendadores nos daban goletas viejas sin condiciones marineras, llenas de agujeros tapados con estopa. En el viaje que yo fuí de grumete naufragaron una porción de barcos, y más de cincuenta hombres de aquella costa se ahogaron.

No había para mí porvenir de ninguna clase en el país; no tenía dinero, y antes de que viniese la odiosa quinta, decidí ir a Brest o a Saint-Malô, con intención de pasar a Inglaterra y embarcarme para América.

Usted conocerá seguramente la ciudad de Brest, cuya rada es magnífica. Al día siguiente de llegar allí, paseaba por los muelles, contemplando la punta del Cuervo y la de los Españoles, la embocadura del río Elhorn, y en el puerto las fragatas, los bricks, los vapores y las largas chalupas de cincuenta remos, tripuladas por los forzados. Estaba cansado de andar sin objeto y sin rumbo, cuando se me acercó un marinero de buenas trazas, hombre afable, que se puso a hablar conmigo.

En aquella época, el puerto de Brest se cerraba al anochecer, por medio de una enorme cadena de hierro tendida de una orilla a otra, y se abría al estampido de un cañonazo, a la hora de la diana.

En el momento que encontré a aquel marinero estaban cerrando el puerto. Yo no conocía a nadie, y me alegré de relacionarme con alguien que pudiese darme una orientación. Le dije a mi nuevo conocido que no tenía plaza en ningún barco, que deseaba ir a América, y le enseñé mis certificados de buena conducta.

El hombre me dijo:

—No se apure usted. El mundo es grande, y, sabiendo trabajar, se vive siempre. Venga usted conmigo.

Le seguí, y me condujo a una posada de marineros de la calle de la Souris, calle estrecha, infecta, sombría. Bajamos unas escaleras, hablamos y bebimos. Sin duda, yo bebí demasiado. Recuerdo que me eché a dormir sobre la mesa, y cuando me quise dar cuenta de dónde estaba, me encontré, como por arte de magia, a bordo de un gran buque, que salía en aquel instante de la rada de Brest. Pasábamos por delante del Fuerte del Diablo, cuando oímos el cañonazo indicando que se abría el puerto.

El barco en donde estaba era un barco negrero. Me dijeron que me había comprometido la noche anterior en la taberna. Yo, la verdad, no recordaba nada. Después comprendí, viendo cómo a otros los cazaban, lo que hicieron conmigo. A unos les emborrachaban sencillamente; a otros les solían dar opio y los llevaban a los barcos de noche, por delante de la policía, como marineros borrachos.

Ya en el barco me pintaron el porvenir de color de rosa; me dijeron que podía hacerme rico, y yo dije: Bueno, sigamos adelante.

El hombre, en la vida y en el mar, no tiene mas que dos caminos: el torcido y el derecho. Mientras se marcha por el camino torcido, es inútil hacer cosas buenas; va uno dando tumbos y tumbos, perdiendo las velas, hasta que queda uno desarbolado. Entonces lo único que hay que hacer es cambiar de derrotero ... si se puede, porque lo demás es inútil.

El barco en donde acababa yo de entrar involuntariamente era un barco moderno para la época: un barco de carga con gran bodega, una verdadera urca holandesa, de aquellas que llamaban urcas mayores. Desplazaría de seiscientas a setecientas toneladas, tendría unos ciento sesenta o ciento ochenta pies de largo y más de treinta de ancho.

Como barco de carga destinado al transporte de mercancías, era un tanto pesado; de figura muy redonda, casi igual a proa que a popa, tenía una cubierta, sollado a proa para la marinería, cámaras en popa y todo lo demás preparado para bodega. Como la generalidad de los barcos de entonces, no tenía puente; su aparejo era de corbeta o brick-barca de mucho volumen. Navegaba en aquel momento en lastre y enseñaba dos pies de cobre fuera del agua.

Se llamaba *El Dragón*, nombre que trascendía a barco pirata.

El Dragón era de una Sociedad franco-holandesa para la trata de negros, que tenía sus principales accionistas en Amsterdam, Saint-Malô y Nantes. Esta Sociedad no firmaba mas que por sus iniciales: V.d.H., Z. y C.'ía.

Comparado con los de hoy, aquel barco daria rísa. Era ancho, de madera; tenía la proa como un pico; el bauprés, muy levantado sobre el castillo, a la antigua usanza, con su red para que no cayesen los marineros al andar por las cuerdas. Sostenido sobre la flecha del tajamar ostentaba un dragón chino, blanco y dorado. Su popa estaba muy adornada, y entre las ventanas de la cámara del capitán y del teniente había un dragoncillo esculpido y debajo el título: *El Dragón*.

No era este barco como aquellos viejos bombos holandeses que en mi tiempo se veían arrinconados en los puertos. Su color era negro, con una faja blanca, y tenía portas fingidas para darse aires de barco de guerra.

El Dragón era, como he dicho, una urca, una urca coquetona y elegante; parecía una dama holandesa, blanca y rolliza, vestida de negro, que marchaba contoneándose con gracia por el mar. *El Dragón* era un buen barco, un barco seguro, en el que uno se podía confiar, con una arboladura gallarda y muchas velas de cuchillo. Era de esas embarcaciones que los franceses llaman ardientes.

Ofrecía verdaderos refinamientos para la época; estaba limpio, bien arreglado y dispuesto; las cámaras para la marinería, en el sollado y castillo de proa, eran muy capaces; la bodega, muy aireada. Llevaba dos grandes aljibes de hierro, uno a proa y otro a popa.

El Dragón estaba autorizado, según decían, para usar cañones, y tenía tres de a seis pulgadas en la toldilla de popa y dos sobre el castillo de proa.

En el espacio comprendido desde el palo del centro y el último, llevábamos una barca grande, de éstas que llaman balleneras, con cubierta, y encima de ella un botecillo.

Entre la tripulación había ingleses, franceses y españoles; pero el núcleo mayor lo formaban los holandeses y los portugueses. En conjunto, seríamos cuarenta.

Los marineros dormían en las tarimas del sollado, y cuando hacia calor, ponían las hamacas en la cubierta.

Sin duda a mí no me destinaban a la marinería, porque me llevaron a la cámara de popa, me mostraron mi hamaca y un cofre de cinc y me dijeron que me explicarían mis obligaciones. Me conformé rápidamente.

Como decía antes, el hombre, en la vida y en el mar, no tiene mas que dos derroteros: el torcido y el derecho. Mientras se marcha por el camino torcido, es inútil la brújula y el sextante; se va de escollo en escollo hasta dar el último batacazo.

Allí no había nadie que me pudiera dar un buen consejo; me parecía que la vida del negrero era una gran cosa, y marchaba por el camino torcido a la ruina.

III

EL CAPITÁN ZALDUMBIDE

El ser vasco en aquel buque constituía gran ventaja. El capitán lo era, lo mismo que su camarilla o guardia negra, con quien se entendía en vascuence. Yo iba a formar parte de esta camarilla.

No era raro, síno muy frecuente, que los armadores de barcos corsarios o negreros escogieran capitanes de puertos lejanos; así, los de Saint-Malô tomaban un capitán de Burdeos; los de aquí, uno del Havre o de Honfleur. En el tiempo en que Nantes era uno de los centros negreros más activos de Europa, había allí pilotos de todo el mundo.

El capitán Zaldumbide era hombre alto, encorvado, amojamado. Nosotros le llamábamos el Viejo; en inglés, el Viejo de a bordo, y en vascuence, *Gure Zarra* (nuestro viejo). Zaldumbide no hablaba apenas; tenía una mirada de través, con sus ojos encarnados, poco agradable. Se dejaba sotabarba, ya blanca, y el pelo lo llevaba largo. Vestía levita negra y raída; en la cabeza, una gorrita, y los días de frío, un gabán viejo con esclavina.

Zaldumbide bebía poco o no bebía nada. Era muy religioso. Nunca se sentaba a comer sin rezar antes el *Benedicite*. Tenía en su camarote una virgen peruana, con dos ramas de romero bendito debajo. Ante esta imagen rezaba con un rosario de cuentas gruesas.

Yo muchas veces pensé si nuestro capitán estaría loco, porque algunas noches se las pasaba sin dormir, andando por el cuarto, llorando e invocando a la Virgen. Quizá le remordían sus crímenes.

Antes de ser negrero, el Viejo, según decían, había hecho naufragar varios barcos asegurados, llegando hasta exponer su vida. Tantos naufragios seguidos le dieron una buena fortuna y una mala fama. Entonces se dedicó al comercio del *ébano*.

Zaldumbide llevaba a la tripulación muy derecha, sin que nadie se le desmandara.

Los domingos deseaba que se celebrasen convenientemente, y en estos días se ponía una levita azul, que él llamaba la nueva, y paseaba por la cubierta. Subía al alcázar de proa, inspeccionaba el sollado, recorría el barco mirándolo todo, riñendo porque no encontraba las cosas bastante limpias, y al final de su paseo escalaba la toldilla de popa y se apoyaba en unos de los cañones. Así permanecía silencioso, sumido en sus pensamientos.

Si en estos días de fiesta algún vasco, imitando a los demás, blasfemaba, Zaldumbide le castigaba cruelmente.

Como marino, era entendido, pero algo rutinario. Sabía poco, pero tenía mucha práctica. En *El Dragón* no se verificaban operaciones con el sextante. Zaldumbide hacía la estima calculando el punto de situación en que se hallaba el barco, la dirección que se debía seguir según las indicaciones de la aguja náutica, y las distancias medidas con la corredera. Los resultados los anotaba todos los días en el cuaderno de bitácora. Yo solía ayudarle muchas veces a echar el cordel de la corredera, y luego a medir. Tenía una corredera antigua. En general, lo que usaba el capitán, el barómetro, los cronómetros, las cartas de derrota, todo era viejo. En su camarote tenía un reloj de arena; lo prefería por seguro y por silencioso. Zaldumbide odiaba lo nuevo. El creía, como los hombres antiguos, que el hombre va del bien al mal; nosotros, los progresistas, creemos lo contrario: que va del mal al bien.

En casos apurados, Zaldumbide era un gran piloto y hombre de un valor furioso. Sólo por los golpes del viento en la cara comprendía inmediatamente las maniobras que había que hacer. Cuando subía a la toldilla, seguido de Old Sam, el contramaestre, que refrendaba las órdenes con los silbidos del pito, se veía a un hombre sabiendo mandar; tenía una gran precisión en sus disposiciones, y su voz áspera de marino, formada de gritar en medio del mar y de las tempestades, parecía hecha para dominar a los hombres y a los elementos.

Usted sabe muy bien, mi oficial, que el hombre que manda durante mucho tiempo un barco de vela, llega a mirarle como una cosa viva; el Viejo así lo creía, y hablaba con su *Dragón* más que con su gente. Consideraba a su corbeta como si fuera su mujer, su novia o su querida.

La única distracción de Zaldumbide era jugar con Marí Zancos, una mona que le había regalado un capitán español.

Zaldumbide era avaro como pocos; tenía dos o tres maletas con aros de hierro y cofres de latón, que, según se decía, estaban llenos de preciosidades.

Zaldumbide era vasco-francés, y me designó para formar parte de su guardia negra.

—Aquí—me dijo el primer día—, el que cumple vive bien. Ahora, el que no cumple puede encomendarse a San Chicote.

Yo, al principio, no andaba apenas por el barco. Nunca iba a la proa. Mis dominios eran desde la toldilla hasta el palo de popa. La cámara del capitán y la del teniente se hallaban bajo cubierta y tenían ventanas con rejas; delante de ellas estaba nuestra cámara y encima de las tres la sobrecámara, en el alcázar de popa, formando dos cuartos separados por un mamparo: uno que ocupaba el piloto, Franz Nissen, un dinamarqués que no hablaba nunca, y otro el médico, el doctor Cornelius.

Franz Nissen era un hombre muy serio; gobernaba siguiendo el rumbo con una precisión admirable; sólo cuando las olas ofrecían peligro por su magnitud, se ocupaba de ellas.

La brújula estaba delante de la toldilla, a la vista del timonel. Era una bitácora grande, con caperuza de cristal y dos lámparas de cobre a los lados para iluminar la rosa de noche. En aquellos buques de madera no se necesitaban las correcciones que hoy son precisas en los barcos de hierro; con los compases de Thompson y las barras de Flindrs.

El cuarto de Nissen, el timonel, tenía un ventanillo, desde donde podía mirar la brújula, y una trampa que comunicaba con la cámara del capitán. En casos de sublevación, la sobrecámara del alcázar de popa, las cámaras del capitán, del teniente y la nuestra se cerraban y quedaban incomunicadas. Estas tres últimas estaban blindadas.

Debajo del cuarto del capitán se encontraba la sala de armas y la Santa Bárbara; debajo del cuarto del teniente, el pañol del pan, y debajo de nuestro cuarto, que se llamaba «Cámara de los vascos», la despensa.

Como he dicho, fuera de la camarilla vasca, el resto de la tripulación lo formaban ingleses, holandeses, portugueses, un español, dos o tres chinos, un malayo y un negro.

Nosotros hacíamos la guardia de popa. No pasábamos casi nunca de la escotilla grande hacia la proa, mas que cuando había alguna sublevación. Desde la ballenera hasta el bauprés, mandaban realmente el contramaestre y el cocinero. El equipaje alternaba las guardias de cuatro en cuatro horas, dividiéndose en guardias de babor y estribor, y Tommy, el grumete, avisaba con campanadas cuando se tenían que renovar los de un lado y los de otro.

El capitán no debía de tener mucha confianza en aquella gente, porque había tomado grandes precauciones. Para llegar a su camarote era necesario pasar por nuestra cámara, en donde dormíamos gentes de su confianza, y luego seguir por un pasillo en zig-zags, forrado de hierro, con agujeros pequeños y redondos para disparar por ellos en caso de ataque.

Los respiraderos de nuestra cámara estaban cruzados por rejas: las paredes y las puertas, chapeadas de hierro; teníamos en medio una mesa, sujeta al suelo, que se podía desarmar y adaptar a la pared; unas cuantas sillas de tijera, una estufa de Plymouth, varios ganchos para las hamacas, colgadores para cada uno de nosotros y los cofres de cinc.

Las lámparas se apagaban, por reglamento, a las ocho de la noche. Para esta hora había que tener colgadas las hamacas; las descolgábamos al salir el sol. La marinería y el contramaestre se alojaban a proa, en el sollado, y en las zonas cálidas, cerca del Ecuador, dormían en la cubierta y guardaban las telas de los coys arrolladas sobre las bordas.

Los vascos, por disposición del capitán, comíamos solos. Zaldumbide nos regalaba fiambres y postres para tenernos contentos.

Todos los días tomábamos un café muy fuerte, que hacía Arraitz, un compañero nuestro, y una copa de ron. La vida material era buena; comíamos bien, teníamos tabaco; los días de mal tiempo nos encerrábamos en la cámara a hablar y a jugar.

El capitán era un bárbaro, como todo capitán negrero de esa época. Allí, al que faltaba, ya se sabía, lo azotaban como a un perro. Zaldumbide tenía un chicote retorcido, con el cual él mismo daba un castiguillo. Llamaba así a pegarle a uno hasta dejarle desmayado. En general, Zaldumbide castigaba la mala intención, pero casi nunca la torpeza.

Cuando Zaldumbide se encontraba alegre y con ganas de pasar el rato, pegaba él mismo; cuando estaba displicente, pegaba Demóstenes el negro, un marinero que con frecuencia hacía de verdugo. Para los delitos de robo, Zaldumbide empleaba el cepo y la barra.

En el fondo, el capitán era más egoísta y avaro que cruel. Su única preocupación era reunir dinero. Debía de ganar mucho. Los capitanes de barcos negreros no necesitaban pólizas de cargo para dar cuenta del género recibido. Yo me figuro que Zaldumbide debía quedarse con más de la mitad de la ganancia en cada expedición.

Durante el viaje, fuera de sus trabajos de capitán, solía rezar. Cuando se metía en el camarote, pasaba el tiempo jugando con sus monedas de oro, en compañía de la mona Mari-Zancos.

Su sistema era no pagar soldadas regulares a la marinería.

—Luego os encontraréis con más dinero—decía.

Pero después, pasado el tiempo, enredaba las cuentas, y siempre salía ganancioso. Sus frases favoritas eran estas dos de los piratas ingleses: *No prey no pay* (Sin botín no hay paga); y *No peace beyond the line* (Todo es enemigo más allá de la línea).

Para indicarle a usted la barbarie de Zaldumbide, le contaré a usted dos casos. Un día, al pasar cerca de Cabo Verde, echamos a pique una barca de pescadores; unas horas después, en la cubierta, encontramos a un portugués vestido sólo con un pantalón y una camisa.

—¿Qué hacemos con este hombre?—preguntó el contramaestre.

—Atadlo—contestó el capitán.

Se le ató, a pesar de sus protestas y sus gritos.

—¿Y ahora?

—Ahora, echadlo al mar.

Así se hizo.

Otra vez habíamos llegado a la Barbada con un cargamento de *bultos de madera de ébano.* Estábamos haciendo nuestras señales, cuando en un bote se acercaron a *El Dragón* dos individuos de la policía de aquella isla. El capitán los recibió amablemente, y al mismo tiempo ordenó al negro Demóstenes y a Chim, el malayo, que los matasen. Estos se echaron como perros, y un momento después iban los dos policías al fondo del mar cosidos a puñaladas. En seguida nos alejamos del puerto, y al día siguiente volvimos a hacer el desembarco de los *fardos* con perfecta tranquilidad.

IV

DE OTRAS PERSONAS DISTINGUIDAS QUE FORMABAN LA TRIPULACIÓN DE «EL DRAGÓN»

Como barco cuya tripulación la formaban gentes perseguidas y fuera de la ley, había allá mucho tipo extraño.

El negro Demóstenes, de quien le hablaba a usted hace un instante, era un negrazo gigantesco, tatuado, fuerte como un cabrestante. Chim, el malayo, su amigo, era un *dayak* de Borneo, de estos malayos de pura raza, de los más violentos y crueles.

Chim había sido, según decía, capitán de uno de esos barcos piratas que llaman *paraos*, en Borneo, y cuando estaba a punto de ser colgado logró escaparse.

Chim llevaba una peineta de concha y el pelo largo, como las mujeres. Solía ir con mucha frecuencia, aunque hiciera frío, desnudo de medio cuerpo arriba. Demóstenes, el negro, era un hombre a quien habían hecho brutal, pero que no era naturalmente malo; en cambio, Chim era sanguinario y perverso y su mayor placer consistía en hacer sufrir a los demás.

La camarilla de confianza de Zaldumbide la formábamos cinco vascos: Tristán de Ugarte, el piloto, que era de Elguea; Albizu, de Pasajes; Burni, de Ondarroa; Arraitz, de Fuenterrabía, y yo. Nuestro trabajo consistía en limpiar desde la escotilla grande hasta la popa, arreglar los cuartos, bruñir los cañones y vigilar la despensa. Además, teníamos el cargo de cortar el tocino para el rancho del día, sacar el carbón para el cocinero, las provisiones de la despensa, el pan, el aceite para guisar y para las lámparas y el agua.

Los cinco vascos nos conocíamos unos a otros como si fuéramos hermanos. Cada cual tenía su vicio; Burni era glotón y brutal; Albizu no pensaba mas que en la elegancia y en las mujeres; y cuando llegaba a un puerto se gastaba el dinero con ellas. Era el único que tenia la moral de un negrero o de un pirata. Le gustaba divertirse. Los demás éramos unos farsantes. Arraitz era jugador. Siempre estaba haciendo proyectos mientras miraba vagamente el humo de su pipa. Arraitz se jugaba las pestañas, y cuando no podía jugar, apostaba. Tenía muy mala suerte y era muy supersticioso. Llevaba una porción de escapularios y de medallitas, y era bastante inocente para creer que estos pedacitos de tela y de latón le iban a preservar de la desgracia.

A Burni le llamábamos *Tripa triste*, porque siempre se quejaba de no sé qué melancolía que le daba en el estómago cuando no comía bastante.

El enamorado Albizu era hombre de mucha fuerza y muy nervioso, flaco, alto, seco; tenía unos dedos de hierro. El capitán le temía y no le dejaba andar con nada delicado, porque lo rompía.

Zaldumbide no quería que nos hiciéramos amigos de los marineros. Los cinco vascos éramos bastante odiados por la tripulación. Nosotros teníamos un perro de lanas blanco, que alimentábamos, y la marinería otro. Los dos perros se detestaban. El equipaje se hallaba dividido en dos bandos: el de los holandeses y el de los portugueses.

De esta gente no se sabe cuál es peor, los unos son una canalla rubia y los otros una canalla morena. El más inocente de aquéllos tenía unas cuantas muertes, sobre la conciencia. En el rancho del sollado reñían a todas horas unos contra otros. Muchas veces había algún muerto. Lo echábamos al mar y seguíamos adelante.

Dirigía a los holandeses Ryp, el cocinero de *El Dragón,* un hombre que tenía todo el cuerpo tatuado con la figura de los barcos en donde había servido.

Ryp Timmermans, el cocinero, poseía un estómago que era una especialidad; bebía lo mismo alcohol puro que petróleo, aguarrás o tinta; rompía las monedas con los dientes, y hasta rompía el cristal. Cosa que él agarrara con los dientes no había manera de quitársela.

Ryp Timmermans tenía como pinche un chino, el chino Bernardo; un chino rubio que se dedicaba a cazar todas las ratas del barco y a comérselas.

El jefe de los portugueses era un mestizo de indio, lacrimoso y sucio, que hacía de intérprete, y se llamaba Silva Coelho.

El contramaestre, Old Sam, muchas veces no podía sujetar aquella gente y buscaba el auxilio del capitán. Entonces íbamos nosotros a restablecer el orden; pero, si se juntaban los dos bandos, teníamos que retirarnos a popa y algunas veces meternos en la cámara y cerrar la escotilla, sacar los rifles y prepararnos para la defensa.

En estas condiciones soliamos navegar a la buena de Dios; la tripulación, borracha, no hacía caso de los silbidos del contramaestre, y marchábamos expuestos a chocar con otro barco o con algún bajo cualquiera. Zaldumbide tenía el procedimiento de hacer como que no se enteraba de lo que pasaba cuando no podía dominar la situación.

Old Sam era un desertor de la marina inglesa, hombre inteligente y práctico. Tenía unos cincuenta años. Vestía marsellés y una gorra de pelo y llevaba el pito de plata, pendiente de un cordón de seda negro, enlazado en el ojal de la chaqueta.

Franz Nissen, el timonel, era el que no abandonaba nunca la rueda del timón. Era un viejo ex presidiario que no hablaba con nadie ni se mezclaba en nada. Tenía bastante con sus recuerdos. El y Old Sam eran los únicos a quienes el capitán pagaba con exactitud la soldada.

Nissen nos salvó de muchos peligros.

Nosotros, la cuadrilla de vascos, ya habituados a aquella vida extraña e indiferentes a todo cuanto pasaba a nuestro alrededor, nos poníamos a jugar a la manilla o al truque nuestros ahorros. Soliamos tener discusiones interminables por las cosas más tontas; por ejemplo: cuál de nuestros pueblos era mejor, y llegábamos hasta contar las casas que había en cada uno.

Un reloj inglés que teníamos en la cámara nos acompañaba en nuestro encierro, dando las horas con campanadas muy agudas.

Gracias a que holandeses y portugueses se odiaban, podíamos dominarlos nosotros. De los cinco vascos, cuatro éramos relativamente buenas personas; pero el teniente Ugarte, no. Este era endemoniado, malo, atrabiliario.

El capitán Zaldumbide le conocía, y como mandaba en dueño absoluto y allí no se guardaban más jerarquías que la suya, nos dijo varias veces en vascuence delante del piloto:

—Este es un perro. Cuando estéis entre los demás, respetadle como teniente; pero si aquí os molesta, os autorizo para que le deis una buena.

Se siguió el consejo, y un día Arraitz le calentó las costillas para una temporada.

Como éramos la parte más tranquila de la tripulación, se hizo amigo nuestro un irlandés, Patricio Allen. Era un buen muchacho, grandullón, con los ojos azules y el pelo de color rojo, pesado, pero excelente persona. Tenía una buena voz, pero nos aburría tocando cosas tristes con su acordeón. Yo no sé cómo demonio sacaba unos sonidos tan lamentables y tan melancólicos a su fuelle. Casi el ruido más alegre de su instrumento era cuando le faltaba una nota, y parecía tener un ataque de asma. Sólo oyendo a Allen se sentía uno desgraciado, como si el mar, el viento, la soledad y la niebla se echaran sobre uno y lo acogotaran.

El español don José era simpático y formaba en el partido de los holandeses. Era generoso, hidalgo, hombre de palabra; no tenía más defecto que el de ser ladrón. Decía que nada era comparable con la emoción de robar. El nunca había robado por el valor de las cosas, sino por sentir la deliciosa impresión del acto. Había recibido una educación cristiana, según decía. Era hijo de un canónigo de la catedral de Toledo.

Don José habia trabajado en casi todos los puntos de España y de sus Indias después, encontrando pequeña su patria para su gloria, había ido a otros paises, hasta que, viéndose perseguido, tuvo que meterse en el barco negrero, cosa que le repugnaba profundamente por sus sentimientos de humanidad.

Don José consideraba como su obra maestra un robo que hizo en una iglesia de un pueblo de América, de la que se llevó una custodia, varios cálices y coronas. Después de verificar esta bella sustracción con una maravillosa habilidad, don José llamó en casa del juez, denunció el hecho, dió una pista falsa y se fué del pueblo sin que nadie le molestara.

Cuando se le preguntaba si, como hombre religioso, no sentía remordimientos por este robo, decía que no, porque lo había hecho con reservas mentales y sentido un gran propósito de enmienda.

Otros dos tipos curiosos teníamos en el barco: el médico Ewaldus Hollenkind, a quien nosotros llamábamos el doctor Cornelius, y el pequeño Tommy, el grumete.

El doctor Cornelius era un hombre rechoncho, algo jorobado, triste y desagradable. Tenía barbuchas amarillas y deshilachadas, la expresión suspicaz y un color de manteca de Flandes. Decían que era judío. Llevaba una bata vieja y una gorra de pelo. El maestro Ewaldus tenía en su cuarto libros en todos los idiomas y hablaba muchas veces solo consigo mismo en latín. El vasco no lo sabía; alguna vez quiso que le explicáramos el significado de las palabras; pero como no nos era simpático, le decíamos mentiras.

El doctor Cornelius, si no era brujo, le faltaba poco. Calculaba la cantidad de aire que necesitaban los negros para respirar en la bodega; estudiaba el mar, y, según se decía, estaba haciendo una obra describiendo los distintos fondos.

Algunos aseguraban que el doctor Cornelius era tan sabio, que a unos indios les había convertido en negros para venderlos después; pero otros decían que lo único que había hecho era teñirles la piel con una mezcla de alquitrán, sebo y nuez vómica.

El doctor Cornelius tenía un sistema extraño de espionaje en el barco. Se enteraba de todo, no sé por qué medios. Era como una de esas arañas panzudas que están en su agujero, pero que, cuando sienten la tela que se mueve, salen en seguida a devorar la presa.

El doctor Cornelius curaba por la homeopatía, procedimiento que él llamaba el Sistema de L'Homme du Coq (el sistema del hombre del gallo). No comprendía el por qué de la frase, hasta que él mismo me dijo que la homeopatía la había inventado un señor Hahnemann, que en alemán quiere decir el Hombre del Gallo.

Constantemente repetía un latinajo que, si no recuerdo mal, era *similia similibus curantur*, lo que yo, en verdad, no sé qué quiere decir; pero cuando algún marinero se quejaba al capitán de una paliza, él le aconsejaba que le diera otra; si se quejaba de falta de dinero, que le quitase el sueldo. Siempre con el sistema del Hombre del Gallo.

A aquel pajarraco de mal agüero todo el mundo le odiaba. Su único amigo era un gato negro, Belzebuth, con el que andaba por todas partes llevándolo en el hombro.

Así como el doctor Cornelius era la bestia negra del barco, un *jettator*, como dicen los italianos, o un Jonas, como dicen los ingleses, Tommy, el grumete, era *la mascota*. A este muchacho se lo habían encontrado en *El Dragón* un día a bordo, al pasar por Santa Elena. ¿De dónde era? ¿De dónde venía? Nadie se lo preguntó. Dijo llamarse Tom, y como era pequeño, todo el mundo empezó a decirle Tommy. Le quisieron hacer limpiar las botas de los marineros, él se negó; le quisieron pegar, y él corrió como una ardilla a esconderse, y al día siguiente le hinchó un ojo a uno de sus perseguidores, y al otro día le derramó una caldera de agua hirviendo a los pies a otro.

En poco tiempo Tommy se impuso. No quería trabajar y trataba con un desprecio profundo a la marinería. Era un ejemplo de lo que puede el convencimiento de la propia fuerza aun entre gente bestial. Tommy se reía de nosotros; hasta la campana la tocaba de una manera burlona, haciendo un tin-tan endemoniado.

Como Tommy no hacía nada, todos los trabajos del barco iban a dos pobres muchachos, el uno portugués y el otro bretón, a quienes aquellos bárbaros de marineros trataban a golpes.

Zaldumbide mismo le miró a Tom con simpatía. Tommy era un clown, un verdadero diablo. Se habia ganado la independencia, y fuera de tocar la campana para renovar las guardias, lo que hacía de la manera más escandalosa e impertinente que puede suponerse, no trabajaba nada. En cambio, educaba a nuestro perro y a la mona Mari Zancos, a la alta escuela.

Little Tommy hacía juegos malabares con Demóstenes, el negro, y con Chim, el malayo. Chim y Tommy representaban con frecuencia una parodia de Guillermo Tell. Chim sabía jugar con los cuchillos con una gran habilidad. Tommy se ponía delante de la puerta de la cocina con una manzana en la cabeza. Chim le tiraba un cuchillo y, después de atravesar la manzana, lo dejaba clavado en la puerta. Entonces Tommy extendía la mano, arrancaba el cuchillo, y se comía la manzana entre las carcajadas de todos.

El diablo del chico, cuando se ponía de malhumor, iba a la cofa de un palo y allí estaba hasta que se le pasaba la murria, y volvía más alegre que antes.

Otro de los personajes importantes del barco era Poll. Poll era un loro inglés; lo habían robado una noche Old Sam y un amigo suyo en el Consulado de Inglaterra de un pueblo del Brasil. Poll, en vez de decir: *¡Bonjour Jacquot!* o *¡Lorito real!*, como hubiese dicho siendo francés o español, gritaba:

¡Scratch Poll! ¡Scratch poor Polly!

y ponía la cabeza entre la reja de la jaula para que se le rascara.

Belzebuth, el gato negro del doctor Cornelius, tenía un odio feroz a Poll, y dos o tres veces estuvo a punto de matarlo.

Tommy solía entretenerse en hacer rabiar al pajarraco. Le echaba humo de tabaco, le llamaba y solía poner entre los barrotes de la jaula un trozo de madera, como si fuese el dedo, y Poll, que era rencoroso, se echaba sobre él y le daba un picotazo con su pico fuerte, y cuando se encontraba que no tenía presa, se recogía, burlado y huraño, ante las carcajadas del pillo del grumete....

Con esta tropa salíamos de Amsterdam en mayo, pasábamos en junio a la altura de las Canarias y cruzábamos por delante de las islas de Cabo Verde.

Aquí nos deteníamos para la aguada y nos acercábamos a las costas de Africa. Solíamos ver en el viaje barcos que iban a la India, fragatas y bergantines; pero en aquella época la cordialidad marítima no era muy grande. Se temía el encuentro de barcos piratas, y los negreros, que eran muchos en aquellas costas, huían de todo buque, temiendo encontrar en cada uno un crucero inglés.

Llegábamos a la costa de Angola; allí había agentes de todas las nacionalidades, sobre todo americanos y portugueses. Estos se metían entre los reyezuelos y jefes de tribu y hacían negocio. A cambio de los negros daban fusiles, pólvora, instrumentos de hierro y brazaletes de latón y de cristal.

Embarcábamos doscientos o doscientos cincuenta negros entre hombres, mujeres y chicos, y aprovechando los alisios del sudeste, íbamos casi siempre al Brasil. Allí vendíamos el saldo entero. Luego, el comerciante negociaba al por menor. Los hombres valían de mil pesetas hasta cinco mil; los niños, veinticinco duros antes de bautizar y cincuenta después; las mujeres se vendían a precios convencionales.

Zaldumbide no regateaba fusiles ni pólvora para adquirir un buen género. A él no le daban un anciano venerable por un hombre joven, aunque estuviese teñido, ni un hombre con una hernia por un individuo bien organizado.

El, con el doctor Cornelius, miraba los dientes de los negros, estudiaba los músculos y las articulaciones; veía si tenían hinchado el vientre.

—Cuando yo doy un negro, un buen negro por mil duros, es que es una cosa excelente—decía Zaldumbide—; y añadía—: Antetodo la seriedad comercial.

El género femenino de color no le gustaba al capitán, quizá por razones de moralidad.

Zaldumbide no era partidario de maltratar ni de pegar siquiera a los negros, no por nada, sino por no estropearlos.

Los demás capitanes negreros trataban a *fuetazos* a sus negros. Estos *fuetazos* no eran mas que el ligero prólogo de los que les darían después los bandidos de América. Hay que reconocer, en honor de la bella Francia, que los negreros franceses debieron dejar atrás a los demás en el arte de desollar negros, porque incrustaron en el lenguaje de las colonias el nombre del látigo francés, lo impusieron, y a todas partes donde había negros llevaron triunfante el *fouet*.

Bien es verdad que, a cambio de esa pequeña molestia de arrancar a los negros algunas piltrafas insignificantes de carne, se les bautizaba, y eso salían ganando.

Zaldumbide era el San Francisco de Asís de los negros. No los tenía a todos en la misma cámara, sino en cuatro grandes cuadras, hechas con mamparos; les ponía camas de paja y les sacaba sobre cubierta para airearlos y lavarlos.

—Es una mercancía delicada—solía decir.

No era el capitán de los que consideran que para cumplir como un buen negrero hay que maltratar al ganado humano. Prefería matar a un marinero que a un negro. Varias veces le reprocharon esto, y él contestaba:

—¡Qué imbéciles! ¿Cómo quiere compararse un marinero con un negro? Un marinero no vale nada; lo reemplazo con otro en cualquier parte. Un negro puedo valerme mil duros.

Con nosotros no tenían gran cosa que hacer los tiburones; otros barcos negreros, que hacinaban los bultos de ébano en la bodega, en malas condiciones, iban teniéndolos que echar al agua a que sirvieran de pasto a los tiburones; nosotros, no; hubo viaje en que no murió ninguno.

Zaldumbide era muy político; cuando bajaba a tierra a visitar al rey Badegú o al mariscal Taparrabo, les rogaba que mandasen azotar a los negros que iban a vender. Los otros lo hacían sin ningún inconveniente. Después, Zaldumbide, al tenerlos en el barco, les hablaba, porque sabía algo del bantú y del mandigo, y les decía, en aquella infame algarabía negra, que les iba a llevar o un país en donde no harían mas que tomar el sol y comer habichuelas con tocino. Los negros quedaban encantados. No les alimentaba con mijo y manteca de palma, como los demás negreros; sino que les daba pescado ahumado, habichuelas y miel. Los alimentaba mejor que a los marineros. No había sublevaciones; al revés, había negro que, salido de la prisión, al verse en el barco con cierta libertad y sin ser golpeado, consideraba al capitán como a un bienhechor. El farsante del vasco sonreía dulcemente. En aquellos momentos se consideraba el San Juan de Dios de los negros. Era un canalla pintoresco y simpático aquel Zaldumbide. ¡Lástima de hombre! Tenía grandes condiciones de previsor y de organizador.

En otros barcos negreros solían hacer bailar a los negros el baile de homba, y, cuando no querían, les instaban a zarandearse a *fuetazos*. Allí, no. Zaldumbide contaba con Tommy, que era el gracioso. Se sacaban cincuenta negros, se les ponía en círculo, y Tommy hacía saltar a Mari-Zancos, vestida de rojo, y a nuestro perro le hacía pasar por un aro. Luego, cuando el pequeño Tommy venía con un sombrero de copa hasta las orejas y la nariz pintada de encarnado, andando con los piernas para adentro; cuando imitaba al capitán y al doctor Cornelius, entonces los negros comenzaban a reír, enseñando los dientes y soltando la quijada hasta el punto de que Tommy solía empujarles la mandíbula con cuidado para que la cerraran. Después se sacaba la bomba, que era un tonel con una piel estirada, en donde se tocaba con las manos como en un tam-tam, y bailaban los negros. Tom les enseñaba las más extraordinarias jigas de todo el Reino Unido. El negro es un inocente, e iba así en el barco entretenido, sin ganas de sublevarse.

Solíamos estar en el Brasil una temporada. El capitán nos daba algún dinero, que gastábamos alegremente, y cuando no nos quedaba un cuarto, íbamos todos volviendo a *El Dragón*.

No se podían hacer expediciones tan frecuentes como nosotros hubiéramos querido; primero, no había siempre negros que llevar, y luego era indispensable tener mucho cuidado con la limpieza. Si se descuidaba la bodega, se armaba una peste que no se podía vivir.

Por dentro y por fuera teníamos que limpiar el barco casi continuamente. Por fuera lo fregábamos todas las semanas, y cuando recalábamos en alguna bahía conocida por el capitán, lo primero que hacíamos era raspar los fondos para quitarles algas, hierbas y escaramujos que, principalmente en los mares tropicales, se adhieren en tal cantidad que dejan los fondos como una selva. Cuando no teníamos mucho tiempo ni gran seguridad, avanzábamos sobre un banco de arena, en la marea alta, y en la baja, cuando se retiraba el agua, limpiábamos con una escoba de brezo lo que se podía.

A veces traíamos los fondos lavados y nos encontrábamos que, después de un largo viaje, el cobre de la quilla y de las partes próximas estaba limpio como el oro; otras veces, en cambio, se hallaba cubierto de algas y había que limpiarlo.

Si contábamos con tiempo, buscábamos un sitio tranquilo y desierto, hasta encontrar un buen agarradero para anclas. Sacábamos la ballenera y el bote, los anclábamos, los uníamos con tablones, formando una balsa, y a ésta la lastrábamos con los cañones. Luego fijábamos en la balsa una polea, atábamos una amarra a la primera cofa del palo mayor, y a proa y a popa echábamos dos anclas.

Después, al mismo tiempo, con los cabrestantes empezábamos a estirar las amarras atadas al palo mayor y a las dos anclas, hasta conseguir que el barco se tumbase por una banda y descubriera la quilla.

Antes había que calafatear las aberturas de un lado, para que no entrase el agua. Poníamos unos andamios, raspábamos toda la parte descubierta y volvíamos a torcer el casco al lado contrario y a rasparlo.

Todas las precauciones eran pocas para poder huir rápidamente, en caso de ser perseguidos.

V

LOS DOS TRISTANES

Llevaba ya varios años en *El Dragón,* pensando algunas veces abandonar aquella vida.

La tripulación cambiaba constantemente; nosotros los vascos, en un período largo seguimos siendo los mismos, hasta que en uno de los viajes se fué Ugarte, el piloto, y lo sustituyó otro, con el mismo nombre y apellido.

En barcos como aquél no había que fiarse de los nombres ni pedir los papeles a nadie. Cada cual se llamaba como le parecía; yo mismo cambié de nombre; no quería que, si me llegaban a ahorcar, el apellido de mi padre saliera a la vergüenza pública.

Entró el nuevo Tristán en Batavia, adonde habíamos ido a desembarcar unos negros. No era el nuevo piloto un canalla, como el anterior, insolente y envidioso; parecía, sí, un poco sombrío y triste. Había navegado en barcos de buenas Compañías; pero se le había muerto la mujer, según dijo, y estaba desesperado, deseando vivir a la ventura para olvidar sus tristezas.

El nuevo Tristán calculaba los errores de la estima por las observaciones del sextante; tomaba la altura del sol, y en unas tablas hacía sus comprobaciones para encontrar la altura y la latitud. Zaldumbide, que conocía bien a la gente, le trataba con gran consideración, y el piloto y el capitán se reemplazaban en las guardias, como iguales.

El tal Tristán, o como se llamara, no nos dió suerte; desde que entró en *El Dragón* no hicimos un viaje feliz. Del estrecho de la Sonda fuimos a Mozambique, y fondeamos cerca de Quelimane, en una ría conocida por el capitán.

El nuevo piloto quería presenciar el embarque de negros. Solíamos llevar las luces roja y verde reglamentarias, y al acercarnos a tierra se ponía un farol grande de luz blanca en el palo de proa.

Un centinela se colocaba en el bauprés y avisaba cuando veía brillar un fanal rojo.

Al momento, el intérprete, el doctor Cornelius y Zaldumbide iban a tierra con la chalupa. En la factoría les esperaba el agente.

El Dragón entraba en el río despacio, navegando sólo con las velas triangulares del foque y alguna del palo de proa.

Al meternos en el río preparábamos las cuatro anclas. Al mismo tiempo yo me dedicaba a sondar. Llenaba el agujero de la gruesa bala de sebo, le daba vueltas en el aire como una honda y la despedía lo más lejos posible. Luego le decía al piloto las brazas con que contábamos.

—¿Qué fondo tenemos?—preguntaba él.

Yo sacaba la sonda para que viese si era arena, fango, trozos de coral o de concha.

Cuando el fondo disminuía, el contramaestre subía al castillo de proa, y quedaba de guardia con el martillo en la mano, esperando la orden para dejar caer el ancla.

—¡Fondo!—gritaba el piloto.

Old Sam daba un martillazo a la palomilla de hierro que sujetaba el ancla de proa, y poco después se echaban las otras tres y quedaba el barco inmóvil.

El nuevo Tristán y yo presenciamos el embarque, el primero que hicimos con este piloto. Sin duda, el surtido de ébano se había agotado en aquella parte de África, porque no pudieron traer mas que veinte o treinta negros encadenados. ¡Y qué personal! Viejos, tiñosos, ulcerados: un espectáculo horrible.

El doctor Cornelius se encargó de ellos para ver si los dejaba presentables. Enderezamos el rumbo hacia el Cabo de Buena Esperanza, y con unos días borrascosos, luchando con la corriente del Cabo de las Agujas, pasamos al Atlántico, y tras de muchas penalidades llegamos a Angola y fondeamos en la Bahía de los Elefantes, nuestro puerto de refugio.

De los veinte o treinta negros tomados en Mozambique habían muerto y servido de pasto a los tiburones más de la mitad.

Esperamos en la Bahía de los Elefantes una larga temporada. Se decía que uno de los reyezuelos del interior iba a hacer una *razzia* y a traer cientos de esclavos.

Después de aguardar cerca de un mes, no pudimos embarcar mas que quince o veinte negros, otras tantas negras y unos cuantos chiquillos. Era una miseria. El capitán estaba desesperado, la tripulación se revolvía furiosa; el único indiferente era el nuevo piloto, a quien no importaba sin duda la ganancia gran cosa.

Con un cargamento tan ligero subimos hacia el norte con los alisios, teniendo que echar varias veces algunos viejos negros al mar para regalo de los tiburones, y, al pasar cerca de la isla de la Ascensión, estuvimos a pique de ser cazados por un crucero inglés.

Los viajes de *El Dragón* tomaban un nuevo aspecto. Según algunos marineros, el doctor Cornelius había echado la maldición al barco.

Llegamos al Brasil, dejamos la carroña que llevábamos y volvimos al Africa. Los mercados estaban vacíos. Ni mandingos, ni congoleses, ni uolofs, ni bantús ni lucumíes se encontraban por ninguna parte. Sin duda, el comercio de negros atravesaba una crisis, y al capitán le ordenaron que fuera a Batavia a recibir nuevas órdenes.

El capitán renegaba; se trataba de un viaje larguísimo y sin resultado pecuniario alguno. Tardamos cuatro meses en llegar al estrecho de la Sonda. Lo atravesamos, y llegamos a Batavia.

Entonces, no sé si ahora pasará lo mismo, la gente se moría en aquellos parajes como chinches. Nosotros tuvimos en la tripulación varias defunciones por fiebres.

El capitán y el doctor Cornelius conferenciaron con los representantes de la Compañía, y por la noche se nos anunció que zarpábamos para China. Teníamos que recoger trabajadores *coolies* chinos, cerca de la colonia portuguesa de Macao, y conducirlos a América. Silva el portugués era el encargado de llevar a cabo estas negociaciones.

Llegamos a las aguas de China. Hacía un calor bestial; todos teníamos que andar casi desnudos. Nos acercamos a tierra. Se veía una costa pantanosa verde, y la desembocadura de un río a lo lejos. El capitán, el doctor Cornelius y Silva Coelho fueron a tierra. Luego supimos que íbamos a llevar a América trescientos chinos, más cincuenta barriles de opio. El opio valía entonces una enormidad. Cada libra se pagaba a cuatro y cinco libras esterlinas.

El capitán quería desquitarse a toda costa. Había calculado la cantidad de agua necesaria para el viaje; pero estos cálculos en barcos de vela, como usted sabe, no tienen mucho valor.

El Pacífico es muy grande, el viaje largo; éramos demasiada gente y el agua nos había de perder.

Por la noche comenzó el embarque de los chinos. Venían en unas canoas de dos velas de esteras que allí llaman tancales; se acercaban al barco e iban subiendo por la escala, entrando por el portalón y desapareciendo por la escotilla de la bodega.

La ballenera nuestra fue y vino varias veces. Por la noche entraban los trescientos chinos en el barco.

—¿Cuándo salimos?—preguntó Ugarte.

—En seguida; cuando haya viento—contestó el capitán.

El piloto mandó la maniobra. Salió el bote para levar el ancla, el cabrestante comenzó a chirriar para levantarla, las velas se tendieron en los palos, y unos momentos después zarpábamos con viento fresco.

Al pasar a la altura de Cabo Engaño recogimos al antiguo piloto Ugarte, que había salido en un junco a nuestro paso. Ugarte, por lo que dijo, había vivido en Filipinas, y estaba aburrido de aquello y quería marcharse a América.

Tristán, el antiguo, se encontraba muy cambiado; tenía una cicatriz reciente, roja aún, en la cara, que le cogía desde la ceja de un lado hasta la comisura de la boca del otro, cortándole el labio superior. Nuestro antiguo piloto bebía el *brandy* como si fuera agua.

Algún motivo de enemistad debía existir entre los dos Tristanes, porque el de la cicatriz, como le llamábamos al antiguo piloto, parecía buscar las ocasiones para herir y molestar a su sustituto.

VI

LA SUBLEVACIÓN

El viaje por el Pacífico es, como usted sabe, de una monotonía terrible. En general, muy al sur, los vientos son constantes, y hay grandes facilidades para la navegación a vela; pero nosotros teníamos que recorrer cientos de millas para alcanzar los vientos alisios.

Salimos en marzo, y tardamos muchísimo en salir del mar de la China y pasar la Línea.

Llevábamos un mes de navegación, esperando en la calma ecuatorial la monzón del sudeste, cuando el capitán tuvo que mandar acortar la ración de agua. Afortunadamente, en la isla de San Agustín pudimos hacer la aguada y seguir delante.

El piloto aconsejó al capitán que desembarcara algunos chinos; podía volver a ocurrir el mismo conflicto con el agua. La travesía del Pacífico no sabíamos lo que nos reservaba. Zaldumbide veía únicamente la manera de desquitarse de sus pérdidas anteriores, y dijo:

—Si nos molestan los chinos, los echaremos al agua.

Zaldumbide no tenía ninguna simpatía por los celestes, y se le había ocurrido que era más cómodo, en caso de necesidad, en vez de echar agua a los chinos, echar los chinos al agua.

Tres semanas después quedamos entre el Ecuador y el trópico de Capricornio en una calma chicha. Estábamos a unas cincuenta millas de la isla de la Sociedad. Hacía un calor espantoso; el cielo ardía implacable, sin una nube, como una cúpula roja; no se movía ni una brizna de viento; las velas, desinfladas, caían a lo largo de los palos; el mar, como un cristal fundido, reverberaba una claridad tan cruel que le dejaba a uno como ciego.

En la cubierta, la brea se derretía; los pies se nos quedaban pegados; hacía un vaho de calor imposible de resistir. La piel y la garganta las teníamos abrasadas. Algunos marineros se desmayaban tendidos por los rincones; otros se ponían como locos; el sol mordía la piel de estos desdichados.

Los chinos se ahogaban en la bodega y comenzaron a pedir agua a grandes voces; se asfixiaban. El capitán dijo que no había agua, y nos mandó a nosotros quitar las bombas de mano que sacaban el agua de los aljibes. Al hacerlo comprendimos que la tripulación estaba alborotada; pudimos retirar las bombas sin que nos atacaran. Los marineros fueron a ver al capitán enardecidos, como locos, con los ojos inyectados, fuera de las órbitas. El capitán repitió varias veces que no había agua, que se contentaran con la media ración. Dicho esto se sentó cerca de la ballenera a charlar con el doctor Cornelius.

Al anochecer, los vascos salimos a respirar sobre cubierta aquel aire tórrido. El mar se extendía incendiado, como un metal incandescente. Lo contemplábamos con una enorme desesperación cuando vino Arraitz, uno de los nuestros, corriendo a decirnos que el chino Bernardo había abierto la escotilla de la bodega a los *coolies*, y que salían todos sublevados. El capitán y el médico estaban hablando sentados los dos en sillas de lona al socaire de la ballenera, y no vieron a los marineros y a los chinos que avanzaban por el otro lado de la lancha grande.

Les avisamos con un grito; Zaldumbide agarró el rebenque y se lanzó hacia proa repartiendo chicotazos a derecha y a izquierda. Nosotros le seguimos, creyendo que dominaría el tumulto; pero, al llegar él solo hasta unas cubas que había delante de la cocina, uno de los marineros le tiró el cuchillo, con tal acierto, que se lo clavó en la garganta.

El capitán cayó en medio de aquella turba; la tripulación entera se echó sobre nosotros como perros y, gracias a que el piloto tenía la puerta de la sobrecámara abierta, pudimos refugiarnos allá y salvarnos.

Quedamos dentro los vascos y el timonel. Al doctor Cornelius lo habían atrapado, y seguramente estaban dando cuenta de él en aquel momento. Tristán, el de la cicatriz, debía haber hecho causa común con los sublevados.

Los marineros y chinos no se preocuparon al principio de nosotros; pusieron las bombas y estuvieron bebiendo hasta hartarse.

Pasado el primer momento de pánico, nos aprestamos a defendernos. Como he dicho, la sobrecámara de la toldilla tenía una trampa que daba a la cámara del capitán; por ella bajamos nosotros y cerramos la puerta de nuestra cámara, donde solíamos dormir los vascos. Quedamos incomunicados. En seguida el piloto nos mandó encender la linterna de la Santa Bárbara, bajamos al pañol de las armas y de la pólvora y tomamos cada uno nuestro rifle y cartuchos en abundancia.

Hecho esto, volvimos debajo de la toldilla porque hacía más fresco, y además porque podíamos desde allí ver algo de lo que pasaba en cubierta. Nuestro anhelo y nuestro temor eran tan grandes, que casi no sentíamos la sed.

Pasamos las primeras horas de la noche alerta. En el camarote del capitán habían botellas de cerveza, que era bebida que él solía tomar alguna vez. El piloto nos hizo beber a los cuatro vascos y al timonel un poco de líquido. Frans Nissen, indiferente a todo, con una brújula pequeña de mano, seguía en la rueda del timón.

A eso de la media noche sonaron dos golpes fortísimos en la puerta.

—¿Quién va?—dijo el piloto.

—Yo—contestó Silva el portugués.

—¿Qué queréis?

—Han matado al capitán. ¡Rendíos! No se os hará nada.

—Entregaos vosotros antes—contestó Tristán.

En este momento, alguien metió el cañón de la pistola por un ventanillo que tenía la puerta, y disparó un tiro adentro. Yo apagué el farol y quedamos a abscuras.

—Si os entregáis ahora, no os haremos nada—volvió a decir el portugués.

—Estáis borrachos—replicó el piloto—; mañana hablaremos.

—¡Ea, muchachos!—gritó el portugués—. Echad la puerta abajo. Traed un martillo.

Alguien fué por el martillo.

—¡Eh, vosotros!—volvió a gritar Tristán—; os advierto que estamos armados, que somos dueños de la Santa Bárbara, y que hay tres toneles de pólvora. No os atacamos porque no queremos hacer una matanza inútil; pero tened en cuenta que podemos hacer saltar el barco.

La amenaza hizo su efecto. Silva mandó a uno de los suyos a que viera si nuestra cámara estaba cerrada, y cuando el otro volvió diciendo que lo estaba, murmuró:

—Estos bárbaros son capaces de todo.

Desde el ventanillo de la puerta oímos durante toda la noche los cantos de los marineros y la algarabía de los chinos.

Nos sustituímos para hacer la guardia; aunque nadie pudo dormir, estuvimos tendidos, descansando.

Comenzó a llegar la luz del alba. Debajo de la toldilla hacía un calor horrible; al amanecer, la abrimos para ventilarla un poco. No nos vigilaba nadie.

Como no se sentía ningún movimiento en la cubierta, salimos Arraitz y yo para darnos cuenta de lo que pasaba. Tristán el piloto no quería que entabláramos combate; pues aunque hubiéramos vencido al último, estando armados como estábamos y ellos no, hubiese sido a costa de mucha gente.

Avanzamos Arraitz y yo; todo el mundo dormía, y el barco navegaba a la ventura. A pesar de esto, Nissen no había abandonado el timón.

Nos extrañó tanto silencio. Luego supimos que el cocinero había llenado cuatro barricas a medias de agua y de ron, y habían bebido todos los marineros y chinos hasta quedar borrachos.

En vista de que nadie nos espiaba, creímos que se podía hacer un intento de buscar agua, y se lo dijimos al teniente. Vaciamos en la cubierta una damajuana llena de *brandy*, que sacamos de nuestra cámara, y decidimos traerla con agua.

Albizu y yo daríamos a la bomba; Arraitz y Burni nos escoltarían armados de rifles, y a la puerta de la sobrecámara quedarían el teniente y Nissen para dar, en caso de necesidad, la voz de alarma.

Salimos despacio; hicimos funcionar la bomba del aljibe de popa. Nos figurábamos que no daría agua. Efectivamente: estaba agotado. Había que acercarse al castillo de proa. Fuimos avanzando los cuatro con cautela, estudiando el camino. En las crujías, cerca de los palos, se veían tendidos marineros borrachos. Pasamos con grandes precauciones por delante del camaranchón de la cocina.

Llegamos a la bomba de proa que comunicaba con el otro aljibe, la hicimos funcionar, y trajimos diez o doce litros de agua. Como el viaje se había hecho sin riesgo, lo volvimos a repetir, y llenamos todas las botellas y depósitos que encontramos. El aljibe de proa debía quedar también muy mermado.

En uno de los viajes, Burni, señalando con el cañón del rifle, nos dijo:

—Mirad, mirad allá.

Nos quedamos sorprendidos. A la luz pálida del alba se veía el cadáver de Zaldumbide, colgado de una verga, balanceándose con los movimientos del barco.

Se lo advertimos al teniente y a Nissen, y éste, con su habitual laconismo, nos dijo:

—Las llaves, las llaves.

—Es verdad—repuso el teniente—; hay que registrarle, a ver si tiene el llavero.

Ninguno de los otros vascos se atrevía, y fui yo. Subí por una cuerda y llegué al cadáver. Al estar junto a él me estremecí; una cosa saltó sobre mis hombros. Era la mona Mari-Zancos, acurrucada en los hombros del ahorcado. Cogí las llaves, y cuando bajaba oí la voz de Tommy que, desde lo alto de una cofa, decía:

—¡Hola! ¡Hola! ¡Buenos días! ¡El capitán está en una postura incómoda, eh!..., ¡Ja, ja!... Pues en la otra verga está el doctor Cornelius. Ese sí que está gracioso dando tumbos.

[Ilustración]

Invitamos a Tommy a venir con nosotros, pero dijo que no, que se estaba divirtiendo mucho para meterse en un rincón.

El teniente mandó que cerráramos la puerta de la toldilla y le siguiéramos. Bajamos a nuestra cámara, la abrimos, y salimos a la escalera.

—Cerrad la escotilla—dijo el piloto—; cuando esa gente se despierte entrará a saco en la despensa y no dejará nada. Ahora hay que aprovecharse.

Nos metimos en la despensa y llevamos a nuestra cámara provisiones para quince días, dos barriles de vino y de ron, embutidos, carne seca, galletas; luego entramos en el pañol del pan y lo dejamos casi vacío.

Arraitz, que estaba de guardia, nos avisó que la gente comenzaba a ir y venir por la cubierta.

—Vamos ya—dijo el teniente.

—¿Cerramos la despensa?—le pregunté yo.

—No. ¿Para qué? Si se cierra, romperán la puerta.

—Entonces, la dejamos abierta.

—Sí; dejadla abierta, y dejad abierta la escotilla. Nosotros, adentro.

Desde la sobrecámara pudimos presenciar el alboroto del barco. Los chinos, sobre todo, armaban una algarabía infernal.

Nissen recordó que el doctor Cornelius tenía guardado en su armario un alambique. Nos sobraba el alcohol, y podíamos destilar el agua de mar que se quisiera. Preparamos el alambique y le hicimos funcionar. Destilaba perfectamente. La cuestión del agua estaba resuelta.

El portugués Silva volvió a intimarnos para que nos rindiéramos. Quería, sobre todo, los cofres de Zaldumbide. El teniente contestó que podíamos atacarlos y vencerlos, porque estábamos bien armados; pero no quería hacer una carnicería inútil, y que, si nos desembarcaban en cualquier punto, nosotros nos iríamos, dejando el tesoro de Zaldumbide.

Poco después, el cocinero Ryp vino con la misma proposición; también quería las cajas de Zaldumbide. Cuando supo que el portugués tenía la misma pretensión, le entró una cólera terrible, y juró que le había de calentar las orejas al intérprete.

Por la noche del segundo día debió cambiar el tiempo, porque el barco empezó a navegar, dando tumbos, y comenzó a llover.

Se oía el ruido de la lluvia, que azotaba y repiqueteaba en la toldilla. Era una de esas lluvias de los trópicos, abundantes y densas. El teniente mandó a un marinero que avisara al contramaestre, y, cuando vino éste, le dijo lo que tenía que hacer para llenar el aljibe con el agua de la lluvia.

La cordialidad entre nosotros y los de fuera iba estableciéndose, pero aun no estábamos muy seguros.

Como la cámara de debajo de la toldilla era pequeña y cerrada, el teniente no quería que durmiésemos todos en ella, y nos repartíamos en los cuatro departamentos que poseíamos. Yo dormía en la misma cama de Zaldumbide.

Pronto dejó de llover, pero siguió el viento y siguió el oleaje, que nos zarandeaba furiosamente. Por intervalos se nos metía el agua en la cubierta por toneladas; y, como no podía marcharse con facilidad por los agujeros, se formaba una ola que rodaba a derecha e izquierda, y entraba en las, cámaras.

—¿Qué hacen esos bestias?—pensábamos nosotros—. Van a conseguir que el barco se hunda.

Varias veces instamos al teniente a que saliéramos a dominar a los amotinados, pero él nos contenía, diciendo:

—No, no; que vean que nos necesitan. Si no, en seguida se volverán a sublevar otra vez.

Al quinto día nos sorprendió la agitación que había en cubierta; se oían gritos furiosos, voces iracundas.... Al anochecer, estaba yo de guardia cuando sonaron dos golpes suaves en la puerta.

—¿Quién va?—pregunté.

—Soy yo, Allen. Vengo con Sam Cooper, el contramaestre, y con Tommy, que quieren hablar con el piloto.

—Esperad un momento.

Desperté a Tristán, que se echó de la hamaca y que mandó abrir inmediatamente. Por lo que contó Old Sam, portugueses y holandeses, sintiendo renacer sus odios, se batían a palos y a cuchilladas en la cubierta. Después de una lucha en que quedaron en el campo varios combatientes, los holandeses, más en número, habían hecho meterse en el castillo de proa a los enemigos.

Era el momento oportuno de apoderarse de nuevo del barco.

—¿Y los chinos?—preguntó Tristán.

—Los chinos han encontrado los barriles de opio y están en la cubierta borrachos, como muertos la mayoría—contestó el contramaestre.

Tristán hizo que se trajeran tres rifles más para Old Sam, Allen y el joven grumete, y, a la luz de una literna que llevaba Tommy, nos lanzamos los nueve a pacificar el barco. Toda la parte de la cubierta entre el alcázar de popa y el castillo de proa estaba llena de celestes, revueltos unos con otros. La chimenea de la cocina en aquel momento echaba chispas que subían destacándose sobre las velas. Supusimos que al cocinero lo encontraríamos en su garita entre sus cacerolas, y, efectivamente, lo vimos junto al fogón. Ryp no intentó resistir; se rindió y dijo que conseguiría la sumisión inmediata de sus paisanos.

Efectivamente, así fué. Resuelto este punto importante, fuimos al castillo de proa, en donde se habían fortificado los portugueses. Tristán llamó a Silva Coelho, y le dijo que éramos más que ellos y que estábamos armados; añadió que no pensábamos atacarlos; podían hacer lo que quisieran. Los portugueses optaron por rendirse.

Tristán de Ugarte, ya capitán de hecho, mandó coger a todos los chinos y bajarlos a la bodega. Se echaron los muertos de la última refriega al mar y se descolgó el cadáver de Zaldumbide y el del doctor Cornelius.

A éste lo habían puesto una pipa en la boca y tenía el vientre hinchado. Se echaron también los cuerpos del capitán y del doctor a que sirvieran de pasto a los peces. Se cerraron las escotillas y se dieron órdenes para comenzar el arreglo de todo.

Al encontrarse de nuevo unidos holandeses y portugueses, comenzó otra vez la hostilidad, y para zanjarla decidieron los dos grupos elegir a la suerte un campeón para que se batieran.

Chim, el malayo, estaba con los holandeses; en cambio, el negro Demóstenes era del partido portugués; podía suceder que a los dos amigos les tocara en suerte batirse; pero no fué así. Se jugó a cara y cruz con una moneda y salieron elegidos Chim, el malayo, y Silva Coelho.

Tristán no tuvo más remedio que dejar hacer, y se retiró a su cámara. Yo me quedé a presenciar la lucha. Era al comenzar el alba. En el cielo aparecían celajes espesos y desgarrados que anunciaban viento.

Los dos hombres desafiados eran fuertes, astutos y manejaban el cuchillo con habilidad. Se les dejó a los dos una chaqueta para envolver el brazo izquierdo y parar los golpes.

Fué un combate terrible, en que los dos enemigos saltaban, se agarraban, se mordían. Varias veces Silva Coelho tuvo sujeto por los pelos a Chim e intentó herirle; pero entonces el malayo se acercaba al portugués, hasta estrecharse con él, y le mordía en la muñeca, y el otro tenía que soltar la cabellera. Al último, en uno de aquellos momentos, al desasirse bruscamente uno de otro, sin que yo al menos notara el golpe, se vió a Silva que caía, dando un grito y llevándose la mano al vientre. Tenía una ancha herida, por donde se iba desangrando.

—¡Ya, mátalo!—dijeron todos.

El malayo se inclinó sobre el herido como un chacal, y le hundió el cuchillo en el pecho, con tal fuerza, que la punta de acero se clavó en la tabla de la cubierta.

Inmediatamente Demóstenes, el negro, y otro marinero cogieron el cadáver y lo tiraron al agua.

—¡Bravo, Chim!—dijo Tommy, y dió unas cuanlas volteretas y un magnífico salto mortal, seguido de Mary-Zancos, que había tomado al grumete por su protector.

Fué haciéndose de día. El capitán nombró a Nissen teniente piloto, aunque acordó que siguiera de timonel hasta encontrar alguien que lo sustituyera.

El nuevo capitán y el teniente fueron estudiando las medidas que había que tomar. El barco estaba sucio, lleno de basura, de manchas de sangre. Apenas navegaba; unas masas verdes de vegetación que allí flotan en el mar se habían acumulado en la proa y no dejaban avanzar a *El Dragón*.

El capitán mandó que desde la ballenera y el bote fuéramos cortando aquel estero por la mitad, y después de una larga faena lo pudimos partir en dos pedazos y pasar por en medio.

Al día siguiente se comenzó a limpiar la cubierta con los lampazos. El capitán mandó retirar todas las botellas y barriles, y prohibió al cocinero que sacara licores sin su consentimiento.

VII

POR EL PACÍFICO

Aunque el plan nuestro era bajar por el Pacífico, hasta llegar al paralelo 50 a 55 al sur, se decidió ponerse en rumbo hacia las islas de Taiti y desembarcar en cualquiera de ellas por lo menos a la mitad de los chinos.

La falta de agua ya no nos preocupaba; los días siguientes a la pacificación del barco estuvo lloviendo en abundancia, y llenamos los aljibes.

Al despejarse el tiempo nos encontramos a la vista de una de las islas de Taiti. Nos fuimos acercando, y pasamos por delante de bahías estrechas, de una vegetación lujuriante, hasta detenernos en una de éstas.

El capitán bajó a la bodega y habló a los chinos. Les dijo que eran demasiados, que podía ocurrir de nuevo el percance de la falta de agua, que estaban delante de una isla feracísima y que sería conveniente que la mitad por lo menos desembarcaran. Ellos podían elegir quiénes debían quedarse y quiénes seguir hasta América. Los chinos contestaron que donde iban unos irían los demás, y decidieron desembarcar.

Salían de la bodega en grupos de treinta, con su hatillo, entraban en la ballenera y los llevábamos hasta un arenal de la playa, y cuando había una braza de fondo o algo menos, echábamos toda la chinería al agua. Ellos chillaban como gaviotas al ver el mar alborotado; se les recomendó que formaran la cadena, y así fueron llegando a tierra.

Libres de chinos, hubo que limpiar la bodega, que era una verdadera pestilencia.

Comenzamos a marchar hacia el sur, a buscar el estrecho de Magallanes o el Cabo de Hornos, en aquella inmensidad desierta del Pacifico, llevados por la monzón del oeste. Encontramos algunos barcos balleneros, con los que nos pusimos al habla, y nos indicaron la situación exacta en que nos encontrábamos.

En esto se nos acercó un barco que iba a la deriva de una manera desesperada. Nos hizo señales y nos preguntó si teníamos médico; le dijimos que no, y nos pidió quinina. Buscamos en el botiquín del doctor Cornelius, pero no había quinina. Lo único que pudimos enviarles fué unas cajas de té. El barco aquél se hallaba apestado. La tripulación, enferma de vómito negro, tenía un aire lamentable; estaba formada por hombres harapientos, verdaderos esqueletos amarillos, con pañuelos y trapos en la cabeza.

Al día siguiente el vómito negro se desarrolló en *El Dragón* con una gran violencia; uno de los marineros holandeses, Stass, atacado por la fiebre, se levantó de la cama delirando, y, después de cantar una extraña canción, se tiró al mar. El teniente hizo que toda la tripulación sana se alejara en la parte de la popa, y convirtió el castillo de proa en enfermería. El miedo que se desarrolló entre los marineros fué tan grande, que nadie quería acercarse a la proa; se sorteaba quién había de dar la comida y el agua a los enfermos, y el designado solía ir llevando los víveres en una pértiga larga, los dejaba y echaba a correr. De pronto, el español don José se indignó con aquella inhumanidad, y dijo que

Cristo nos mandaba cuidar de los enfermos y consolar a los tristes. Nosotros le oíamos burlonamente y le decíamos:

—Anda, vete tú.

Don José, con gran sorpresa nuestra, se metió en la enfermería a cuidar a los enfermos.

Tristán, el de la cicatriz, fué a ver al capitán, y le propuso que se modificaran los libros de a bordo, se cambiara el nombre del barco y nos quedáramos con él. El capitán le dijo que, si volvía a proponerle aquello, le mandaría arrestar.

Tristán, el de la cicatriz, pareció conformarse; pero, no sólo no se conformó, sino que intentó sublevar la tripulación. Era cosa bien difícil, porque casi toda estaba en la convalecencia. Entre el segundo contramaestre, el cocinero y Tristán, el de la cicatriz, hicieron un pacto para apoderarse del barco y formar una asociación de piratas. Una noche, al entrar en el camarote, se apoderarían del capitán y enarbolarían la bandera negra.

Nosotros sabíamos cómo marchaba la maquinación, y dejábamos hacer a los conspiradores, convencidos de su impotencia. Un día, al anochecer, en que los conjurados comenzaron a gritar, los prendimos y se les cogió el escrito de asociación y un trozo cuadrado de tela negra. Todos fueron arrestados, menos los convalecientes; unos firmaron, otros pusieron una cruz en el papel, por no saber firmar.

El seráfico don José, que fué también de los del pacto de los piratas, se nos murió del vómito. Verdaderamente, aquel hombre era un santo. Murió reconociendo que era un gran pecador y lamentando no tener un cura católico a su lado. Los vascos nos libramos del vómito negro y del escorbuto, que comenzó también a presentarse en el barco.

Seguimos navegando, cortamos el paralelo 50° sur por los 102° oeste próximamente, y nos acercamos al continente americano, hacia la isla de la Desolación.

Ya no nos quedaba ningún caso de vómito negro. No le pareció prudente al capitán intentar el paso por el estrecho de Magallanes, y se decidió a doblar el Cabo de Hornos, a gran distancia de tierra.

Sólo mirando el plano hay para echarse a temblar por aquellos parajes: la isla de la Desolación, el puerto del Hambre, la bahía de la Desesperación.... Acercándose a tierra, no se veían mas que rocas peladas y bancos de hielo. Hacía un frío terrible, y no se encontraba un rincón donde guarecerse. Pasamos días muy angustiosos, ateridos de frío, y estuvimos a punto de chocar con un enorme banco de hielo que venía flotando, al que tomamos al principio, entre la niebla, por un barco con las velas desplegadas.

Descansamos al llegar a las islas Malvinas, en la Bahía de la Soledad. Luego remontamos al norte, atravesando las calmas de Capricornio por los 22° oeste, y, aprovechando todo el aparejo en los alisios del sudeste y la corriente brasileña, cortamos la línea hacia los meridianos 18° ó 20° al oeste.

La travesía había sido muy feliz. Ibamos a la altura de San Vicente, a la anochecida, cuando un crucero inglés nos hizo señas de que nos detuviéramos, y nos lanzó, por primera providencia, una andanada.

El capitán consultó con el teniente y con el contramaestre. Había bastante viento. Se podía escapar bien. La bruma se nos echaba encima. Después de la conferencia, el capitán mandó poner el barco al pairo. Nosotros mismos, los vascos, estábamos furiosos. Entregar *El Dragón* a los ingleses, que, con cualquier pretexto, nos ahorcarían, era un disparate. Sabíamos cómo las gastaban los ingleses. Cuando cogían algún negrero, solían ahorcar al capitán y vendían los negros por su cuenta; si el barco era sospechoso de piratería, se quedaban con la presa. Así trabajaban por la humanidad y por el bolsillo.

A nosotros podían acusarnos de negreros y de piratas. La muerte del capitán y del médico, mal explicadas, podían comprometernos. Todo esto hacía que fuera un disparate el entregarnos.

Sin embargo, y a pesar de que todos protestábamos interiormente, se hizo la maniobra, y *El Dragón* quedó inmóvil. El barco de guerra lanzó una de las chalupas, para que viniera a visitarnos a bordo. La niebla se iba echando por encima del mar y aumentando por momentos. Nuestra tripulación estaba anhelante. ¿Qué se proponía el capitán? De pronto sonó el pito del contramaestre: había que cambiar la maniobra; doce hombres treparon con ímpetu por los palos para largar todas las velas y arrastraderas; las lonas, cuadradas y triangulares, se extendieron para coger el mayor viento, los anillos chirriaban, las vergas eran estiradas con fuerza; foques, petifoques, toda vela utilizable iba a ser aprovechada. Las velas dieron un parchazo furioso en los palos, y alguna se rasgó; *El Dragón,* como asombrado, dió un bote terrible, se inclinó hasta hundir la proa en el agua, se tendió al viento y se lanzó a la carrera.

—¡Hurra! ¡Hurra!—gritamos todos, entusiasmados.

—¡Callaos!—dijo el capitán.

El barco de guerra se dió cuenta de la estratagema y comenzó a dispararnos cañonazos; pero sólo nos hicieron sus granadas algún agujero en las velas. Tristán, el de la cicatriz, propuso que contestáramos con el fuego de uno de nuestros cañones; pero el capitán le ordenó enmudecer.

A la mañana siguiente sacamos velas del pañol y substituímos las que llevábamos rotas. La suerte hizo que amainara el viento; navegábamos con una gran lentitud; íbamos desviados del derrotero general de los buques, intencionadamente.

De pronto, al caer de la tarde, vimos que aparecía el crucero inglés.

—Lo que yo me temía—murmuró el capitán—. Estas cosas tienen segunda parte.

El navío se encontraba en aquel momento en mejor situación que nosotros, y pudo acercarse con relativa rapidez. Nosotros largamos todas las velas y tiramos los cañones al mar, para aligerarnos de carga. Al ponerse a tiro nuestro perseguidor, izó la bandera inglesa, y, sin más preámbulos, no soltó una andanada, que hizo caer sobre la cubierta de *El Dragón* una verdadera lluvia de pedazos de madera, de poleas y de cuerdas.

Una de las velas se rajó en dos pedazos y cayó echa un montón de pingajos, con un trozo de astilla que dió en la cabeza a uno de nuestros hombres y lo dejó muerto. A la segunda andanada, el palo mayor quedó hecho trizas, como el tubo de una pipa de barro, y mató a otro marinero.

Se izó la bandera holandesa; fué inútil. El crucero inglés no cesó el bombardeo.

Nuestro capitán iba dando órdenes desde la toldilla; echamos el palo mayor al mar, y seguimos navegando. Al mismo tiempo mandó botar la ballenera, la izamos tirando de las cuerdas, y la bajamos al mar por el lado contrario adonde se encontraba el inglés. Se ató la rueda del gobernalle de *El Dragón.*

Tristán, el de la cicatriz, dijo al teniente que, si no le parecía mal, iba a abrir un boquete al barco. El capitán no replicó.

El de la cicatriz y Old Sam bajaron con un berbiquí, un cortafrío y un mazo a la bodega, y se les oyó golpear por dentro largo rato.

Al cabo de un momento salieron los dos a cubierta.

El capitán llevó los planos y los instrumentos de su cámara a la ballenera; algunos sacamos de nuestros cofres el dinero que guardábamos. Ryp, el cocinero, registró los armarios de Zaldumbide y vino ayudado por dos amigos con tres cofres de latón.

Otros, por orden del teniente, bajaron los rifles. Embarcamos tres cajas de galleta, agujas, tijeras, todo lo que pudimos.

La ballenera llevaba un barril de agua y una linterna, que nos serviría para mirar de noche la brújula. Íbamos remolcados por *El Dragón* y protegidos por él, cuando el capitán cortó la amarra y comenzamos a alejarnos del barco a fuerza de remos.

El Dragón siguió navegando, hundiéndose lentamente; algunas de las granadas de los ingleses cayeron en el agua a poca distancia de nosotros. Los del crucero temían, sin duda, alguna estratagema, porque iban acercándose despacio al barco abandonado.

De pronto, *El Dragón* se detuvo y se puso a oscilar. Parecía un animal moribundo. La proa fué hundiéndose, hundiéndose ... hasta desaparecer en las aguas, y la popa se levantó en el aire.

Luego la popa fué bajando y metiéndose en el mar y se formaron torbellinos y grandes olas encima.

Las velas fueron desapareciendo majestuosamente y no quedó ni rastro de *El Dragón.*

Al hacerse de noche izamos la vela de la ballenera y comenzamos a navegar hacia el norte. El capitán quería apartarse del derrotero habitual y desembarcar en alguna de las Canarias. Al enterarse de que habían bajado los cofres de Zaldumbide, dijo que lo mejor era tirarlos al mar; pero viendo la protesta de todos, decidió acercarse a la costa africana, enterrar allí los cofres en un sitio seguro y volver a las Canarias. Todos convinimos en que era lo más prudente. Llegar a una de aquellas islas con cajas llenas de oro, podía parecer sospechoso. A todo esto, no sabíamos a punto fijo lo que había dentro.

Al día siguiente, a media tarde, comenzamos a ver la costa africana; una costa baja, de arena que brillaba al sol, con alguna colina de trecho en trecho.

Debíamos estar cerca, por lo que dijo el capitán, de la colonia española de Río de Oro; se veía alguna que otra cabaña de moros salvajes y desharrapados. No nos pareció conveniente desembarcar allá, a pesar de que estábamos hambrientos. Pasamos por entre las islas Canarias y la costa de Africa, hasta que, al llegar a la desembocadura de un río, nos detuvimos. Había en las orillas algunos árboles aislados que parecían olivos. Este árbol, el argán, tiene un fruto parecido a la aceituna, aunque más redondo y amarillo.

A la hora de remontar el río nos detuvimos delante de una fortaleza arruinada. Dicen que por allí, en los límites del Atlas, se encuentran estos poderosos castillos antiguos. Nadie sabe quién los ha construido ni contra qué clase de enemigos se hicieron. El castillo aquél era de piedra labrada y de torres con arcos.

Inmediatamente de llegar abrimos apresuradamente los cofres de Zaldumbide. El primero produjo un gran desencanto: había dentro una porción de baratijas de las que se empleaban para regalar a los reyezuelos africanos. Los otros cofres costaron mucho trabajo abrirlos, y los encontramos llenos de monedas de oro y de joyas.

Todos hubiéramos querido apoderarnos de aquellas riquezas; pero al oír al capitán que no estábamos en seguridad porque el crucero inglés andaría buscándonos, decidimos enterrar los cofres.

El capitán nos indicó una peña cónica como el mejor punto para guardar el tesoro; nosotros hicimos un agujero al pie de esta peña y enterramos los tres cofres.

Habíamos acabado esta operación, cuando se presentaron media docena de moros, sarnosos, desharrapados, armados con fusiles antiguos. Habían pensado, sin duda, sorprendernos; pero al vernos en mayor número y también armados, se manifestaron como amigos.

Les propusimos cambiarles un rifle por dos corderos y ellos aceptaron. El capitán dijo que sería prudente que nos fuéramos a la ballenera, pues estos moros eran todos traidores. De paso dejamos sin un fruto los árboles de argán que fuimos encontrando. Nos metimos en la ballenera y quedó uno de guardia en un alto. Estábamos esperando, cuando sonó una descarga cerrada, y el centinela y cuatro de los que estaban a mi lado cayeron a tierra. Entre ellos, Burni. Me acerqué a él, pero estaba muerto. Toda una partida de moros avanzaba escondiéndose.

Nos metimos en la barca y remamos con furia hacia el centro del río; la corriente nos llevaba hacia el mar; así que nuestra única preocupación fué alejarnos de la orilla. Los moros aparecieron a la descubierta. Algunos de ellos se metieron valientemente en el agua, y dos se quisieron subir en la ballenera; Arraitz le dió a uno tal golpe en la cabeza con la culata del rifle, que los sesos saltaron por el aire. El otro huyó. Los de la orilla siguieron disparando. Ya no nos hicieron ninguna baja; en cambio, nosotros tuvimos el gusto de tumbar una docena lo menos de aquellos sarnosos.

Salimos de allá con la intención de coger la isla de Lanzarote.

A los dos días nos cogió un temporal del sudoeste, y como el viento, aunque muy fuerte, era manejable, concebimos la esperanza de llegar pronto a las Canarias. A la luz de la linterna, el capitán, con la brújula, estudiaba el plano.

Después de recibir encima del cuerpo chubascos y más chubascos que nos empaparon hasta los huesos, dimos vista a Lanzarote. Se revelaba la isla como un nubarrón sobre el mar. Nos acercamos llenos de esperanzas, cuando un demonio de cutter velero nos dió el alto disparándonos un cañonazo. Era imposible resistir. El capitán mandó atar un pañuelo blanco en un remo, en señal de que nos rendíamos.

No sabíamos si este cutter estaba avisado por el otro buque que nos había dado caza anteriormente, pero pronto no nos cupo duda al ver al crucero grande acercarse a nosotros.

La serenidad del capitán no se desmintió en aquel instante. A medida que avanzábamos hacia los dos barcos ingleses, fué diciéndonos lo que nos convenía declarar y lo que teníamos que ocultar en beneficio común. Además, nos explicó lo que cada uno podía alegar en su propia defensa.

El negocio de los chinos lo hacían únicamente el capitán Zaldumbide, el médico y el portugués Silva Coelho; a éstos los habían matado los chinos por haberles engañado. Respecto a la trata, nadie sabía nada. Si el barco se había dedicado a este negocio, era antes de que entráramos en él.

El capitán se mostró tal como era, sereno y tranquilo. Llegamos al buque inglés; nos fueron interrogando a todos, y todos contamos, poco más o menos, la misma historia, con los mismos detalles, haciendo lo posible para evitar nuestra responsabilidad.

Yo me permití abogar por el capitán y decir que era un hombre caído en desgracia, pero honrado y justo como pocos.

La serenidad le salvó al capitán y quizá también nuestros informes. El inglés, que es muy perro, no necesita muchos expedientes para ahorcar a un capitán sospechoso de piratería. No en balde han pirateado ellos durante cientos de años.

Tristán, el de la cicatriz, se manifestó rebelde y lo castigaron varias veces. Los demás, los marineros, fuimos tratados con poca severidad, obligados únicamente a hacer las faenas penosas.

Llegamos a Plymouth; estábamos ayudando a la maniobra del *Argonauta*, así se llamaba el navio inglés en que íbamos prisioneros, cuando pasó un barco francés a poca distancia. Al verlo me eché al agua sin que nadie lo notara y pude agarrarme al ancla.

Llegué a Dunkerque y me embarqué en una goleta de ciento cincuenta toneladas, para ir a Islandia a la pesca del bacalao. Estuve una temporada en las islas de Loffoden y vine por casualidad a Burdeos a componer las velas, y aquí me quedé; puse una cordelería, me casé y mi comercio fué prosperando.

De la suerte de los demás ya no supe nada. Yo había tomado el camino derecho, y desde entonces me empezó a salir todo bien. Esta ha sido mi historia.

Dejó de hablar el viejo y se me quedó mirando con sus ojos grises.

—¿Quién cree usted que sería el verdadero Ugarte de los dos?—le pregunté yo—. ¿El de la cicatriz o el otro?

—El de la cicatriz, seguramente. El otro, sin duda, no quiso dar su nombre.

Me despedí de Itchaso y me fuí a mi barco.

No me cabía ninguna duda de que mi tío Aguirre había navegado en *El Dragón.* Lo que no comprendía era por qué Ugarte le había cedido su nombre.

Para cerciorarme de la verdad de lo dicho por el viejo de Burdeos, encargué al abogado de la Compañía, por cuenta de la cual yo navegaba, que se enterase en Londres de si entre las presas hechas hacía unos treinta años aparecía la de la ballenera de *El Dragón.*

No tardaron en encontrar lo que yo pedía, y, efectivamente, me enviaron una relación de cómo se había apresado la ballenera de este brick-barca sospechoso de piratería, a la altura de las Canarias, y una lista de la tripulación, en la cual se encontraban los nombres de Juan de Aguirre y Tristán de Ugarte.

Que había una relación estrecha entre estas dos personas era indudable. ¿Pero cuál? No podía comprenderlo.

LIBRO QUINTO

JUAN MACHIN, EL MINERO

I

MALA NOTICIA

Todas las preocupaciones que me servían para olvidarme un poco de mis inquietudes amorosas fueron pronto desechadas al recibir una carta de Genoveva, la hija de Urbistondo.

Genoveva me decía que Juan Machín, el poderoso minero de Lúzaro, galanteaba a Mary. Ella no le hacía por ahora el menor caso, pero él la perseguía y la asediaba cada vez con más ahinco.

El barrio entero de pescadores se hallaba preocupado con tal persecución.

Al recibir aquella carta me dispuse a ir a Lúzaro; antes pensaba en esperar a reunir algún dinero para casarme; ya no vacilé, decidi casarme en seguida. Si Mary quería, por supuesto. Pasaria unos dias en Lúzaro, pondriamos la casa en Burdeos y me iría a navegar.

Firme en mi decisión, escribí a la Compañía, pregunté en el puerto si algún barco zarpaba hacia la costa de España y me metí en un vapor que iba a Bayona.

Recuerdo que hacía un tiempo de agosto, pesado, horrible. Los ojos se quemaban contemplando las playas arenosas, las dunas amarillentas, los estanques rodeados de pinos y la reverberación del mar.

Venía en el barco un indiano vascongado que embarcó en Buenos Aires en mi barco. En todo el viaje de América a Europa no se atrevió a hablarme. Debía de ser hombre muy tímido. Luego, en el vapor que nos llevaba a Bayona, se acercó a mí y hablamos. Había pasado veinticinco años en las pampas hasta enriquecerse. No tenía familia y no sabía qué hacer ni en dónde fijar su residencia.

Era todavía un hombre en pleno vigor, grueso, fuerte, de facciones nobles, de pelo gris.

Me dio mucha pena, y al oírle olvidé mis preocupaciones. Aquel hombre era un Hamlet, un Hamlet campesino, uno de los hombres que me han producido una impresión más triste y desconsoladora.

Este Hamlet indiano me recordó esa canción vasca de un epicurismo algo grotesco, que dice así:

Munduan ez da guizonic
Nic aña malura dubenic
Enamoratzia lotzatzenau
Ardo eratia moscortzenau
Pipa fumatzia choratzenau
¡Ay zer consolatucotenau!

(En el mundo no hay hombre de tan mala suerte como yo. El enamorar me avergüenza, el beber vino me emborracha, el fumar en pipa me marea. ¡Ay! ¿Qué me va a consolar a mí?)

Llegamos este Hamlet indiano y yo a Bayona, y yo tuve la suerte de encontrar un patache de cabotaje que iba a Lúzaro: el *Rafaelito*. Salía al amanecer. Llevé mis baúles a la barca, me tendí, apoyado en un rollo de cuerdas, y esperé impaciente la salida. Tenía esperanzas de que hubiera viento, porque la espuma del mar resplandecía mucho en la obscuridad.

Antes de amanecer nos pusimos en franquía. No había brisa aún, el mar estaba tranquilo, las estrellas brillaban con un gran fulgor.

Veía ir y venir a las sombras de los marineros por la cubierta y sentía las pisadas de sus pies desnudos.

Sonaron las tres en el reloj de la catedral de Bayona, y el patrón dio la orden de partir. Había seis hombres, cuatro marineros, el timonel y un grumete.

Salimos llevados por la corriente del Adour, cruzamos por el Boucau, y al rayar el alba, a fuerza de remos, pasamos la barra.

Los marineros retiraron los remos. Las garruchas de las dos velas comenzaron a chirriar, los anillos corrieron por las cuerdas y una obscura forma se levantó en el aire, encima de mí. No se movía ni una ráfaga de viento. La noche estaba tranquila y húmeda. A lo lejos brillaba con intermitencias la luz roja del Cabo Higuer.

De pronto la vela se agitó temblorosa, se distendió como con un latigazo; el barco se inclinó de costado y comenzó a deslizarse volando. El patrón se colocó en la caña del timón y los marineros se sentaron en las bordas. El mar se cortaba bajo la proa del barco y cuchicheaba dulcemente, íbamos dejando una estela blanca, brillante, a la luz del amanecer.

El sol comenzó a abandonar las olas y a subir en el cielo claro y limpio, ahuyentando la bruma; las velas se teñían por el rojo sol naciente y se hinchaban cada vez más. El patrón hablaba a sus hombres y les ordenaba tirar de las cuerdas para recoger las velas de cuando en cuando. El grumetillo cantaba a proa una canción vascongada. Era una canción al mismo tiempo alegre y melancólica, monótona y llena de variaciones.

Pasamos por delante de Biarritz, con sus rocas, y comenzamos a avanzar por delante de esa línea de dunas blancas que forma la costa vasco-francesa hasta llegar al promontorio pizarroso de Socoa. Larrun apareció cortando el cielo, y más lejos, los montes de España.

El viento había aumentado; el *Rafaelito* volaba como una gaviota; la costa, despejada de brumas, formada por cantiles obscuros, se veía clara y distinta.

Los cuatro marineros del patache, obedeciendo la orden del patrón, comenzaron a meter a golpes de mazo una cuña grande al palo más alto para inclinarlo a barlovento.

Estos pataches de cabotaje, como algunas barcas pescadoras, tienen tan malas condiciones marineras, que les es necesario inclinar los palos hacia donde viene el viento, por poco que sea éste fuerte. Marchan a fuerza de habilidad; cualquiera racha huracanada los puede tumbar.

Un poco antes del mediodía cambió el viento; íbamos dejando atrás la costa francesa, sus suaves y bajas colinas, sus dorados arenales y sus lajas pizarrosas carcomidas por el mar.

Pasamos Hendaya y Fuenterrabía, dormidos al sol en las márgenes del Bidasoa. Estábamos delante de Jaizquibel. Era hora de comer. El grumete trajo una cazuela de patatas con bacalao, y comimos todos fraternalmente.

La brisa era cada vez más débil; íbamos avanzando despacio por la costa guipuzcoana.

El comenzar de la tarde fue sofocante; el sol derramaba una lluvia de fuego; el mar se extendía tranquilo, apenas rizado, sin más olas que algunas pequeñas ondulaciones; con la respiración rítmica de un buen monstruo dormido, el agua, soñolienta, reflejaba la costa con todos sus detalles en la claridad de aquella tarde perezosa y espléndida. Yo miraba estas aguas sin pensamiento, con una vaga tristeza.

De cuando en cuando el grumete volvía a su canción. A lo lejos veíamos vagamente los pueblos y el mar, muy azul, con un azul de Prusía, cerca de la costa. Las rocas de los acantilados aparecían ribeteadas por una línea negra dejada por la marea, y los arenales húmedos brillaban al sol.

Antes de llegar a Orio, el viento cesó por completo y las velas quedaron inmóviles, arrugadas en sus grandes pliegues, como muertas en la calma absoluta de la tarde.

Uno de los hombres del patache y el grumete echaron sus aparejos de pesca, mientras los demás marineros sostenían una larga conversación en vascuence acerca de las divisiones de las cofradías de pescadores de Lúzaro.

Pasamos así horas, inmóviles, en el mismo sitio. La languidez de la tarde había acabado con mi impaciencia.

Serían las cinco o cinco y media cuando el mar comenzó a rizarse con olas redondas, blandas, que fueron tomando anchura y cuerpo con rapidez. El chico se subió por el palo del patache, como una ardilla, a arreglar una polea.

El viento volvía de nuevo; comenzamos a navegar despacio. Cruzamos por delante de la costa alta y escarpada de Orio, pasamos el arenal de Zarauz y dejamos atrás el monte de San Antón, que se dibujaba sobre el mar como una ballena de color gris.

El sol bajaba en el horizonte, inclinándose hacia el mar; su disco rojo iba dejando las olas como formadas por un metal fundido. En el cielo aparecían nubes de colores pronunciados y brillantes; dragones de fuego agitándose en la boca de un horno.

Las grandes nubes escarlatas, los stratus obscuros en forma de peces, acabaron por ocultar el sol. En algún momento se abría una abertura y salía un haz de rayos que llenaba el mar de reflejos de color de rosa y morados, reflejos que no llegaban al interior de las olas, porque éstas presentaban su hueco en sombra de un tono azul verdoso muy pronunciado.

A la altura de Zumaya se ocultó definitivamente el sol, tiñendo de rojo las ganas, y la obscuridad se precipitó sobre el mar. No duró mucho el imperio de las tinieblas; el cielo, obscuro y sombrío, fue aclarándose, y la luna, amarilla, enorme, apareció por encima de un montón de nubes y comenzó a iluminar fantásticamente los acantilados negros de la costa y a brillar con reflejos y cabrilleos en las olas.

—Vamos a tener lluvia—dijo el patrón señalando la luna, rodeada de un halo rojizo.

El viento, que había saltado a otro cuadrante, se hizo fuerte al avanzar la noche, y pudimos navegar de nuevo. Las velas, ahora retemblaban, se impacientaban, se enfurecían, tenían cóleras de algo vivo, brillaban muy blancas a la luz de la luna. El barco marchaba jugueteando entre las olas negruzcas, llenas de reflejos, de blancos meandros de espuma: unos, regulares; otros, desgarrados y rotos.

A los lados del barco el agua producía un murmullo, interrumpido por el estruendo de algún golpe de mar: cuchicheo misterioso y monótono. Las espumas, fosforescentes sobre el lomo negro de las olas, parecían tritones luminosos que nos perseguían jugando.

Pasamos por delante de la playa de las Animas. Bisusalde y las casas de Izarte, próximas al acantilado, se veían a la luz de la luna.

Frayburu seguía en su desolación y en su tristeza. Dimos vuelta al Izarra y comenzamos a entrar en las puntas.

Las luces del puerto se reflejaban en el mar; brillaba alguna que otra ventana iluminada de la ciudad. Fuimos penetrando por las calles estrechas formadas por las barcas en el muelle silencioso.

La marcha del patache era lenta; yo les ayudaba a los marineros en la maniobra.

—Ahora mandaré un hombre a que recoja mi equipaje. Me voy, porque tengo prisa—dije.

—Bueno, bueno—me contestó el patrón.

Fuí saltando de barca en barca hasta ganar las escaleras del muelle. Estaba desierto. Yo sentía una gran angustia. Al pasar por el taller de tornero de Zelayeta encontré a mi amigo; le cogí del brazo y le pregunté lo que se decía en el pueblo de Mary y de Machín. Su contestación me tranquilizó. Era verdad que Machín galanteaba a la chica, pero ella no le hacía caso.

—Puedes estar sin cuidado—me dijo.

Y ya menos inquieto, fuí a casa de mi madre.

II

DÍAS FELICES

Al amanecer del día siguiente me levanté muy de mañana. Estaba el tiempo templado. Saqué una silla al balcón, me senté, y apoyado en la barandilla estuve contemplando el pueblo y la casa donde vivía Mary.

El sol se levantaba, ahuyentando las nieblas; el viejo campanario, las casas, el puerto, la punta del Rompeolas iban apareciendo ante mi vista.

No sé qué influencia deprimente tiene en mí la mañana, que es como una matadora de ilusiones; todo lo que me parece fácil y asequible de noche se me figura erizado de dificultades al amanecer.

Era demasiado temprano para ir a ver a Mary. Estaba impaciente; salí de casa, y en la carretera me encontré con el médico viejo. Era gran madrugador y salía temprano para su visita. Le saludé, le acompañé, le dije si conocía a Mary y le pregunté qué se decía en el pueblo de las galanterías de Machín.

—Nada malo. Puedes estar tranquilo. No creo que le haga el amor a Mary. Está correctísimo con ella y la trata con gran consideración.

—Sin embargo ...—murmuré yo.

A pesar de las palabras del médico viejo no me tranquilicé, y, con esta tendencia que se tiene a aumentar el propio mal, le pedí informes de Machín.

—Machín es un hombre de una voluntad de hierro—me dijo el médico—. Tú le conocerás.

—No; no creo haberle visto nunca.

—Pero habrás oído hablar de él.

—Poco.

—Pues Machín es hijo de un caserío de tu abuela. No sé si navegó un poco; pero si navegó, no le tomó gusto al oficio. Yo solía decir de él, cuando andaba vagabundeando por el pueblo, que era un lord Byron de taberna. Juan Machín se fué a Bilbao y se confundió con los holgazanes y perdidos de baja estofa que pueblan de noche el barrio de Miravilla; pero, de pronto, el granuja inútil apareció como un hombre emprendedor; vino a Lúzaro, tomó las minas de Beracochea, y comenzó a explotarlas. A los cuatro o cinco años ganaba el dinero de una manera fabulosa. Ya machucho, a los cuarenta años, se ha casado con una señorita rica y remilgada, pero parece que está harto de su gazmoñería. Los pescadores le odian porque anda rondando a las chicas guapas del barrio.

Respecto a lo que me dices de esa muchacha inglesa que es tu novia, no creo que se haya dirigido a ella; pero si tú ves que la importuna, dímelo a mí: yo le llamaré a Machín y le diré algo importante.

Me despedí del médico, que iba a entrar en una casa de la carretera, y me volví al pueblo. No las tenía todas conmigo. Cuando llegué a casa de Recalde, se abría la puerta. Esperé un poco. El recibimiento que me hizo Mary borró todas mis inquietudes. Salí de casa de Recalde loco de contento.

Al llegar a mi casa le dije a mi madre que me casaba con Mary; ella no replicó; mas al día siguiente me dijo que Mary era una buena muchacha, pero que podía haber hecho una boda mejor. Yo ke advertí alegremente que no se trataba de hacer una buena boda, sino de ser feliz.

Escribí a Burdeos diciendo que tardaría en volver algo más de lo que había prometido.

Todos los días esperaba a Mary después de que ella concluía su trabajo, y paseábamos juntos, solos o en compañía de Cashilda la de Recalde. Nos sentábamos en el Rompeolas y veíamos cómo el mar se agitaba entre las peñas. Algunos amigos me dijeron que Machín me espiaba.

—Ten cuidado—añadían—. Machín tiene malas entrañas.

Me parecía una amenaza ridícula. Era verdad que, al toparse conmigo, me miraba de través; pero no pasaba de ahí. Machín, apenas estaba en Lúzaro; tenía un magnífico pailebot de recreo bastante grande, muy fino, hecho en Inglaterra, y se marchaba a pasear por el mar.

El primer domingo que pasé en Lúzaro fué uno de los días más felices de mi vida. Todo el día y toda la tarde estuve en compañía de Mary.

Por la tarde, después de comer, cuando fuí a casa de Recalde a buscar a mi novia, me encontré con Quenoveva. Le pregunté por su padre, el gran Urbistondo, y por toda la chiquillería, y, aunque ella se oponía y se ruborizaba, la abracé efusivamente.

A Mary no le hizo mucha gracia el abrazo que di a su amiga, pero se le pasó pronto el enfado.

—¿Qué le pasa a Quenoveva?—le dije a Mary—. La encuentro más pálida y triste que antes.

—Es que está algo enamorada.

—¿De veras?

—Sí.

—¿Y de quién?

—De un chico marinero que tú no conocerás, que se llama Agapito. Y él no la hace mucho caso.

—¿No? ¡Qué majadero! ¿Qué más puede desear ese imbécil?

—Si no le parece bien ...

Encontraba algo absurdo que un simple marinero desdeñara a una muchacha como Genoveva; pero no quise discutir con Mary.

Días después era la Exaltación de la Santa Cruz, y había romería en Aguiró, un monte próximo a Lúzaro. Fuimos Mary, la mujer de Recalde con su hijo y Genoveva con toda la chiquillería de Urbistondo. Llevábamos una gran cesta, que Genoveva subió hasta la cumbre del monte en la cabeza sin permitir que nadie le ayudara.

Tomamos por el camino de Elguea. Nunca me había fijado en la belleza de este camino. A un lado teníamos el monte poblado de robles, de zarzas, de helechos, de toda clase de plantas salvajes y de florecillas silvestres; al otro lado y abajo, el mar, entre castaños y carrascas.

La tarde del domingo era de una calma y de un reposo absolutos; había en el aire una temperatura y un olor admirables; la gente subía al monte, y estos aldeanos, por las cuestas, entre el follaje, parecían figuras de un nacimiento; algo humilde y pastoril.

Hablábamos y reíamos; pero yo en el fondo iba absorto en mi felicidad, gozando de la hermosura del día, del silencio interrumpido por el ruído del mar, de los perfumes de la tierra en otoño.

Llegamos a la cima del monte donde se celebraba la romería. Entramos en la ermita. Brillaban dentro las luces, resplandecían los ex votos y el barquito colgado del techo se balanceaba con las velas desplegadas.

En el raso de la ermita, cercado por una tapia baja encalada, unas cuantas muchacas estaban sentadas. Hubo que comprar una rueda de rosquillas blancas y regalar una a cada uno de los chicos de Quenoveva y al niño de la Cashilda.

Fuimos después a merendar entre los helechos. Allá abajo, en el fondo, se veía Lúzaro como un pueblo de juguete. Ni una lancha aparecía en el mar. Después de merendar, nos reunimos todos los romeros en el raso de la ermita.

—¡Eh, Shanti, hay que bailar!—me dijeron varios viejos pescadores, algunos dándome una palmada en el hombre.

—Ya lo creo, bailaremos.

Efectivamente; cuando empezó la música, yo fui el primero en sacar a bailar a Mary.

Después de la charanga comenzó a tocar el tamboril. Genoveva miraba a Agapito melancólicamente con el rabillo del ojo; yo me acerqué a él, y dándole un empujón, le dije:

—Anda, no seas tonto; sácala a bailar.

El se decidió. El tal Agapito era de estos mozos petulantes que se creen guapos, y a quienes la estupidez irremediable de las mujeres (al menos así nos parece a los hombres) va dando alas. Agapito bailaba *ex cáthedra*. Yo me decidí a intentar bailar el fandango al son del tamboril; pero, como no sabía mover los pies, hice que se rieran de mí las mujeres y los hombres.

—¡Bravo, Shanti! ¡Bravo!—me gritaban los viejos pescadores, que se acercaron a mirarme todos en fila, con las manos metidas en los bolsillos del pantalón.

—Creo que estoy bailando como un lobo de mar—le dije a Mary.

Ella no pudo contener la risa. Realmente, los dos desmoralizábamos el baile. Ella, sin poder bailar, riéndose; yo, saltando pesadamente con la gracia de un oso blanco entre los hielos, al lado de Quenoveva y de Agapito, tan serios y tan graves, éramos un insulto a las tradiciones más venerandas del país.

Sabido es que, entre estas tradiciones, la religión y el baile son las más importantes. Por eso dijo Voltaire, con razón, que el pueblo vasco es un pequeño pueblo que baila en la cumbre de los Pirineos.

Después de saltar y brincar emprendimos la vuelta entre la algazara de los chiquillos y las canciones de los mozos.

A primera hora de la noche ya estábamos otra vez en Lúzaro, en la plaza, bailando.

Después de cada baile, en que yo me cubría de gloria con gran risa de Mary, dábamos una vuelta por la Alameda. A las diez, tras de una tarde de gimnasia y una serie no interrumpida de habaneras y de jotas, ejecutadas (así decimos en el pueblo) unas veces por la banda y otras por los tamborileros, hubo un castillo de fuegos artificiales que hizo las delicias de la gente menuda y de los pescadores.

Quenoveva encajó toda su chiquillería a un pariente; la Cashilda dejó a su niño, el futuro antropólogo, en casa, y fuimos luego Quenoveva con Agapito, la Cashilda, Mary y yo a dar un último paseo al Rompeolas. Esta es la costumbre clásica de Lúzaro.

Al llegar a la cruz del Rompeolas, los hombres suelen poner en ella la mano y las mujeres los labios.

En el camino, Cashilda me explicó una particularidad que yo no sabía. Si las chicas quieren un novio marino—me dijo—, tienen que besar la cruz por el lado del mar; y si lo quieren terrestre, por el lado de tierra. Según parece, hay algunas que no tienen inconveniente en ser anfibias.

Llegamos al Rompeolas, y Quenoveva y Mary besaron la cruz por el lado del mar.

Al volver a casa, yo quise abrazar a Mary a espaldas de la Cashilda y devolverle el beso que habia dado a la cruz, pero ella se me escapó riendo.

III

UNA NOCHE EN FRAYBURU

Aunque la veía por las tardes, solía pasar todas las noches por delante de su casa. Los enamorados son insaciables. Ella estaba junto a los cristales, me veía, me saludaba y cerraba las maderas del balcón de su cuarto. Yo necesitaba estar solo para saborear mi felicidad, y en vez de ir al casino o a mi casa, me marchaba al Rompeolas, me sentaba en el pretil con las piernas para afuera y miraba el mar a la luz de la luna o a la luz de las estrellas, retorciéndose en torbellinos furiosos.

Una noche, ya al final de septiembre, me había retrasado. Estaba solo en el Rompeolas; el mar, agitado, hacía el estrépito de una serie de truenos al chocar contra las rocas, y levantaba nubes de espuma.

Oí en el reloj de la iglesia que daban las once de la noche, y me dirigí hacia casa. Había en la explanada del Rompeolas dos grandes redes puestas a secar, y para no estropearlas pisando encima, me fui hacia el borde del malecón. Iba marchando de prisa, silbando, cuando de repente dos hombres se lanzaron sobre mí, me agarraron, y antes de que pudiera gritar me taparon la boca y me ataron los brazos.

Creí que me querían tirar al agua, y mis pensamientos se reconcentraron en Mary.

Los dos hombres rápidamente me bajaron por la rampa del muelle y me tumbaron a proa en la cubierta de un barco. A popa había un hombre envuelto en un sudeste, a quien no se le veía la cara. A pesar de esto, le conocí. Era Machín. Me había llevado a su goleta. ¿Con qué objeto? Sin duda quería jugarme una mala pasada.

Los dos hombres, dejándome a mí atado y con la boca tapada, cogieron cada uno un remo y, apalancando en las paredes y remando, llevaron el barco hasta las puntas. Ya allí, tiraron de las cuerdas para izar las velas, chirriaron las garruchas, y dos formas obscuras aparecieron en la obscuridad de la noche.

El foque se extendió, dando un estallido como si fuera a romperse; después se hincharon las otras velas; el barquito se torció violentamente; yo me agarré para no caerme al agua. Comenzamos a navegar con gran velocidad.

Encima de mi cabeza la vela se agitaba furiosa, como loca; las garruchas chirriaban, el mar se cortaba debajo de la punta aguda de lespolón, y cuchicheaba y parecía entretenerse en contar algo. A veces, la ola entraba sobre cubierta y me calaba por completo.

La noche estaba muy negra, el viento soplaba con furia, nubarrones obscuros se extendían por el cielo y dejaban espacios más claros, donde brillaba un grupo de estrellas.

Hice un esfuerzo y me quité el pañuelo de la boca. Respiré a pleno pulmón. Luego pensé con frialdad:

—¿Qué querían de mí aquellos hombres? Si Machín hubiera pensado echarme al agua, ¿qué esperaba?

Atravesamos la barra dando terribles bandazos, íbamos escalando una tras otra aquellas montañas de agua y bajando después a los profundos abismos.

La obscuridad era tan grande que no se veía por encima de la borda mas que la espuma de las olas, que fosforecía en las tinieblas.

Hice un esfuerzo para volverme y mirar hacia el frente. A dos metros más allá del foque dominaban las tinieblas y las olas obscuras, en su concierto continuo de ruidos y de murmullos.

Una hora después estábamos delante de Frayburu. No sé cómo pudo atracar Machín en la roca, en aquella obscuridad, con la terrible marejada. Demostró que era un piloto atrevido.

Hizo encallar la proa de la pequeña goleta en el arenal de Frayburu.

—Cogedle—dijo Machín a los suyos—y dejadle ahí arriba. Puedes hacer reflexiones durante una temporada—añadió, dirigiéndose a mí con ironía—. Ya sabes que esa mujer no es para ti. Que te conste. Hoy me contento con dejarte aquí para que vayas madurando tus ideas; otro día irás a hacer compañía a los peces.

Yo le miré estoicamente y no le contesté. ¿Para qué protestar, si mi protesta no iba a servir de nada?

Los dos marineros se metieron en el agua, me cogieron, el uno de los hombros y el otro de los pies, y con grandes esfuerzos me subieron a una meseta de la roca y me dejaron tendido entre malezas y zarzales.

Luego saltaron los dos al barco y oí el ruido que hacian al alejarse.

—Buenas noches—me dijo Machín burlonamente.

Seguí cultivando mi estoicismo; recordé que debía tener un cortaplumas en el bolsillo, y esta idea me animó a esforzarme para soltar la ligadura de las manos.

La noche estaba tan negra que no veía dónde ni cómo me encontraba; tenía miedo de caer al mar en un movimiento brusco. Las olas rugían en la obscuridad a pocos pasos de mí, de una manera lamentable y desesperada.

Tras de muchos esfuerzos y afanes, desollándome una mano, pude soltarla de la ligadura. Registré mis bolsillos y encontré el cortaplumas. Lo abrí y corté la cuerda con que me habían atado los pies. Me senté en la plataforma de la roca; estaba entumecido. Sentía un terror espantoso de pesadilla al pensar que cualquier movimiento podía hacerme caer.

[Ilustración]

No me atrevía a levantarme y a ver la extensión de roca con que contaba; me parecía que con sólo un paso me faltaría el terreno o que la peña donde descansaba estaría en una pendiente tan grande que con moverme un paso podría caerme.

El viento venía en ráfagas violentas, haciendo un ruido como si se hubieran desencadenado todas las furias del Averno. Pasé la noche de una manera horrible; helado, extenuado. A veces sentía el temor de deslizarme. Comprendía que era una ilusión; pero el terror era más grande que mis facultades de análisis, y me agarraba a las piedras hasta hacerme sangre en las manos, y gritaba frenéticamente como un loco.

Cuando comenzó a amanecer sentí que mi corazón se aligeraba, y mi pecho respiró con desahogo.

La luz venía iluminando el mar, ya calmado y tranquilo.

El resplandor de la mañana aumentaba rápidamente; el horizonte se enrojecía; nubes sonrosadas comenzaron a aparecer en el cielo, y el disco del sol salió del fondo del mar.

Por entre las zarzas y malezas de Frayburu, en donde yo estaba tendido, escaparon una porción de pajarracos y de gaviotas.

Todo el mar iba iluminándose. La brisa ligera hacía temblar los maizales de Izarte; alguna golondrina, sola, como despavorida, pasó por el cíelo y se perdió en la extensión del espacio.

Pensé en lo que sería mejor. Me decidí a esperar a que pasara cerca alguna trainera. En último caso, aprovechando la marea baja, podía ir avanzando por las rocas, nadar hasta la gruta del Izarra, y salir, como en la infancia salimos Recalde y yo; pero el viaje era peligroso, y, además, no me hacía ninguna gracia la perspectiva de entrar solo en aquel agujero.

Lo mejor era tener paciencia. Mi madre habría dado parte de mi desaparición. Al ver que llegaba la mañana y no aparecía, la pobre estaría desesperada, pensando que quizá me habría ocurrido alguna desgracia.

Comenzaron a salir las lanchas pescadoras. Grité, pero iban demasiado lejos para que me oyesen; tampoco era fácil que me pudieran ver. Entonces me acordé del recurso que el atalayero solía emplear para comunicarse con los pescadores a gran distancia: el hacer la ahumada. Me registré los bolsillos; tenia fósforos. Allí no había paja, pero sí zarzas.

No quería gastar los fósforos en intentar encender hierbas demasiado húmedas, y fui cortando las zarzas y los hierbajos más secos con el cortaplumas, y los puse en una concavidad de la roca resguardada del viento.

Esperé a que saliera el sol y secara un poco la maleza cortada.

Intenté encenderla sin papel; no pude. Me registré los bolsillos. Guardaba unas cuantas cartas de Mary. Era indispensable, había que sacrificarlas. Encendí una, luego otra, y a la cuarta, una hermosa hoguera se levantó del peñasco.

¡Qué afecto más extraño debía producir desde lejos esta roca solitaria, con su penacho de humo en el aire!

—A ver sí los que ven el humo creen que es algo diabólico y no se atreven a venir—pensaba yo.

Realmente, aquella llama en el vértice de la roca debía tener el aspecto de algo sagrado y religioso.

Cuando se calentó el hornillo de la roca, ardían lo mismo las hierbas secas que las verdes; pero pronto dejé talado todo el peñasco, sin el menor rastro de vegetación.

Pasó una hora y otra; llegó el mediodía. Impaciente, escudriñaba el mar. Nadie se acercaba. Desalentado, en un momento de cansancio y de debilidad, me tendí al sol y quedé dormitando. Me despertó una voz y el ruido de los remos. Una trainera llegaba en mi auxilio. En ella venía Agapito, el novio de

Genoveva, y otros marineros. Al verme tendido se asustaron, creyéndome muerto.

Unos chicos de un bote contaron espantados en Lúzaro que habían visto fuego en Frayburu.

Mary, mi novia, les instó a Agapito y a sus amigos a que se acercaran a Frayburu, suponiendo que quizá fuera yo el que me encontraba en el peñasco.

No quise decir quién había sido mi secuestrador; pero todo el mundo lo comprendió.

Los de la lancha me dijeron que me limpiara la frente, pues la tenía manchada de gotas de sangre por los pinchazos de las zarzas.

Al llegar al muelle vi a mi madre y a Mary, que me esperaban. Las dos me abrazaron llorando.

—Ahora, abrazaos vosotras—les dije yo.

Y mi madre estrechó a Mary contra su pecho y la besó varias veces efusivamente.

El juez me interrogó por si sospechaba quién podía ser el secuestrador, pero yo declaré que no tenía ningún indicio.

Después supe que la maquinación de Machín no se había limitado a llevarme a mi a Frayburu. La misma mañana envió una carta a Mary, citándola a la salida del pueblo, firmada con mi nombre; pero la Cashilda y mi novia sospecharon un lazo, e, interrogando al chico que llevó la carta, averiguaron que procedía de Machín. Al saber luego que yo había desaparecido, comprendieron el plan del poderoso enemigo nuestro.

IV

ARDIDES DE GUERRA

Al ver a Machín de nuevo, comprendí que se había declarado entre los dos una guerra a muerte. El, con su dinero y su influencia, podía hacerme mucho daño; yo tenía de mi parte a casi todos los pescadores y marineros dispuestos a defenderme.

No era fácil que mi enemigo me cogiese desprevenido como la otra vez; contaba con una policía espontánea que vigilaba mis pasos.

Mi madre estaba deseando que me casara cuanto antes, pero había que pedir dispensa por razón de parentesco; en la fe de bautismo de Mary aparecía como hija legítima de Juan de Aguirre y Lazcano.

Un día, al volver a casa, me encontré con que habían dejado un bulto para mí. Era una caja de unos veinte centrímetros en cuadro, muy empaquetada y llena de sellos de lacre.

—¿Qué es eso?—me dijo mi madre.

—No sé.

—¿Has pedido algo?

—Yo, no.

—Pero, ¿esperas alguna cosa?

—Ninguna.

Desaté el paquete, le quité el papel, y apareció una caja de metal con su asa, y en ésta una llave sujeta por un cordón. En la tapa, en una banda de papel pegada, ponía: «Muy reservado. Para abrirla a solas».

Estaba soltando la llave para meterla en la cerradura, cuando mi madre me dijo:

—No la abras; no sé por qué me parece que viene algo malo para ti dentro.

Me detuve. La verdad es que esta caja con su advertencia era sospechosa. Pesaba lo menos tres o cuatro kilos. La dejé sin abrir, cogí los papeles que la envolvían, y miré a ver si en ellos había alguna indicación de su procedencia. Nada; no había nada. Llamamos a la criada, que era una muchacha nueva.

—¿Tú has recibido esta caja?—le pregunté.

—Sí.

—¿Quién la ha traído?

—Un hombre.

—Me lo figuro. ¿Pero qué hombre? ¿Un hombre de aquí del pueblo?

—No; yo al menos no le conocía.

—¿Cuándo ha venido?

—Un poco después de llegar la diligencia.

—¿Y qué ha hecho?

—Nada; ha preguntado por usted, ha dejado el paquete y se ha ido.

—¿Le has visto luego en la carretera?

—No.

—¿Ha pasado la diligencia en seguida?

—Sí; no ha tardado mucho.

—¿De manera que se ha podido marchar en el coche?

—Sí; muy bien puede ser.

A la mañana siguiente, cuando pasó Samson, el cochero, le pregunté si recordaba las señas de un hombre con una caja, que había venido en el coche el día anterior; pero no recordaba mas que de un carnicero con una cesta y de una mujer con un saco.

No tenía mucha confianza en Samson, porque era hombre muy marrullero, y no quise preguntarle más.

Hablé del caso a Garmendia, el farmacéutico, y éste me dijo:

—Lleve usted la caja a la botica, y veremos lo que tiene dentro.

Por la noche la cogí y la llevé.

—Indudablemente, aquí, si hay algo peligroso, debe estar en abrir la caja con la llave. Vamos a atacarla por otro lado.

Garmendia mandó un recado a Zapiain, el relojero, pidiéndole un taladrador de metales, y cuando volvió el mancebo de la botica con él, nos pusimos los dos a horadar la caja por uno de los lados. La caja era fuerte y nos costó mucho tiempo el conseguir hacer un agujero. Hecho éste, metimos una aguja y miramos a ver si salía algo del orificio. Al poco tiempo salió un polvo negro.

—¿Qué será esto?—pregunté yo. Parece pólvora.

—Lo es—contestó Garmendia—. El que le ha mandado a usted esto no es un amigo. Probablemente si llega usted a intentar abrir la caja, lo hubiera usted pasado muy mal.

Hicimos otro boquete en el metal y sumergimos la caja en agua para que la pólvora se humedeciese, y a los dos días, cuando ya se notaba que toda la pólvora estaba mojada, abrimos la caja. Había dentro un mecanismo ingenioso, formado por varios tubos de pistola en forma de abanico, que disparaban al meter la llave en la cerradura y abrir la tapa. Según me dijo Garmendia, unos años antes habían enviado una caja igual al general Eguía, y al abrirla se le destrozaron las manos.

Tampoco quise dar parte a la autoridad de esta tentativa de asesinato de Machín; lo que sí hice fué contar lo ocurrido a la Cashilda y advertirle que si venía algo de fuera para Mary, no se lo diese. Ella, horrorizada, me dijo que no tuviese cuidado; si algo llegaba, ella lo detendría y me lo enviaría.

Una semana después, la Cashilda me entregó un periódico de Bilbao que se había recibido para Mary. Me pareció la previsión un tanto exagerada; pero al leerlo, creí que me había salvado de un peligro tan grande como el de la caja explosiva.

El periódico traía al principio una narración que se llamaba: «El duelo de Shanti Andía», y contaba mis amores con Dolorcitas en Cádiz y mi desafío con el marido, todo arreglado de tal manera, dicho con tal perfidia, que yo aparecía como un miserable completo.

El artículo me produjo una cólera profunda y determiné insultar y abofetear a Machín la primera vez que lo encontrara.

Ya hacía también aproximadamente un año que había muerto el padre de Mary, y tenía que entregar a Machín el sobre de mi tío Juan. Mi tío me recomendó que se lo diera en su mano, y pensé hacer las dos cosas al mismo tiempo: entregarle el sobre y desafiarle.

No sé cómo se enteró el médico viejo de mi resolución; el caso fué que dijo que tenía que acompañarme.

Yo me opuse, pero al fin me convenció. Fuimos juntos a Izarte, en coche. Paramos en casa de Machín y subimos los dos a su despacho. Me chocó ver a mi enemigo de cerca. En poco tiempo se había avejentado. Quizá, en vista de su aire miserable, parte de mi cólera desapareció. Machín nos miró con aire sombrío, nos saludó y nos dijo:

—¿Qué querían ustedes?

—Este señor tiene que hablarle—contestó secamente el doctor—. Yo le hablaré después.

Machín levantó la cabeza, asombrado del tono del médico, dispuesto, sin duda, a replicar con violencia; pero se calló.

—Yo vengo a hacer dos cosas—dije yo—. La una, entregarle a usted este sobre del difunto padre de Mary.

—¿A mí?—preguntó él en el colmo del asombro.

—Sí, a usted—y saqué el sobre y lo dejé encima de la mesa.

—Está bien, muchas gracias—murmuró él.

—La otra, que no emplee usted medios tan miserables y tan indignos como éste—y eché el periódico al suelo.

Las mejillas pálidas de Machín tomaron un tono rojo, sus pupilas fulguraron; pero no replicó.

—Yo también tengo que hablar con usted—dijo el doctor, con severidad.

—Muy bien. Si usted quiere, iré a su casa esta tarde.

—¿A qué hora?

—A las cuatro, si le parece bien.

—Bueno.

—Pues a esa hora allí estaré.

El doctor y yo nos levantamos, dejamos a Machín entregado a su desesperación, y nos fuimos.

V

LA TEMPESTAD

Unos días después, una mañana de octubre, me desperté con el ruido furioso del viento.

—Hoy debe estar el mar digno de verse—me dije a mí mismo, y aunque todavía no había aclarado, me vestí, me puse el impermeable y me eché a la calle.

Amanecía una mañana imponente, con un temporal deshecho. El viento mugía en las calles. Las mujeres y chicos de los pescadores que habían salido al mar estaban en el Rompeolas y en el muelle contemplando el horizonte en actitud de trágica desesperación.

Recorrí el muelle luchando con las ráfagas de aire y subí al cobertizo del atalayero en el Rompeolas.

El viejo, con su gorra calada hasta las orejas, envuelto en el sudeste, se asomaba a una de las ventanas de la atalaya. Tenía la bocina en una mano y el anteojo en la otra. No estaba contento; preveía una catástrofe.

—Estos pescadores son unos brutos—murmuró—. Quieren salir, haga buen tiempo o malo. Sin comprender que vale más pasar apuros que no quedar sepultado entre las olas.

El viejo me explicó con detalles varias costumbres de pescadores, que yo ignoraba.

[Ilustración]

—Los pescadores—me dijo—suelen tener algunos señeros en el Izarra y en Aguiró, para que estudien los cambios atmosféricos. Si las señales son de bonanza, se lo indican a las llamadoras, que se encargan de ir avisando a los tripulantes de cada chalupa dando fuertes golpes en las puertas de sus casas. Si las señales son de tempestad, no hay aviso; pero si el tiempo es dudoso, los señeros, en vez de mandar recado a todos los pescadores, llaman sólo a los patrones, y en el extremo del muelle, al amanecer, discuten las probabilidades de que haya bueno o mal tiempo. Si no se llega a la unanimidad, entonces se somete el fallo a votación, se saca una caja de madera con dos compartimientos y dos ranuras. Junto a una de éstas hay pintada una lancha; al lado de la otra, una casa. La lancha quiere decir que se puede salir al mar; la casa, que hay que quedarse en tierra. La votación suele ser absolutamente secreta. Cada patrón echa su cartoncito en el lado de la lancha o en el de la casa, y luego se cuentan unos y otros. Si hay más votos para salir, el que quiera puede ir al mar, y el que no quiera puede quedarse; si la mayoría vota por no salir, entonces es obligatorio permanecer en tierra, y al que no cumple el acuerdo se le condena a una multa y se le decomisa el pescado que traiga.

—Hoy—terminó diciendo el atalayero—, después de discutir los patrones, tuvieron en la votación una mayoría de pocos votos los partidarios de salir. Muchos de los que habían votado por la salida, al ver el cariz del tiempo, concluyeron por quedarse.

La mañana iba poniéndose cada vez peor. El viento soplaba furioso; las olas, como montes, subían por las rocas, llegaban hasta las casas, arrancaban puertas, arrastraban todo cuanto encontraban.

Llegaban ritmicamente, entraban por las ventanas de la atalaya, nos llenaban de agua al viejo atalayero y a mí, y salían por la escalera de piedra con un ruido de catarata. Algunas veces golpeaban la pared del cobertizo de tal modo que parecía que un puño revestido por un guantelete de hierro llamaba con fuerza.

El aspecto del mar iba siendo cada vez peor. Según dijo el atalayero, quedaban aún cuatro lanchas fuera del puerto.

Vi cómo se acercaban dos en medio de las olas. El atalayero, con la bocina, les mandó pararse, y, cuando vió la ocasión propicia, gritó: ¡Avante!

Las dos lanchas, danzando en el agua, desapareciendo entre las espumas, se acercaron a la barra, atravesaron las puntas y entraron en el puerto.

—Las otras están allá—me dijo el atalayero, señalándolas—; sería preferible que se alejaran a coger Guetaria. Deben venir cansados. Si pretenden entrar aquí, se van a perder. ¿Quiere usted decirle a Larragoyen, el patrón, que prepare el bote de salvavidas?

—Sí, hombre.

Salí de la atalaya, crucé el Rompeolas. El mar saltaba por los malecones y llegaba hasta las mismas casas, haciendo un ruido de terremoto. Metiéndome por el agua, llegué hasta el ángulo del muelle y dije a los pescadores lo que pasaba, lo que me había dicho el atalayero. Se soltó el bote de salvavidas. Larragoyen y otros marineros fueron entrando, a pesar de los gritos de sus mujeres. A mí me miraban, como diciendo: ¿Qué irá a hacer éste? Salté al bote, y Larragoyen, con una galantería marina, me dijo que dirigiera yo. La lancha no tenía timón. Para momentos peligrosos, es más conveniente un remo largo, bien sujeto a popa, haciendo de espadilla. Todas las mujeres y chicos nos contemplaban con ansia. Era un momento aquel por el cual yo tenía la certidumbre de que había de pasar alguna vez en mi vida.

Quizá mi sino era morir asi, en el mar, de héroe, y que los chicos de mi pueblo hablaran de Shanti Andía como de un personaje de leyenda.

La primera impresión al entrar en el bote fué de sofocación; los sudestes y Ciras de los pescadores echaban un olor, mezcla de aceite de linaza, de pescado frito y de agua de mar, muy desagradable.

[Ilustración]

Esperamos a ver lo que ocurría, los seis hombres en los remos; yo, de pie, en el timón. Una de las barcas pasó; la otra, según dijeron, se perdía.

—¡Hala! ¡Fuera!—dije yo.

Salimos de las puntas. El horizonte se llenaba de nubes negras, cuyas formas cambiaban continuamente; a lo lejos, en el fondo del cielo, cerca del agua, se veía una barra negrísima, cuyo borde superior tenía un tinte cobrizo. Las olas, enormes, amarillas, venían de tres o cuatro partes diferentes y se rompían en un torbellino de espumas.

En este momento, Larragoyen, quitándose la boina, dijo:

—Un padrenuestro por el primero de nosotros que se ahogue.

Confieso que la cosa me hizo muy mal efecto. Rezaron todos; yo miraba a lo lejos. El atalayero nos gritó que no fuéramos directamente hacia donde había zozobrado la lancha, sino dando la vuelta.

Así lo hicimos. Realmente la tormenta era ruda; pero manejable; el viento soplaba siempre del mismo lado, sin cambiar apenas. El bote saltaba como un delfín sobre las olas.

Estos peligros grandes y aparatosos quitan el miedo, sobre todo si uno tiene que asumir la responsabilidad; entonces dan la impresión de un problema de matemáticas que hay que resolver. Desde el mar, el espectáculo de la tierra era extraño. El pueblo entero parecía invadido por las olas y las espumas.

Por intervalos llegaba una ola casi cilíndrica, como hueca, más voluminosa que las otras. En vez de recibirla de través, maniobramos para cogerla de frente, o, por lo menos, en un ángulo lo más acentuado posible.

Esta maniobra de defensa nos obligaba a inclinarnos y a perder el rumbo. Dimos la primera vuelta, pasando por el sitio donde había zozobrado la lancha, y recogimos dos náufragos; luego volvimos a dar otra vuelta y pudimos salvar otro; a la tercera vuelta, no encontramos a nadie.

Faltaban Agapito, el novio de Genoveva, y tres muchachos más. Nuestros remeros estaban rendidos. Nos acercamos a las puntas, y el atalayero con la bocina nos mandó detenernos.

Yo le dije a Larragoyen que me parecía mejor seguir e intentar pasar la barra lo más pronto posible. Ir a guarecerse a Guetaria, con la gente cansada y anhelante, me parecía peligroso. Larragoyen nada dijo.

El sostenerse allí era casi tan peligroso como pasar. Después de las tres olas fuertes, los golpes de mar de ordenanza, como les llaman los marinos, venía un momento de relativa calma. Este momento creía yo que se debía aprovechar para atravesar la barra; pero los hombres estaban rendidos.

Yo empecé a ver la cosa mal; los hombres se encontraban jadeantes, demasiado cansados para hacer un esfuerzo verdadero y eficaz.

Nuestra inquietud iba en aumento; la moral de nuestros remeros desfallecía. A mí me sostenía la idea de la responsabilidad. Desde donde estábamos, a veces, se oían las conversaciones de la gente en el Rompeolas; a veces, en cambio, no llegaban hasta nosotros los gritos del atalayero con su bocina.

Los marineros iban perdiendo tono; cuanto más tiempo tardáramos en intentar atravesar la barra, nuestra probabilidad de pasar era menor.

El mar seguía cada vez más furioso; las nubes corrían por el horizonte de una manera tan rápida que producían el vértigo. En esto, una ola de aquellas cilíndricas, como hueca, se nos echó encima, vino en diagonal tan rápida, tan súbita, que no hubo tiempo de ponerle la proa. La ola dió un golpe en la espalda de los dos primeros remeros, les hizo torcerse violentamente y pasó por encima de nosotros.

No hubo nadie de los nuestros que no creyera que aquel era nuestro final. Al verme todavía en la lancha, yo me indigné.

—Estamos aquí parados estúpidamente—les dije—. Hay que pasar. ¡Hala!

—Nada, vamos—dijeron todos.

Estábamos dispuestos a hacer un esfuerzo supremo, cuando, con un enorme estupor, vimos la goleta de Machín, que venía, saliendo de las puntas, con el foque hinchado, como un cisne fantástico, rasando el agua.

Todos nos quedamos atónitos. El pailebot salió de las puntas y dió una larga vuelta, con una rapidez inaudita. Llevaba dos pasajeros: Machín y su criado. Era admirable de precisión: una maniobra mal hecha, una cuerda rota, y la goletilla iba al fondo del mar.

Al cambiar de dirección creímos que se hundía; hubo un momento en que estuvo tendida casi por completo; pero pronto se fué enderezando y vino hacia nosotros ciñendo el viento. Sobre la cubierta estaba Machín, tendido, acurrucado, y, al pasar cerca de nosotros, nos echó una cuerda. Uno de los que iban a proa la cogió y la sujetó. Nuestro bote dió un salto al ser arrastrado por la goleta y comenzó a hundir la proa en el agua.

Machín, sin atender a las indicaciones del atalayero, se lanzó sobre las olas amarillas de la barra, allí donde se confundían el cielo y el mar, y pasó él y pasamos nosotros con una velocidad vertiginosa, tan pronto en la cumbre de una montaña de agua, como casi atravesándola por en medio.

Antes de que nos diéramos cuenta estábamos a salvo; Machín y su criado bajaron las velas y nosotros remolcamos la goleta.

Salimos al muelle. En aquel momento los chicos de la escuela volvían de rezar de la ermita por nosotros y nos contemplaban con admiración.

Machín sabía que entre los pescadores era odiado, y no quiso presentarse como nuestro salvador. El y su criado se retiraron. A este último le detuve y le dije:

—Han estado ustedes admirables. ¡Qué bien han hecho la maniobra!

—Sí, el barco es bueno—dijo el criado.

—Y los tripulantes.

El hombre me dió las gracias y desapareció tras de su amo.

Ni mi madre ni Mary se habían enterado de lo sucedido. Iba a marcharme a casa, cuando los pescadores porfiaron en que les acompañara, y tuve que prometerles que por la noche iría al Guezurrechape del muelle a comentar los acontecimientos del día.

VI

UNA CANCIÓN PESADA

Cuando, por la tarde, le conté a Mary lo que había pasado, vi a mi novia palidecer y llorar. La conducta de Machín la dejó asombrada, y la muerte de Agapito la impresionó por el pesar que produciría a Genoveva.

Mary y yo fuimos los encargados de comunicar a la muchacha la triste noticia. Vino con nosotros una hermana de Agapito, que estaba sirviendo en Lúzaro. Al llegar al faro, Genoveva salió a abrirnos, y al vernos a los tres comprendió rápidamente lo que pasaba y se alejó llorando.

Yo me separé de las tres muchachas y fuí a ver al gran Urbistondo, que me explicó sus ideas acerca del sentimentalismo de las mujeres con una seriedad un tanto cómica.

Volvimos a Lúzaro, dejando a la hija del torrero anegada en un mar de lágrimas.

Por la noche fui al Guezurrechape, como había prometido. Allá estaban Larragoyen y sus amigos, que me recibieron entre aplausos y gritos. Ya nadie se acordaba de los sepultados por la mañana en el mar. Así es la vida. Ellos vivían, después de haber estado cerca de la muerte, y celebraban su fortuna. Andaban todos un poco intoxicados por el alcohol y se contaban uno a otro las mismas cosas que juntos habían visto. En general ninguno quería creer en la buena intención de Juan Machín al socorrernos.

—¿Pero qué otro objeto podía tener?—pregunté yo.

—¡Quién sabe, Shanti, quién sabe!—me dijeron.

Alguno llegó a manifestar la sospecha de si Machín no habría salido con su barco con la idea de hacernos naufragar. No era posible convencerles de otra cosa y los dejé. A un marinero, y a un marinero vascongado, no se le convence nunca de nada.

Yo pensaba que Machín era, sin duda, un hombre violento, capaz de cosas buenas y de cosas malas, dispuesto lo mismo a salvar a una persona exponiendo su vida que a asesinarla; pero ni al mismo Larragoyen, que era una persona sensata, le pude convencer de esto.

Se olvidaron los detalles tristes de la jornada, para entregarse a la alegría y al vino. Yo me senté entre los patrones y tomamos café y ron.

[Ilustración]

Shempelar, el del astillero, sacó a relucir una canción que se repitió hasta el mareo. La gracia de la canción consistía principalmente en que se refería a un capitán piloto y se hablaba de un Shanti.

En el fondo, la canción no decía nada; ¿pero eso qué importa? Casi siempre, y aunque parezca absurdo, cuando menos dice una canción es mejor. La canción era así:

Ni naiz capitán pillotu
Neri bear rait obeditu

Buruban jartzen batzait neri
Bombillun bat, eta
Bombillum bi
Eragiyoc Shanti
Arraun orí.

(Yo soy el capitán piloto—Hay que obedecerme a mí—Si se me ponen en la cabeza—Una botella grande—y dos botellas—¡Mueve Shanti ese remo!) Así estuvimos repitiendo canción y estribillo hasta media noche. Después se cantaron otros muchos zortzicos y luego vino un muchacho con un acordeón, que trenzaba, sin parar, la música más heterogénea; un vals se convertía en una habanera, y ésta aparecía al final con las notas de *La Marsellesa* o de un himno cualquiera.

Yo, en el estado de pesadez que me encontraba entre los vapores del alcohol y el humo del tabaco, perseguía estas melodías atropelladas, monstruosas, que salían de la filarmónica y que iban cambiando a cada instante.

A veces decía:

—Bueno, señores, me voy—y me levantaba para marcharme.

—No, no—decían todos.

—No te vayas, Shanti—gritaba un viejo.

—Tengo que marcharme.

—¡Fuera! ¡Fuera! ¡Ese patrón al agua! No te vayas, Shanti—gritaban los demás.

Cuando ya no podíamos con nuestra alma, abandonamos el Guezurrechape, y nos fuimos a casa. Llovía, el muelle estaba cenagoso; yo me equivoqué y en vez de ir hacia casa fuí al Rompeolas. Gracias al sereno, que me encontró y me acompañó hasta casa, pude encontrarme al amanecer en mi cuarto.

VII

MACHÍN DESAPARECE

Hacía ya mucho tiempo que Machín no se ocupaba de Mary ni de mí para nada. No se le veía jamás por Lúzaro.

Se iba acercando el día de nuestra boda.

Una noche, al entrar en casa, vi a Machín que me esperaba en el portal. Me eché a temblar, lo confieso. ¿Qué querria aquel hombre?

—Tengo que hablar con usted—me dijo.

—Bueno, pase usted a casa—le indiqué.

Pensé que no intentaría atacarme. Además, yo era más fuerte que él.

Pasó Machín, subió las escaleras conmigo, entró en mi cuarto y se quedó mirando los libros de mi armario y los cuadros de las paredes, con gran curiosidad.

—¿Vienen de casa de su abuela estos cuadros?—preguntó.

—Sí.

Quedó mirándolos de nuevo. Yo le contemplaba con marcada impaciencia.

—Usted dirá lo que quiere ...—le advertí.

—Sí. Voy a decírselo a usted en seguida. Me entregó usted un sobre del padre de Mary....

—Cierto.

—Pues yo le tengo que entregar a usted otro para ella. Déselo usted el día de la boda.

—¿No será una venganza?

—No, no; puede usted estar tranquilo. Dígale usted que es de parte de su familia. Será para usted y para ella una sorpresa agradable. Tomé el sobre, vacilante. El siguió mirándolo todo con atención. Luego me dijo:

—¿Está su madre de usted?

—Sí.

—Quisiera saludarla.

—Bueno, pase usted.

Entramos en el cuarto de mi madre que, al ver a Machín, quedó sorprendida no se por qué: Machín estuvo con ella muy amable. Hablaron los dos largo rato. Yo estaba inquieto con aquella visita incomprensible.

—¿Qué cambio es éste?—me preguntaba.

Al salir Machín, me dijo:

—Quiero marcharme de Lúzaro. Probablemente ya no nos volveremos a ver. ¿Me guarda usted rencor?

—No, nunca, a pesar de que creo que tengo motivos.

—Entonces, ¡adiós!

Me tendió la mano, yo alargué la mía y me la estrechó con fuerza.

Al volver encontré a mi madre un poco excitada.

—¿Qué te pasaba?—la dije.

—Nada, que al verle entrar he creído que venía mi hermano Juan.

—¿Eh?

—Sí.

—¿Tanto se parece?

—Es idéntico.

El tal Machín era un tipo raro en todo, en su conducta, en sus parecidos y en las simpatías y antipatías que despertaba.

Días después, una mañana de otoño muy clara y muy hermosa, Machín, con su criado, se embarcó en la goleta. Pasaron días, semanas; han pasado años; no ha vuelto a saberse más de él.

El día de mi boda, al llegar a casa de mi madre, Mary abrió el sobre que me había dado Machín. Cayeron sobre la mesa una porción de papeles. Eran acciones de minas, títulos de la Deuda..., una fortuna. Entre ellos había una carta, que decía así:

«Mi querida Mary: La carta de tu padre que me trajo tu marido hace algún tiempo me reveló que tú y yo somos hermanos, hijos del mismo padre. Shanti, a quien tanto he odiado, es pariente mío, casi hermano.

»Yo soy hijo de Juan de Aguirre y de una muchacha, sirviente de casa de nuestra abuela. No le culpo a mi padre del abandono en que me han tenido. La fatalidad lo ha dispuesto así.

»Tu marido y tú tendréis seguramente la idea de que soy un hombre perverso y dañino. No he podido ser otra cosa; todo el mundo me hizo sufrir cuando era un miserable; yo he contestado haciendo sufrir a los demás cuando he sido poderoso.

»La bondad es la fuerza de los privilegiados. La envidia y la tristeza del bien ajeno son enfermedades del espíritu. Los que han luchado y se han agitado en los antros donde se muerden los pestíferos están contagiados.

»No todo el mundo puede ser sano, ni todo el mundo puede ser bueno. Yo aun no lo puedo ser, y como no lo puedo ser, al enviarte esta dote a ti, hermana mía, para que puedas vivir con tu marido, pienso que ésta es mi venganza, la venganza del abandonado, la venganza del sarnoso contra el sano, la venganza del miserable con el descendiente de la familia considerado y mimado.

»Adiós, querida hermana. Felicidades.

»Juan.»

Al escribir esta carta se veía que Machín habla arrugado el papel y lo había mojado con sus lágrimas.

Machín, nuestro enemigo, se convertía en nuestro protector y nuestro pariente.

[Ilustración]

LIBRO SEXTO

LA SHELE

I

HABLA EL MÉDICO VIEJO

Unos días después de mi matrimonio, el médico viejo me encontró en la calle y me dijo con grandes extremos que fuera a su casa. Me tenía que hablar. Fuí después de comer; pasamos a un despacho con armarios, que tenía en las paredes unas láminas anatómicas bastante desagradables; el doctor me hizo sentarme en una poltrona, y me dijo:

—¿Sabrás que se marchó Machín?

—Sí, ya lo sé.

—¿Sabes a qué se debe el cambio que hizo con relación a tu novia y a ti?

—No.

—Pues a lo que le conté el mismo día que fuimos a verle en este despacho. Estaba ahí sentado, donde tú estás. Al principio me oía irónicamente, con aquella sonrisa dolorosa que le caracteriza; pero cuando le conté lo que te voy a contar a ti, se transformó. Lloraba como un chico. No creía que tuviera el corazón tan blando. Yo mismo me conmoví.

—¿Y a qué se refiere lo que me va usted a contar?

—Se refiere al padre y a la madre de Machín.

—¿Los ha conocido usted?

—Sí.

—¿A los dos?

—A los dos.

El médico empezó así:

—Hace ya más de cuarenta años acababa yo de venir de Regil, en donde estuve dos años de médico.

En aquella época Lúzaro no era como ahora; había cuatro o cinco familias que mandaban, y, entre ellas, la de Aguirre y la de Andonaegui eran de las más principales e influyentes.

Siendo médico aquí, había que estar bien con ellas, so pena de perecer y no tener una visita.

Yo iba con mucha frecuencia a casa de tu abuela, que por entonces se había quedado viuda.

Tu abuela tenía en casa una muchacha, que era ahijada suya, y a quien llamábamos la Shele. Yo bromeaba mucho con ella cuando iba a a tomar café a Aguirreche.

—¿Qué hay, Shele?—la decía.

—Nada, señor médico.

—¿Cuándo piensas casarte?

—Cuando me quieran—contestaba ella con gracia.

-¿No tienes novio todavía?

—No.

—¿Pues en qué estás pensando?

—Ella sonreía mientras llenaba las tazas de café. La Shele era muy bonita, muy modosita, muy fina. Era este tipo vascongado, esbelto, que tiene algo de pájaro. Muchas veces yo pienso—añadió el médico viejo—que nuestra raza no es fuerte. Esto no lo digo delante de un forastero, no, jamás. Esta raza vasca es bonita, fina de tipo, pero en general no es fuerte. Tiene más resistencia la gente del centro: aragoneses, riojanos y castellanos. Esta es una raza vieja que se ha refinado en el tipo, aunque no en las ideas, y que no tiene mucha fuerza orgácica. Tú habrás visto que aquí una muchacha se casa y al primer hijo se le caen los dientes, parece que se le alarga la nariz.... Pero me alejo de mi historia. Vuelvo a ella.

Una mañana de invierno muy hermosa y muy clara me llamaron para ir a Aguirreche. Hacía pocos días que tu tío Juan había marchado a embarcarse a Cádiz.

—Esto es un hospital—me dijo tu abuela—. Todos estamos enfermos.

Vi a tu abuela, a tu madre, a tu tía Úrsula, y, al marcharme, me dijeron:

—Espere usted, que también la Shele está mala.

Entró la muchachita, muy pálida y muy triste, y saludó, sin levantar los ojos del suelo.

—Vamos, acércate—le dijo tu abuela.

Pude notar que la Shele sufría y que las comisuras de sus labios temblaban, como por un sufrimiento contenido.

—¿Qué tiene esta muchacha?—pregunté yo alegremente.

—Debe estar enferma del estómago—dijo tu abuela—. Tiene vómitos, está ojerosa.

Contemplé a la muchacha, que bajó la vista; le tomé el pulso, y dije:

—Que vaya a mi casa y la reconoceré más despacio.

—Bueno, ya irá. ¿Cree usted que tendrá algo grave?

—Ya veremos.

Me despedí de la familia y seguí haciendo mi visita.

II

LA CONFESIÓN

Acababa de tomar café; estaba charlando con mi madre y mi hermana en esa pequeña galería de cristales que da a la huerta, cuando entró la Shele. Acudí a su encuentro, la pasé al despacho y cerré la puerta.

—Siéntate—la dije.

La muchacha se sentó y yo comencé el interrogatorio.

—¿Hace mucho tiempo que estás en Aguirreche?

—Sí, ya va a hacer mucho tiempo.

—¿Cuántos años tienes?

—Diez y ocho.

—Tus padres están en un caserío de la familia Aguirre, ¿verdad?

—Si, señor.

—¿Les tienes cariño a los de tu casa?

—Sí, señor.

—¿A la señora y a las señoritas?

-Si, señor.

—¿Y al señorito Juan?

—También.

Y la muchacha se ruborizó. Yo continué con mis preguntas.

—¿No quieres marcharte de Aguirreche?

—No, señor.

—¿No tienes confianza en mí?

La muchacha me miró extrañada, preguntándose, sin duda, por qué le dirigía estas cuestiones. Yo seguí el interrogatorio.

—Digo si tienes confianza en mí. Si crees que soy un hombre malo.

—¡Un hombre malo! No; no, señor.

—¿Entonces, tienes confianza en mí? ¿No crees que yo te quiera hacer daño?

—No; no, señor; yo no he dicho eso.

—Ya sé que no lo has dicho; te lo advierto, para que sepas que soy tu amigo, que te quiero bien. ¿Comprendes?

—Sí, señor.

Entonces ya le dije claramente lo que tenía que decirle.

—Tú has tenido amores con el señorito Juan, ¿verdad?

—No; no, señor.

—¡Para qué negarme la verdad! ¡Tú has tenido amores con él, y lo que te pasa es la consecuencia natural ... ¿Comprendes?

La Shele calló y bajó la cabeza.

—¿Te prometió casarse contigo? ¿Te engañó?

—No, no me engañó; no me prometió nada.

—¿Sabe en qué estado te encuentras?

—No, no lo sabe.

—¿Y por qué no se lo dijiste antes de que se marchara?

—Me daba vergüenza.

La muchacha ocultó la cara entre las manos y comenzó a llorar en silencio.

—¡Ay, ené!—decía, de cuando en cuando, sofocando un suspiro.

Yo la contemplaba emocionado.

—Bueno, cálmate—la dije—. Aquí el único que sabe tu estado soy yo. ¿Qué piensas hacer? Vale más que te resuelvas pronto, antes de que noten tu estado. ¿Comprendes?

—Sí, señor.

—¿Qué te parece que hagamos? ¿Le escribimos a Juan?

—Bueno.

—¿Sabes sus señas?

—Sí; va de Cádiz a Filipinas en un barco.

—¿No sabes más?

—No.

—Debías enterarte del nombre del barco.

—Bueno. Ya me enteraré.

—Y mientras llega la carta y la recibe, si es que la recibe, ¿qué piensas hacer? ¿Ir al caserío?

—No, al caserío, no. Mi padre y mis hermanos me pegarán.

—Entonces, ¿quieres que yo se lo diga a la señora para ver qué decide?

—No, no. ¡Ay, ené!

—Pues, ¿qué vas a hacer? ¿Adonde vas a ir?

-No sé.

La Shele miraba el suelo y suspiraba. Las lágrimas corrían por sus mejillas.

Yo, algo impaciente, me levanté y la dije:

—Nada, tú decidirás. Yo ya te he indicado lo que te puede pasar. No sé qué aconsejarte.

La muchacha suspiró más fuerte, y viendo que me disponia a salir, me detuvo.

—No, no me deje usted.

—¿Qué quieres que haga?

La Shele pensó un momento, y dijo:

—¡Escríbale usted al señorito Juan!

—Le escribiré, pero va a tardar mucho en saber la noticia. Si ha salido de Cádiz, hasta dentro de un año no vamos a poder tener noticias suyas.

—Entonces dígale usted a la señora lo que me pasa. A ver qué quiere hacer conmigo.

La pobre muchacha me dio lástima. Se entregaba a su suerte adversa, como un cordero que llevan al sacrificio.

III

LA VENTA DE LA TERNERA

Yo insinué varias veces, hablando con doña Celestina, después de comunicarle lo que le ocurría a la muchacha, que debía dar cuenta a su hijo de lo que pasaba con la Shele; pero comprendí que era inútil y que estando en su mano no había de hacer nada con ese fin.

Sabía que Juan de Aguirre navegaba en la derrota de Cádiz a Filipinas, pero ni la Shele ni yo pudimos averiguar en qué barco. A pesar de todo le escribí, y la carta no debió llegar, porque no tuve contestación.

Mientrastanto, doña Celestina y el vicario habían decidido casar a la Shele. Como sabes, aquí a los matrimonios que se hacen entre la gente del campo, atendiendo sólo al dinero, se llaman *la venta de la ternera*. En el caso aquél no era la venta corriente, sino la de una res estropeada y enferma, y había que dar mucho dinero encima para sacarla de casa.

—Nada, hay que llevarla de aquí cuanto antes—dijo el vicario—; que vaya a vivir a otro pueblo o a un caserío lejano, y nadie tendrá en cuenta si la criatura ha nacido antes o después del plazo legal.

—Sí, es lo más conveniente—añadió la señora de Aguirre—. ¿A usted qué le parece, doctor?

—Yo digo lo de siempre; antes consultaría con Juan—replicaba yo.

—Juan no vendrá aquí hasta dentro de cuatro o cinco años.

—Y mientrastanto, ¡cómo se evita el escándalo!—exclamó el vicario.

—No, no; si eso no puede ser—repuso doña Celestina—. Es perder el tiempo hablar de Juan. Aquí lo único es encontrar un marido y casarla.

—Creo lo mismo que doña Celestina—agregó el vicario, —Pues vamos a ver quién nos convendría. Yo conozco a todas las familias de los caseríos ... El mozo de Olazábal está casado, el de Olazábal Aspicua es muy joven, el de Endoya se ha ido a Somorrostro ...

—En Iturbide hay un muchacho carbonero ...—insinuó el cura.

—Pero esos son unos salvajes—replicó doña Celestina—. No quiero que la Shele vaya allí. La tratarían muy mal.

—¿Y Machín?—preguntó el cura—. ¿Machín el mozo?

—¿El de mi caserío?

—Sí.

—Pero, ¿no es tonto ese muchacho?

—¡Ah! ¡Claro! No vamos a encontrar un hombre perfecto como los de la Constitución del año doce.

El señor vicario se permitía alguna bromita de cuando en cuando contra las ideas liberales.

—Entonces, ¿qué? ¿Le llamaremos a Machín?

—Me parece lo mejor.

—¿Al padre?

—Al padre y al hijo. Se les explica lo que pasa y veremos las condiciones que ponen.

—Bueno, pues les llamaremos.

Presencié la entrevista en la cocina. Era una escena triste, daba una idea bien miserable de la humanidad. Machín padre y Machín hijo estaban los dos arrimados al fuego en la cocina.

—De manera—decía doña Celestina con voz imperiosa—que yo le doy a la Shele cuatro onzas y dos vacas.

—Y las azadas y el trillo—añadía Machín el viejo.

—Bueno, y las azadas y el trillo. ¿Con esto estamos ya conformes?

—Es que ...—decía Machín padre, rascándose la cabeza—como la chica ha quedado en ese estado, yo no sé si estará bien..., porque las gentes dirán que ...

—Eso ya os lo he dicho antes. La muchacha está en ese estado. Ya lo sabemos. Conque resolved de una vez: sí o no. O decid qué queréis más.

—El caso es—murmuró el viejo—que hay un trozo de tierra cerca del barranco que no pertenece a nuestro caserío, y mi mujer dice que debían dárnoslo a nosotros sin subir la renta ... Yo no digo nada, pero mi mujer ...

—Bueno, la tierra esa será para vosotros.

La conversación continuó así, con un lujo de detalles de esa avaricia campesina tan repugnante, y cuando llegaron a un arreglo definitivo, doña Celestina gritó a sus hijas:

—¡Que venga la Shele!

Vino la Shele, pálida, con los ojos bajos y las ojeras moradas.

—Hemos quedado de acuerdo en que te casarás con este joven.

—Bueno, señora—contestó ella, con una voz débil como un sollozo.

—¿No dices nada?

—Nada, señora.

Bueno, ya lo sabes. Dentro de unos días será la boda.

—Está bien, señora.

Machín, el joven, sonrió, queriendo echárselas de malicioso, y el viejo siguió dando vueltas en su cabeza al pensamiento de si podía sacar alguna cosa más de la señora de Aguirre.

Esa es la moral tradicional de las gentes ricas. Se destroza una vida, se deja a un hijo sin padre, se lleva la desolación a una familia. Y se dice se ha salvado la honra de una casa; se ha salvado la sociedad.

[Ilustración]

IV

EL FINAL DE LA SHELE

Siempre que pensaba en la Shele—siguió diciendo el médico viejo—, tenía el presentimiento, muy lógico en el fondo, de que había de acabar mal. Hubiera quedado muy sorprendido si en el transcurso de los años hubiese sabido que la Shele vivía tranquila y feliz con su marido.

Cuatro o cinco meses después de esta escena que te he contado de los preliminares de la boda, me llamaron del caserío de Machín. La Shele había tenido un hijo fuerte, robusto, pero ella estaba enferma.

La encontré, la primera vez que fui a visitarla, muy quebrantada y con un principio de fiebre.

Pasó un día y otro día. La pobrecilla no mejoraba. Cualquier cosa, la menor palabra, la hacía llorar.

Doña Celestina me llamó reservadamente.

—¿Qué le pasa a la Shele?—me dijo.

—Que está mal.

—¿Pero no mejora?

—No.

—¿Qué tiene?

—Tiene un estado de excitación continua, y creo que padece una lesión cardíaca, que el embarazo y los disgustos han exacerbado.

Doña Celestina se inmutó porque, aunque mujer orgullosa, tenía buenos sentimientos.

—¿Usted cree que el matrimonio con ese hombre habrá contribuído...?

—Es posible, pero no es fácil asegurarlo.

No quise tranquilizarla. Que pesara sobre su conciencia la brutalidad que había hecho.

Seguí visitando a la Shele diariamente. No había manera de hacerla reaccionar. Estaba decidida a dar un adiós definitivo a la vida.

Ante una resolución tan firme de morirse, todos los planes terapéuticos se estrellan.

A los quince días hubo que confesar y dar la Unción a la Shele.

Doña Celestina y sus hijas fueron a verla.

Adornaron el cuarto de la enferma de blanco, lo cubrieron de sobrecamas y trajeron flores y estampas religiosas. En el momento de darle el Viático había unas mujeres en el pasillo del caserío con velas encendidas.

La Shele era muy cariñosa, y sin duda de verse mimada en aquel trance, se encontraba alegre y sonriente.

Por la mañana murió la pobrecilla.

El médico viejo dejó de hablar y se quedó mirándome, buscando conocer mi opinión.

—Sí, es horrible—dije yo—esa falta de respeto por la vida ajena. ¡Cuánta gente no se habrá sacrificado por esas ideas del rango y de la posición social que, después de todo, no sirven para nada! Son restos del feudalismo.

—Eso es. Es verdad.

—¿Y qué dijo Machín al oírle contar a usted esto?

—Se puso como un loco. Lloraba desconsolado. ¡Pobre madre, lo que la hicieron sufrir!—murmuró varias veces; luego dijo, con voz iracunda—: Ahora le pegaría fuego al pueblo entero.

Después, más tranquilizado, me pidió que le dijese cómo era; si se parecía a él, si no se parecía; y cuando yo le indiqué que su padre se había portado mal, replicó:

—No, no; él tampoco tuvo la culpa.

Me habló de que por tu mano había recibido un manuscrito de su padre, y prometió enviármelo.

—¿Y se lo envió a usted?

—Sí; lo he leído ya; por cierto que no sé qué hacer con él. Creo que tú eres el más indicado para guardarlo. De manera que llévatelo.

Cogí el manuscrito, lo llevé a casa y comencé a leerlo en seguida.

LIBRO SÉPTIMO

EL MANUSCRITO DE JUAN DE AGUIRRE

I

RESOLUCIÓN DESESPERADA

He sido educado con una gran severidad de principios. Mi madre me inculcó la idea de que mi posición me obligaba a ser más rígido que los demás. Yo, en el fondo, era un muchacho atolondrado, de buen corazón, aunque un tanto violento.

Muy joven comencé a navegar, y en el barco tuve que ir olvidando cuantas enseñanzas me dio mi madre.

Mi vida, en los primeros años de navegación, fué muy intensa. Formaba parte de la tripulación del *Asia*, un bergantín que recorría los mares de la China. El capitán era australiano; el piloto, vascongado.

Nuestro comercio se desarrollaba entre Malaca, Siam, Sumatra, Borneo y las Filipinas. Los principales puntos de parada eran Singapur, Batavia, Macasar, Hong-Kong y Manila.

Constantemente estábamos visitando sitios desconocidos, puertos en donde no había entrado aun el europeo. Sil Wilkins, mi capitán, era un hombre de genio.

Con frecuencia teníamos que batirnos, ya con los merodeadores chinos del golfo de Tonkín, como con los piratas moros que pululan por aquellas latitudes, y dan muestra de un valor y de una audacia asombrosos.

Sobre todo hacia el nordeste de Borneo, cerca de las islas de Serasán y del Archipiélago de los Piratas, tuvimos batallas navales furibundas contra dos y tres de esos barcos armados que llaman *praos*.

Estos *praos* o *paraos* suelen ser, generalmente, lanchas afiladas que navegan a vela y a remo, y llevan varios hombres armados con fusiles; la mayoría tienen cobertizos de esteras, pero hay algunos de estos *praos* grandes, de tres palos, que llevan una toldilla sólida con cristales y están defendidos con una porción de cañones. No es fácil que un barco de comercio pueda luchar en velocidad con estas lanchas, que tienen grandes condiciones marineras.

Sir Wilkins no tenia por costumbre huir, y aguardaba el ataque de los piratas.

Conocía muy bien sus procedimientos y sus argucias. Hicimos verdaderos horrores. Cerca de las islas Celebes echamos a pique, a cañonazos, tres grandes embarcaciones de piratas que venían dispuestos a tomar nuestro bergantín al abordaje. También tuvimos que dar una buena lección a unos moros ladrones de la isla de Joló.

Sir Wilkins era un marino sencillamente extraordinario. No he conocido a nadie de un valor más sereno ni de mayor indulgencia y generosidad para las debilidades ajenas. No pude llegar a comprender bien si en su fondo había un inmenso desprecio o un gran cariño por los hombres. Quizá sentía las dos cosas al mismo tiempo.

Como todos los capitanes que llevan muchos años en un barco, él había navegado casi siempre en aquél, sabía lo que daba de sí su *Asia*, y no le pedía más.

Conocía el mar de la China como pocos; lo que no sabía lo adivinaba. Wilkins era un ejemplo de lo que puede llegar un hombre cuando pone su inteligencia y sus sentidos en una especialidad. Y, a pesar de su juicio claro de las cosas y de la cantidad de experiencia que atesoraba, aun se podía decir que en él el talento era lo de menos.

La maldad, la ruindad, la envidia, todo lo disculpaba. Para Wilkins el mal no era mas que la cantidad de sombra necesaria para que brille el bien.

Pasé con Wilkins cerca de ocho años, y al cabo de éstos mi capitán se retiró, ya viejo, a Sidney; yo fui a Manila, y desde Manila a Cádiz. Iba a entrar de piloto en la derrota de Cádiz a Filipinas. Mi madre me llamó, y volví a Lúzaro.

Entonces conocí a la Shele. La Shele era hija de una familia de buena posición que se había arruinado. Tenía algún parentesco con mi madre.

En nuestro país no suele ser ningún desdoro el que una muchacha entre a servir en una casa del pueblo. Además, la Shele, como digo, era pariente y ahijada de mi madre. Su situación en mi casa podía considerarse intermedia entre criada y pariente pobre.

La Shele, muy joven e inocente; yo, un marino que venía de las soledades del mar de la China con gran deseo de vivir; nos vimos, y sucedió lo que no era raro que sucediera. No sé si mi madre sospechó lo que pasaba; si sospechó y se valió de una estratagema para alejarme, Dios se lo haya perdonado. El caso fué que mi madre recibió una carta de Cádiz, en la que decían que era conveniente que yo volviese cuanto antes. Allí nadie me supo decir quién había escrito esta carta. Todavía faltaba cerca de un mes para la salida de la fragata *Maríbeles*, donde tenía que embarcar.

[Ilustración]

Estuve por volver a Lúzaro, pero vacilé; ¿qué pretexto iba a dar a mi madre?

Siempre me inspiró más temor que otra cosa. Yo no sospechaba el estado de la Shele. De sospecharlo, me hubiera decidido a volver y a casarme con ella, saltando por todo.

Llegó la época de entrar en la *Maríbeles* y de perder hasta el recuerdo de las personas conocidas. Tardamos seis meses en llegar a Manila y estuvimos allí dos. Recogí varias cartas de mi madre, y entre muchas noticias para mí indiferentes, me comunicaba que la Shele se había casado.

Cuando supe esto, me figuré que, como dice todo el mundo, las mujeres son volubles e ingratas, y pensé que la Shele me había olvidado con la ausencia.

Escribí a uno de los amigos de Lúzaro preguntándole lo ocurrido con ella.

Meses después pude recoger en Cádiz dos cartas suyas en contestación a la mía. En una me decía que la Shele se había casado, o, mejor dicho, la había casado mi madre con el hijo de Machín, un mozo estúpido y borracho, a cuyo padre habían tenido que dar dinero y tierras para permitir que su hijo se casara con la Shele, que estaba embarazada. En la segunda me decía el amigo que la Shele acababa de morir de sobreparto en el caserío de Machín.

Al saber esto me entró una desesperación profunda. Intenté marcharme del barco; pero el capitán notó algo en mí, y no me lo permitió.

Tenía que zarpar la fragata, y hubo que seguir adelante. Los seis meses de viaje a Filipinas los pasé desesperado. Mi cólera y mi rabia llegaban a ponerme como enloquecido, y una porción de ideas furiosas me venían a la imaginación.

Poco a poco mi cólera disminuyó, y se fué convirtiendo en una profunda melancolía. Todo me parecía triste; en la cosa más sencilla e inocente encontraba motivo para una reflexión lúgubre. Llegaban a molestarme tanto estas ideas, que, para ahogarlas, tomé la costumbre, al llegar a Manila, de ir a las tabernas a emborracharme.

En una de ellas encontré, por mi desdicha, a Tristán de Ugarte, que ha sido para mí uno de esos hombres providencialmente funestos, seres reclamos del mal que se ponen en el camino para arrastrarnos al vicio y a la ruina.

Ugarte estaba de piloto en un barco negrero; se había marchado de él hacía unas semanas, y llevaba una vida de riñas y francachelas. Se hallaba cansado del mar, de la vida agitada del barco negrero, y quería recalar en un rincón y pasar unos años carenándose.

Yo le dije que a mí, por el contrario, me faltaba la vida agitada como la que llevaba en el *Asia* con sir Wilkins; batirme todos los días, pasar a cuchillo al que se me pusiera por delante, y morir cualquier día de un balazo en la borda de un barco.

—Hombre, vamos a hacer una cosa—me dijo él.

-¿Qué?

—Vamos a cambiar de destino y de estado civil. Tú te vas al negrero y te llamas Tristán de Ugarte; yo ...

—No puede ser—repliqué—. En el barco en donde yo estoy no te van a tomar con mis papeles y con mi nombre.

—No importa. Yo no pienso ir a tu barco. Voy a comprar unas tierras en Filipinas, y me gustaría usar tu nombre mejor que el mío.

—Entonces, sí.

—Pues nada. Yo rae llamo desde ahora Juan de Aguirre; y si tú quieres entrar en *El Dragón* como piloto y con mi nombre, ahora mismo le escribo al capitán, que es un paisano.

—Bueno, escríbele. ¿Dónde está el barco?

—En Batavia.

Se puso Tristán a escribir la carta, y cuando concluyó me la dio. Cambiamos de papeles. Eramos, poco más o menos, de la misma edad y de la misma estatura. Él de Elguea, yo de Lúzaro, teníamos el mismo acento. La sustitución era fácil.

Dejé salir *La Maribeles*, y unos días después iba a Batavia y entraba en *El Dragón* con una absoluta inconsciencia.

[Ilustración]

II

DE NEGRERO

El capitán Zaldumbide era un vasco francés. Me recibió amablemente, me llevó al alcazar de popa, y hablamos. Me preguntó dónde había navegado, y me expuso con gran claridad todos los peligros que corría al entrar en *El Dragón.*

Al ver que yo aceptaba a pesar de esto, no hizo objeción alguna. Las dos condiciones para desempeñar el cargo eran ser un buen piloto y hablar vasco. Las dos las reunía yo. Ya aceptado, me enseñó la cámara que había de ocupar cerca de la suya. Me hizo observar que las dos estaban blindadas y tenían las ventanas con rejas.

No voy a contar las peripecias de mis viajes; fueron, poco más o menos, las mismas de todos los que se lanzan al mar a buscar aventuras.

El capitán Zaldumbide me trataba con mucha atención. Era, relativamente, buena persona, aunque muy desigual y poco lógico. Tenía por norma la arbitrariedad más absoluta; ahora, que dentro de su arbitrariedad, y desde su punto de vista, era justo.

Sus dos caracteres más salientes eran el fanatismo religioso y la avaricia. A pesar de las muchas brutalidades y muertes que debía haber hecho en su vida, no se resignaba a perder su lugar en el paraíso. Lo reclamaba con todas sus fuerzas.

Como avaro, era una especialidad. Tenía un armario forrado, donde guardaba sus riquezas, y una porción de baúles pequeños de latón, reforzados con barras de hierro.

Alguna vez me permití bromear acerca de sus tesoros, y él me dijo con gran sigilo:

—Que no te oigan. No vayan a creer que tengo mucho dinero y quieran asesinarme.

La marinería era completamente patibularia; quitando los vascos, que iban al lado del capitán por codicia, campesinos en su mayoría, y otros dos o tres, los demás eran una colección de borrachos, de ladrones, de presidiarios, lo peor de lo peor, el detritus de los puertos de las cinco partes del mundo.

Los vascos, no. Estos eran casi buenas personas. Estaban convencidos de que, saliendo de su pueblo, el vender una familia de negros o de chinos, o el robar barcos, no tenía importancia. Se figuraban cándidamente mis paisanos que la honradez, el cumplimiento de la palabra, la buena fe, eran necesarios e imprescindibles en la aldea. Ahora, ya en el Océano, consideraban el piratear, el saquear o el robar como medios de enriquecerse más o menos decorosos.

Entre los cuarenta tripulantes que íbamos en *El Dragón,* los había de todas clases: desde tipos cuya vida era una continua serie de maldades y de crímenes, como el doctor Ewaldus, hasta un pobre muchacho irlandés, Patricio Allen, que era un modelo de probidad y de nobleza.

Patricio Allen era una de tantas víctimas de la suerte. Su padre, un campesino arruinado, había ido huyendo de un pueblo de Irlanda a Liverpool, en busca de trabajo, dejando en la miseria, al morir, a la viuda y a una porción de chicos y chicas.

Allen era un hombre afectivo, tenía un gran cariño por la familia y sufría al verla en la miseria. Recorría los muelles cenagosos buscando trabajo, e iba a caer a esas tabernas de marineros borrachos, en donde se mezclan gentes de todos los países.

Allen no sabía, no tenía certificados, y los *skippers* no le aceptaban. Veía con desesperación el momento en que la miseria desharía su pobre hogar y llevaría a sus hermanas a aquellos antros horribles del placer barato, en donde los marinos del mundo entero se emborrachan con *whisky*, al lado de una mujer rubia y pintada.

Allen sabía que en Liverpool, como en todos los grandes puertos, había enganchadores, comerciantes de hombres.

Estos enganchadores acogen en su casa a los marinos sin empleo, les dan de comer y hasta algún dinero, y cuando viene un capitán que le falta marinería, se entiende con el enganchador, escoge sus hombres y paga las deudas con los anticipos de la soldada del marinero.

Allen encontró uno de estos enganchadores y se vendió por unos cuantos chelines, que dio a su madre. Le llevaron de Liverpool a Amsterdam, y Zaldumbide lo rescató, pagando sus deudas y embarcándole en *El Dragón*.

Allen era un buen muchacho, pero muy poco marino. Por más que yo intenté explicarle las maniobras, no pude. Miraba al mar como algo sin interés. Tenía espíritu de labrador.

Otro hombre bueno en el fondo era Franz Nissen, el timonel. Hablaba muy poco, y nunca de su vida. Era un buen marino aquel hombre silencioso. Zaldumbide me contó que, estando en el servicio, parece que había servido en la marina danesa; un oficial, injustamente, le mandó azotar. Poco tiempo después, Nissen, una noche regó con petróleo la cama y el cuarto del oficial y les pegó fuego. Después se escapó no sé cómo.

Mi mejor amigo en el barco era Allen. El conocia mi vida y yo la suya. Estábamos unidos como si fuéramos hermanos.

Su amistad me hacía más llevadera mi estancia en *El Dragón*. Charlábamos; yo le enseñaba lo que sabía. El hablaba. Así pasamos meses y años en medio de peligros continuos.

Hicimos una porción de viajes llevando desgraciados negros de Angola y de Mozambique al Brasil y a las Antillas.

Nunca llegué a acostumbrarme al espectáculo de miseria y de horror que ofrecían; casi siempre me metía en el camarote para no ver aquellos desdichados. Zaldumbide los trataba bien; pero eso no evitaba que el espectáculo fuera repulsivo.

El Dragón no era de aquellos clásicos negreros que podían considerarse como ataúdes flotantes. Estaba bien estudiada la capacidad de aire, la cantidad de agua necesaria y la manera de evitar la infección y los miasmas pútridos. Zaldumbide comprendía que su negocio no estaba en dejar morir a los negros.

Por lo que me decían todos, antes de llegar yo al barco se llevaban partidas grandes de ébano, y la tripulación se mostraba dócil. En mi tiempo, la mitad de los días los marineros estaban sublevados. Se salía de estos peligros a la buena de Dios.

Tres o cuatro años después de entrar yo en el negrero salíamos de cerca de Macao, llevando un pasaje de trescientos *coolies* chinos para América, cuando, a la altura del Cabo Engaño, se nos acercó un pailebot de dos palos, de esos que llaman en Filipinas *pontines*, y de él apareció Tristán de Ugarte. Estaba transformado; tenía una cicatriz que le desfiguraba por completo.

Me dijo, recriminándome, que mi nombre le había dado muy poca suerte; su finca de Ilo-Ilo marchaba mal; sin duda no sabía administrarla.

Su carácter inquieto no le dejaba vivir. Era un hombre borracho y nervioso. Muchas veces pensé si estaría loco, tales eran sus gestos y sus arrebatos.

Ibamos cruzando el Pacífico, cuando se nos sublevaron los chinos, y no sé si ellos o alguno de la tripulación mataron a Zaldumbide y al médico holandés.

Hubo luego una serie de luchas y de reyertas entre parte de la tripulación, que era enemiga de la otra; pero, al fin, se pudieron arreglar estas diferencias y yo me encargué del mando de *El Dragón*.

Mi plan era llegar a Europa, entregar el barco a los armadores y volver a España.

Marchando por el Pacífico, hacia el sur, nos encontramos con un barco desmantelado que nos hizo señales y nos preguntó si llevábamos médico. Le dijimos que no, y lo único que pudimos darles fué agua y té.

Al día siguiente teníamos el vómito negro en el barco. Alguno encontró en el cuarto del médico un frasco con polvos de quina. Hicimos una poción para los enfermos. De veinte atacados se nos murieron ocho.

Ugarte tuvo la humorada de sublevar algunos marineros estando el barco atacado de fiebres. Quería que cambiásemos de nombre a *El Dragón* y nos dedicáramos a la piratería por el Pacífico.

Tuve que arrestar a aquel loco.

Después de una travesía larga y llena de peripecias, llegamos frente al Estrecho de Magallanes; pero como no teníamos viento favorable, decidí bajar y doblar el Cabo de Hornos.

Pasamos por el Cabo Deseado y el de la Desolación, con un frío muy intenso y tiempo claro; pero al llegar a la altura de la isla de Wollaston se nos echó encima una bruma densísima, que no se quitó en una porción de días.

La prudencia nos aconsejaba detenernos, pero yo seguí. Varias veces estuvimos a punto de chocar con grandes bloques de hielo que venían flotando. Estos bancos de hielo nos servían para hacer la aguada.

Recalamos un día en la bahía de Nassau, y sin esperar a que mejorara el tiempo, seguimos adelante. La tripulación estaba aniquilada, los marineros trabajaban como febricitantes; yo temía que, de descansar, se apoderara de ellos la atonía y pereciéramos todos en aquellos parajes inhospitalarios.

Con tiempos horribles y borrascas salimos de la bahía de Nassau, atravesamos el Estrecho de *Le Maire*; y en medio de una tormenta de nieve llegamos al puerto Cook de la isla de los Estados.

Pocos sitios más tétricos que aquél. El puerto era un fiordo flanqueado por montañas altísimas, con rocas desnudas y siniestras; el suelo, fangoso e inculto. A pesar de que la tripulación quería descansar allí, yo decidí seguir adelante hasta recalar en la bahía de la Soledad de las islas Malvinas.

Aquí pudimos reponernos, y cuando la tripulación ya se encontró con fuerzas, nos pusimos en derrota, camino de Europa.

A la altura de San Vicente, un barco de guerra inglés nos dió caza dos veces, y a la última nos destrozó la arboladura de *El Dragón* a cañonazos. Huimos en la ballenera, y creo que al cocinero y a algún otro se le ocurrió apoderarse de los cofres de Zaldumbide y llevarlos con nosotros. Cuando huíamos, *El Dragón* se hundió. Después Ugarte se jactaba de haber hecho en el casco un boquete. No sé si esto fué verdad. Si no hubiera sido por la carga del tesoro de Zaldumbide, hubiésemos desembarcado en seguida en una de las islas de Cabo Verde; pero con aquella impedimenta me pareció peligroso tocar en tierra. Comenzamos a navegar con rumbo al norte, hacia las Canarias. Decidimos, de común acuerdo, acercarnos a la costa africana y enterrar los cofres.

Entramos por el río Nun y exploramos sus orillas. Junto al mar, dunas de arena blanca, formadas por el viento, reflejaban el sol, hasta dejarle a uno ciego. Después comenzaban a verse zarzas, *callistris* y algunas piteras. A unas quince millas de la costa encontramos unas ruinas; quizá eran restos de una de las torres que Diego García de Herrera levantó, por orden del rey de España, cerca de la costa. No me parecía prudente enterrar allí los cofres, y busqué otro punto mejor. Todas aquellas lomas y montículos del río, formados de arena, probablemente cambiarían de posición y de forma al impulso del viento del Sahara. Era necesario encontrar jalones más firmes.

Me acerqué a un muro del castillo, que tenía grabado un elefante, y, siguiendo la visual del ojo, vi que entre dos grandes bloques de piedra se veía en aquella hora la sombra de una peña afilada, colocada a orillas del río. El vértice de la sombra caía en aquel momento al pie de un árbol de argán. Aquél me pareció el sitio mejor para enterrar los cofres.

Fijé el lugar, y como era muy posible que nos dieran caza y encontrándonos un papel así nos lo quitaran, traduje la indicación al vascuence, y, mientras esperábamos que acabaran de enterrar el tesoro, Allen, por mi consejo, fue marcando en un devocionario las letras que componían los datos puestos en vasco.

Los marineros se habían entendido con unos moros para cambiarles un rifle de los que llevábamos por dos corderos; pero los moros, en vez de cumplir el pacto, nos atacaron y nos mataron varios hombres.

Salimos de allá perseguidos por los moros, y nos lanzamos al mar. Nos cogió un temporal deshecho. No podíamos navegar; las olas enormes nos inundaban la ballenera; teníamos que sacar el agua con las gorras; la espuma nos azotaba la cara y el viento nos apagaba el farol cuando queríamos ver la brújula, y nos dejaba sordos.

Luchamos durante dos días con la lluvia, y a la mañana del tercero vimos la isla de Lanzarote como una nube.

Creíamos encontrar la salvación, cuando un buque inglés de guerra nos capturó y nos llevo al navio que días antes nos había dado caza.

Eramos sospechosos de piratería. Sabido es que las leyes contra los piratas son muy severas. El pirata está fuera del derecho de gentes, y la ley inglesa le condena a ser colgado por el cuello, hasta que sobrevenga la muerte.

El navio inglés se llamaba *El Argonauta.* El médico de este barco era una excelente persona; no tuve ningún inconveniente en contarle mi vida, sin ocultarle nada. El dió de mí buenos informes e influyó, seguramente, para que no me colgaran de una verga.

Durante la travesía de las Canarias a Plymonth me trataron bien los ingleses. Ugarte era el que se encargaba de hacerme la vida odiosa, recriminándome por no haber seguido su consejo cuando navegábamos por el Pacífico.

III

EL PONTÓN

Llegamos a tierra y nos condujeron delante de los jueces. Aparecimos en el banquillo todos los tripulantes de *El Dragón*. El no haber resistido y el quedar los hechos obscuros nos salvó de ser ahorcados.

Si el juicio hubiera sido como los ordinarios, quizá hubiéramos quedado libres; pero nos juzgaron tan sumariamente, que no pudimos defendernos. Fuimos condenados a la deportación en distintos presidios y pontones: los jefes a diez años, los marineros a cinco.

No a todos nos enviaron al mismo punto. Los marineros fueron conducidos a presidios del interior y a los pontones próximos a Portsmouth y Chathan. A nosotros nos destinaron a un pontón del norte.

Embarcamos en un *cutter* que se llamaba *Flyng Fish* (el Pez Volador). Ugarte, Nissen, el timonel, Old Sam, el contramaestre, el irlandés Allen, que quiso venir conmigo por amistad, y otros prisioneros franceses. Al salir de Plymouth, Old Sam se tiró al agua. No se le vio durante algún tiempo. Los soldados dispararon a todos los sitios que les indicaron. No quise ver aquella horrible caza. Al día siguiente, al anochecer, se detuvo el *Flying Fish* y una barca vino a acercársele.

Bajamos, con las esposas en las muñecas, y nos sentamos en la barca. Venía custodiándonos un oficial con varios soldados.

Perdimos de vista el *Pez Volador*, y fuimos avanzando hacia tierra. No se veía mas que la entrada de un río entre la niebla espesísima. En medio de la bruma de un cielo polar se destacaban promontorios avanzados, grises, sin vegetación, y hacia tierra pantanos negros, por encima de cuyas aguas inmóviles volaban nubes de pájaros.

Todavía seguía el crepúsculo cuando nos acercamos al pontón. El barco, desmantelado y sin palos, se destacaba como una mancha, obscura entre el cielo gris y el mar del mismo color. De cerca, el viejo navio parecía un arca de Noé, sujeta por amarras y cadenas; era altísimo, de tres pisos, como un tejado; por sus chimeneas salían columnas negras de humo. En el mascarón de proa se destacaba una figura de Neptuno.

[Ilustración]

Por todas partes, alrededor, dominaba igual color neutro, triste; las aguas amarillentas se confundían en la penumbra con el cielo.

Nunca he sentido mayor melancolía.

Pasamos por delante del coronamiento de popa, que tenía tres pisos fuera del agua, con galerías y ventanas recargadas de adornos barrocos.

La parte más alta del coronamiento de popa estaría lo menos a treinta pies sobre el agua, y de ella colgaba un gran farol, que brillaba en el ambiente gris del anochecer.

El pontón era un viejo navio de la época de Trafalgar. Se llamaba el *Neptuno*.

Al llegar a la cubierta estuvimos esperando durante una hora larga y fría. Me mandaron quitarme la ropa. Obedecí y me dieron unos pantalones raídos, un chaleco viejo y una chaqueta con un número grande en la espalda. Tenía el propósito decidido de no protestar de nada, y eso me sirvió, porque algunos de nuestros compañeros, entre ellos Ugarte, además del despojo, tuvieron que sufrir el encierro.

Cuando me encontré con Allen sobre cubierta, los dos vestidos de pontoneros, nos miramos atentamente y nos dimos la mano. Juramos no separarnos jamás.

Allí tenía uno que vivir diez años. ¡Una vida! Tenían que pasar primaveras, veranos e inviernos en aquella cárcel flotante, siempre a la vista de un mar gris, de unos pantanos llenos de fango, sin más comunicación con el mundo exterior que el ruido de las olas y el grito áspero de las gaviotas y de los patos salvajes.

La vida en el pontón era horrible; apenas teníamos sitio donde revolvernos; a proa se alojaban los soldados de guardia, y a popa, los oficiales. La población pontonera vivia entre la galería baja y la barraca hecha sobre cubierta, vigilada por unos y otros.

Difícil era acostumbrarse a vivir allí, pero todo se consigue a fuerza de energía y de perseverancia.

Estoy convencido de que los primeros días no enfermé por un esfuerzo extraordinario de la voluntad. Constantemente estaba febril, mi cabeza ardía; de noche no podía dormir y caía en un estado de abatimiento profundo. Al amanecer, a la hora de diana, me levantaba con las ropas húmedas y el pelo mojado; sentía dolores en todas las articulaciones y una gran postración.

A pesar de esto, mi voluntad no cedía; yo la encontraba fuerte y tensa, dispuesta a cualquier esfuerzo. Tomé una poción de quina, y a los quince días había recobrado la salud.

A los confinados en los pontones se les trataba como a presidiarios. En caso de rebeldía se les mandaba azotar, se les ponían cadenas o se les llevaba al calabozo, el *black hole* (agujero negro), en donde se les tenía a pan y agua.

Casi todos los reclusos tenían palomas, pájaros, ardillas y otra porción de animales domesticados. Cada cual buscaba el entretenimiento más en armonía con sus gustos e inclinaciones.

Había un capitán negrero inglés que, según nos contó él mismo, cuando los negros se le sublevaban los ataba a la boca de los cañones y disparaba. Este capitán, cuando le cazaron, iba recogiendo negros, metiéndolos en barricas y echándolos al agua. Tan brutal energúmeno se conmovía pensando en un conejo al que había domesticado.

Ugarte y un marsellés nos fastidiaban con frecuencia, Ugarte era el eterno descontento; la mala alimentación, la humedad, el frío, todas las molestias naturales en una cárcel de aquel género, le tenían fuera de sí, y sus protestas no le servían mas que para estar encadenado y en el calabozo.

A mí me acusaba de adulador y de vil porque no protestaba. No le podía convencer de que una protesta que no sirve mas que para que a uno le castiguen nuevamente, es una necedad.

El marsellés, que se llamaba, no sé si de nombre o de apodo, Tiboulen, era, por otro estilo, un hombre molesto.

Lo que en Ugarte era dignidad vidriosa, en Tiboulen era patriotismo y odio a los ingleses. El marsellés tenía esa amargura y esa personalidad de los mediterráneos excesiva, aparatosa, unida al patriotismo petulante y exaltado de los franceses.

Tiboulen no era un hombre violento y malo como Ugarte; estando solo era razonable, pero cuando tenía público se volvía loco. Tiboulen necesitaba que se ocuparan de él con cualquier motivo, y reñía con los compañeros de prisión y dirigía mil ridiculas amenazas a los carceleros.

Esta clase de hombres, que viven únicamente para la galería, producen alternativamente cólera y desprecio. A veces yo deseaba que arrancaran la piel a golpes a semejante idiota; otras me daba lástima verle entregado sin defensa a la brutalidad de sus verdugos.

A Tiboulen y a Ugarte los llevaron a otra cuadrilla y nos dejaron en paz.

Los primeros meses, Allen y yo nos dedicamos a estudiar sistemáticamente todas las formas y posibilidades de fugarse.

Era muy difícil; las aberturas tenían fuertes hierros, las puertas, pesados cerrojos. Alrededor del barco corría una galería baja, a flor de agua, con las ventanas tan próximas una a otra, que era imposible que pasara nadie ni nada por delante sin que lo vieran los centinelas.

Siempre había gran vigilancia en esta galería, y las rondas circulaban por ella cada cuarto de hora.

Además, como flotaban otros pontones en esta entrada del mar, unos se vigilaban a otros, y varias lanchas con gente armada recorrían las proximidades de los viejos navios, de noche.

Por las conversaciones de los demás compañeros, pude enterarme de que en el pontón funcionaba una logia masónica llamada Fe y Libertad, que tenía agentes para relacionarse con los presos de los demás pontones, y no sólo con los presos, sino también con algunos oficiales de la guarnición.

Allen y yo expusimos deseos de ingresar en la logia, y después de hacer nuestras pruebas, pasamos a ser hermanos. El venerable era un viejo pirata griego, cuya historia era una serie de horrores.

Por esta masonería pudimos enterarnos de algunos datos interesantes para una posible evasión. La ría donde se encontraba nuestro pontón era como un gran lago, de más de una legua de ancho. Había en ella tres pontones, y el nuestro estaba en medio.

La distancia desde el *Neptuno* a tierra era, aproximadamente, de dos millas.

Un peligro mucho mayor que el del mar, en caso de evasión, lo constituían los pantanos fangosos de la costa, de más de cien metros de ancho. Según se decía, era tan imposible atravesarlos andando como nadando.

La mayoría de los evadidos habían quedado en ellos sin poder avanzar, sirviendo de pasto a los cuervos y a las aves de rapiña que se cebaban en los cadáveres putrefactos.

En aquellos pantanos negros y siniestros que de noche exhalaban fuegos fatuos habían desaparecido muchos de los escapados de los barcos prisiones.

En vista de que no había posibilidad de evadirse, me dediqué a estudiar matemáticas. La recomendación del médico de *El Argonauta* seguía siendo eficaz para mí, y, gracias a ella, el comandante me prestó varios libros de geometría, de álgebra y de física. A éstos añadió una Biblia.

Allen, que era un católico fanático, me recomendó varias veces que no la leyera.

Como los presos estaban aburridos de su inacción, cada cual buscaba el mejor modo de entretenerse. Yo me dediqué a darles lecciones de matemáticas, y llegué a ganar algún dinero. Por la noche, a pesar de que estaba prohibido tener luz, yo leía; guardaba los trozos de tocino que daban en el rancho, les ponía una mecha con un poco de estopa y me servían para alumbrarme.

La indiferencia que sentía por todo, unida a una filosofía estoica que iba adquiriendo, me ayudaban a soportar las penalidades tranquilo y sin cólera. Además, tenía la esperanza de que, pasados dos o tres años, me llevarían a una colonia penitenciaria, donde la vida sería más soportable.

Varias veces quise enseñar matemáticas a Allen, pero no quería. Prefería, acompañándose de un acordeón que no le abandonaba, cantar canciones sentimentales de su país.

[Ilustración]

IV

LA EVASIÓN

Al año conocía yo a toda la gente pontonera.

Había algunos viejos confinados que tenían una industria curiosa. Consistía ésta en hacer un agujero en el pontón y vendérselo al que pagara más. Estos agujeros debían salir entre el nivel del agua y la galería baja, lugar vigilado de noche y de día.

Ugarte, que se estaba pasando la mayor parte del tiempo en el calabozo, me dijo que me enterara de quién podría hacer un agujero para escaparnos nosotros. Tenía dinero, y pagaría lo que fuese.

Un marinero holandés de la tripulación de *El Especulador*, un barco pirata que dió mucho que hablar en su tiempo, entabló negociaciones con él, y se comprometió a cederle una mina después de terminada. Ugarte comenzó a mostrarse más dócil con la esperanza de la fuga.

El holandés hizo parte de su galería; pero a la mitad del trabajo un vigilante encontró la mina, y hubo que suspender la obra.

Ugarte, después de esta tentativa frustrada, ya no me dejó vivir en paz. Todos los días me exponía uno o dos proyectos. La idea de la evasión le obsesionaba; gracias a aquella idea fija podía estar tranquilo.

Yo comenzaba a acostumbrarme a la vida del pontón. La posibilidad de quedar en el pantano para servir de pasto a los cuervos no me seducía.

Ugarte estaba enfermo, irritado por los castigos, y me excitaba preguntándome si es que tenía miedo.

Yo traté de convencerle de que había que conservar la energía para los momentos graves, sin malgastarla estúpidamente en rabiar por cosas fútiles; además, le advertí que la condición indispensable para que aceptase un plan de fuga era el que fuese sencillo. La única garantia del éxito era la sencillez.

Nos asociamos Ugarte, Allen y yo. Discutimos varios días un plan, hasta que llegamos a aceptar uno. Consistía éste en hacer un agujero en el muro de la barraca donde dormíamos, para salir a cubierta. De aquí había que subir a la toldilla, que ocupaba casi la mitad posterior del barco, descolgarnos por las galerías de la cámara del comandante con una cuerda, y echarnos al mar.

Yo puse como condición previa que no nos defendiéramos ni matáramos a nadie. Era tan difícil salir del pontón, ganar la costa y salvarse, que había que pensar que teníamos cien probabilidades contra una de volver.

Comenzamos los preparativos, Ugarte había recibido dinero y estaba dispuesto a pagar.

Por mediación de nuestra masonería nos trajeron unas limas, una sierra, una brújula de bolsillo y manojos de cáñamo para hacer cuerda.

Dormíamos todos en hamacas. Era en invierno, y quedamos los tres convenidos en permanecer con la cabeza tapada, como si tuviéramos frío.

La idea era ir acostumbrando al *master*, cuando hacía la requisa, a que nos viera en una misma posición, y hacerle creer, en días sucesivos, que nos dormíamos en seguida.

También convinimos en no hablarnos delante de gente. Para que no chocase su cambio de conducta, le aconsejé a Ugarte que fingiera de cuando en cuando alguna cólera violenta.

El día de Nochebuena comenzamos a hacer el boquete. Ibamos labrando por la noche cuatro ranuras en forma de cuadro, que al terminar el trabajo se cubrían con alquitrán. Se trataba de horadar la pared de tal modo, que el pedazo arrancado fuera como un tapón, que al ponerlo no se notara que había agujero.

Tardamos bastantes días en terminarlo. Cuando estuvo acabado, Allen se sentó varias veces en la parte de afuera de la pared agujereada por nosotros a tocar el acordeón, y con el dedo untado en alquitrán fué tapando las rendijas que podían verse.

Ya hecho este primer camino, discutimos entre los tres una cuestión importante: la manera de cruzar el pantano de la orilla. Por él, según decían, era tan imposible andar como nadar. Allen dijo que podíamos hacer unas a modo de suelas anchas para los pies, y al llegar a los pantanos sujetarlas como unas sandalias y buscar la parte más dura del cieno.

Aceptada la idea, decidimos fabricarlas con unas tablas finas. Allen pidió al *master* madera para hacer dos cajas, una para él y otra para mí, para guardar nuestros efectos. La madera costó un dineral, porque los caprichos de los presos se pagaban. El dinero de Ugarte quedó reducido a unas pocas monedas. No se desconfió de la petición, y Allen hizo seis tablas delgadas, aunque bastante resistentes, que guardaba con autorización de un vigilante en la toldilla de popa. Estas tablas tenían pie y medio de ancho por tres de largo, y llevaban en medio agujeros disimulados con cera para sujetarlas a los pies.

Terminados los preparativos, nos dedicamos a esperar un día obscuro. La luna comenzaba a menguar, pero aún las noches eran bastante claras.

A medida que el momento se acercaba, me sentía intranquilo y febril. No soy cobarde; pero al mirar desde la borda aquella agua espumosa y gris, al pensar que era indispensable lanzarse a ella, me daba el vértigo y se me encogía el corazón.

En esto, un sábado, pocos días después de Reyes, Allen vio en la costa, a gran distancia, con un catalejo de uno de los pontoneros, un botecillo atado a una punta, sin duda dejado por algún cazador de patos salvajes.

El bote estaba más allá de los pantanos.

Nos decidimos e hicimos nuestros últimos preparativos; cada uno llevaría su ropa, una lima y cuatro o cinco chelines en una bolsa, todo envuelto en un trozo de tela impermeable, formando un paquete, atado a la espalda.

Las lías pequeñas para sujetarnos al pie las sandalias de madera las llevaríamos, mientras íbamos nadando, atadas al cuello.

La cuerda grande la tendríamos que dejar abandonada en la barandilla del coronamiento de popa.

La noche fijada para la evasión fué la del domingo.

Nuestros vecinos sabían el proyecto, y esperaban ver el resultado, como en una función de teatro.

La guardia entró y nos pasó lista, como siempre, antes de acostarnos; después, era la costumbre que volviese el *master* con algunos guardianes y mirase si todos estábamos en nuestras hamacas.

Pasada la lista, nos desnudamos Allen, Ugarte y yo, e hicimos líos con la ropa y los envolvimos en la tela impermeable. Luego cogimos del colgador las ropas de otros reclusos y las metimos en nuestras hamacas. Dejamos las gorras poco más o menos como los demás días, y cuando entró el *master* nos echamos en el suelo los tres, abrimos el boquete, pasamos primero los fardeles con las ropas y luego nosotros, como por una gatera, y salimos a cubierta. Cerramos el boquete. Hacía un frío terrible. El centinela, a nuestro lado, gritó: *All is vell* (todo va bien).

La noche no estaba del todo obscura; había una vaga niebla rojiza. Agachados, corriendo por cerca de la borda, nos fuimos acercando hasta saltar a la toldilla de popa, que cogía casi toda la mitad del barco.

Estuvimos allí esperando hasta ver si éramos descubiertos. Yo estaba temblando de frío.

—Tome usted; frótese usted—me dijo, en voz baja, Allen dándome un trozo de sebo.

Comencé a frotarme con aquello, y él me embadurnó la espalda. Con esta capa de grasa desapareció el frío. Ugarte y Allen hicieron lo mismo.

—¿Y las maderas para los pies?—dije yo.

—Aquí, a un lado, las tengo—me contestó Allen.

Esperamos a que terminaran de hacer la requisa. Si se habían dado cuenta de nuestra falta, era una locura intentar nada.

Salió el *master* y su tropa, como de ordinario. Se renovaron los centinelas. No habían notado nuestra desaparición. Era el momento de obrar.

Allen corrió por la toldilla y vino al poco rato, deslizándose con nuestras sandalias de madera. *All is vell* (todo va bien), podíamos decir también nosotros.

Avanzamos por el techo de la toldilla sin hacer el menor ruido. De allí teníamos que saltar a la galería redonda del coronamiento de popa, adonde daban los balcones de la cámara del comandante. De aquélla era necesario descender a otro balcón corrido más bajo y menos saliente.

Desde una a otra barandilla había una altura de doce pies.

Si atábamos la cuerda en la galería alta, podríamos bajar a la otra. Pero ¿cómo desatarla después para seguir bajando hasta el mar? La cuerda en dos dobles no bastaba. Queríamos entrar en el agua sin ruido que pudiera llamar la atención del centinela.

A los lados de la popa del pontón, en las aristas, había chaflanes con vidrieras llenas de adornos barrocos.

A esta clase de chaflanes llamaban en los navios antiguos los jardines. No había manera de pasar por encima de ellos.

—Dame la lima—me dijo Ugarte.

Se la di. Ugarte se fué con decisión a una de las aristas del chaflán de popa, y clavó con fuerza una de las limas en la juntura; probó si le sostenía, se inclinó y clavó otra más abajo. Desde allí ganó la barandilla de la segunda galería.

Le seguimos, y agarrándonos a las dos limas pudimos bajar los tres al segundo balcón. Arrancamos la lima colocada más abajo.

Esta galería inferior tenía tres ventanas iluminadas. A través de sus cristales se veía a dos jefes sentados en el cuarto.

Desde allá nos faltaban unos quince o diez y seis pies para llegar al agua. Debajo, todavía estaba la galería inferior con sus centinelas, pero en esta parte de popa era donde había menos vigilancia.

Hubiéramos podido bajar desde allá al mar por una de las cadenas que sujetaban el pontón; pero esta cadena se hallaba tan iluminada por la luz del fanal de popa, que tuvimos miedo de que nos viese la guardia.

Allen ató la cuerda en uno de los barrotes de la barandilla, y al otro extremo las tablas que nos tenían que servir para atravesar los pantanos. El irlandés comenzó a bajar sin hacer el menor ruido; cuando la cuerda dejó de estar tensa, se descolgó Ugarte, y después fui yo. Hubo un momento, al descender, que creí que el centinela me estaba mirando; pero, sin duda, fué ilusión mía.

—Bueno; vamos.

Soltamos las tablas de la cuerda y comenzamos a nadar los tres hacia la costa. Había mucha mar. Soplaba un nordeste muy fuerte, que comenzó a traer grandes gotas de lluvia.

Ugarte comenzó a nadar con brío; yo le dije que tuviera cuidado, porque se iba a cansar pronto. Me atendió, y de cuando en cuando los tres nos echábamos boca arriba para descansar.

Nos sustituímos llevando el fajo de tablas, que nos servía para nadar con menos fatiga.

Pasamos por delante del otro pontón. En medio de la bruma parecía un inmenso y fantástico gusano de luz. Fuimos dejando atrás el barco fanal. Gracias a nuestro sistema de paradas metódicas, pudimos resistir más de dos horas nadando.

Serían las diez de la noche cuando llegamos al borde del pantano. La corriente del río separaba las aguas del mar del terreno cenagoso. Cruzamos el río, que estaba helado, y entramos en la zona del fango. Al principio, era imposible marchar sobre aquel légamo líquido; pero a los cuatro o cinco metros se espesaba. Nos metimos valientemente en el pantano, hasta llegar a una zona en que era lo bastante espeso para sostener el cuerpo de un hombre, aunque no para permitirle andar. Echados en el lodo, nos atamos a los pies, unos a otros, las suelas de madera; luego, nos levantamos los tres, y comenzamos a andar en fila, agarrados. El olor de aquella masa fétida de cieno nos mareaba. Hubo momentos en que nos hundimos en agujeros viscosos y blandos; y cayendo y levantándonos, con barro hasta la coronilla, llegamos a tocar tierra firme en una punta arenosa.

Anduvimos por la costa. Allí no estaba el bote; o se lo habían llevado o nos habíamos despistado de noche.

Ugarte se puso a blasfemar y a lamentarse de su suerte. Allen le dijo que se callara; la Providencia nos estaba favoreciendo, y blasfemar así era desafiar a Dios.

Ugarte le contestó sarcásticamente, y hubieran llegado a las manos, a no ponerme yo en medio a tranquilizarlos.

—Si vierais lo ridículos que estáis con ese caparazón de barro, negro como el de un cangrejo, no os pondríais a reñir.

Dimos vuelta a la punta arenosa en que nos encontrábamos, y llegamos a una playa en donde el agua estaba limpia. Nos lavamos lo mejor que pudimos, frotándonos con manojos de hierbas para quitarnos la capa de grasa y barro que nos cubría, y nos pusimos la ropa. No sabíamos qué hacer: si echar a andar o esperar a que llegara la mañana. Por gusto, hubiéramos comenzado a marchar inmediatamente, pero nos retenía la esperanza de encontrar el bote visto el día anterior por Allen.

Decidimos, por último, quedarnos, y estuvimos en aquel mismo sitio esperando a que se hiciera de día.

V

A LA DERIVA

Por fin, después de aquella larguísima noche, comenzó a aclararse la bruma y se presentó la mañana, una mañana triste, de un color sucio, como envuelta en lluvia y en barro. Los cuervos pasaron por encima de nuestras cabezas lanzando gritos estridentes. Parecían lamentarse de no ver nuestros cadáveres sobre el cieno inmundo de los pantanos.

Allen vio de pronto el bote en una punta próxima.

—Allá está—dijo, y echó a correr.

Ugarte y yo le seguimos. El bote estaba atado con una cadena. Nos quedaban dos limas, y comenzamos a limar el hierro. Tardábamos mucho, ligarte, siempre impaciente, bnscó una piedra, vino con ella, y dio tal golpe en el candado, que lo hizo saltar. Estuvo a punto de romper el bote; pero él no calculaba nada.

Había dos remos. Nos metimos en la lancha y comenzamos a remar, sustituyéndonos alternativamente. Al principio, aquel ejercicio nos reanimó; pero pronto empezamos a cansarnos, íbamos entre la bruma.

A media mañana vimos que se acercaba hacia nosotros un guardacostas; retiramos los remos y nos tendimos los tres en el fondo de la lancha. Los del guardacostas no nos vieron o creyeron que se trataba de un bote abandonado, y siguieron adelante.

Yo tenía un plano hecho por mí de memoria, recordando el que había en el cuerpo de guardia de los oficiales del pontón. No podíamos encontrar pueblo alguno hasta recorrer por lo menos cinco o seis millas. Salió un momento el sol, un sol pálido, que apareció en el cielo envuelto en un halo opalino. Nos contemplamos los tres. El aspecto que teníamos era horrible; trascendíamos al presidio: en nuestra espalda podían leerse aún los números del pontón.

Cuando les hice observar esto, Ugarte y Allen se sacaron la chaqueta y con la punta de la lima quitaron los infamantes números. Yo hice lo mismo.

Fuimos navegando sin alejarnos mucho de la costa; de cuando en cuando nos sustituíamos, y uno descansaba de remar. Como habíamos perdido la costumbre, las manos se nos hinchaban y despellejaban.

El país que se nos presentaba ante la vista era una tierra desolada, con colinas bajas y pantanos cerca de la costa. A lo lejos se veía el humo de alguna quinta aislada o la ruina de un castillo.

Al comenzar la tarde, la bruma se apoderó del mar, y fuimos navegando a ciegas.

El hambre, la sed y el cansancio nos impulsó a acercarnos a tierra. Hacía más de veinticuatro horas que llevábamos sin comer; teníamos las manos ensangrentadas.

Aterramos en una playa desierta, próxima a un pueblecito que tenía su puerto.

Yo había oído decir que en algunos puntos de Escocia y de Irlanda comen esas algas que se llaman laminarias, y era tal nuestra hambre, que intentamos tragarlas; pero fue imposible.

Allen encontró unas lapas y nos llamó. Fuimos arrancándolas con la punta de la lima, y esto nos sirvió de comida para todo el día.

Decidimos encallar el bote y pasar la noche en tierra. No quisimos entrar en el pueblecito con aquellas trazas, y subimos por el arenal, y escalando unas dunas, sin que nos viera nadie, nos metimos en el cementerio de la aldea, y tendidos entre dos sepulcros, resguardados del viento, pudimos descansar y dormir.

A media noche nos despertamos de hambre y de frío. Nos levantamos, salimos del cementerio y echamos a andar.

—Vamos al pueblo—dijo Ugarte—a ver si encontramos algo que comer.

El cielo estaba despejado y lleno de estrellas; los charcos, helados; el suelo, endurecido por la escarcha. El viento frío soplaba con fuerza. Nos acercamos a la aldea. Era ésta de pocas casas. Los perros ladraban en el silencio de la noche. Pasamos por delante de una casita pobre con dos ventanas iluminadas. Decidimos que Allen entrara a comprar un poco de pan. Allen volvió en seguida, diciendo que no había nadie.

—¿No hay nadie—exclamó Ugarte—. Pues mejor.

Y entró y volvió al poco rato con un pan y un trozo de cecina.

Estábamos convertidos en ladrones vulgares, Ugarte se dirigió al puerto.

—Pero, ¿a qué vamos por aquí? ¿No es mejor ir a la playa?—dije yo.

—Haremos una intentona—contestó él.

Llegados al puerto, se dirigió a un quechemarín que estaba atado a una argolla, y bajó a él.

—No hay nadie. ¡Es magnífico! Hala, bajad.

—¿Aquí?—pregunté yo en el colmo del asombro.

—¿Por qué no? ¿Qué importa robar un bote o un barco de vela? Es lo mismo.

En el fondo tenía razón. Soltamos la amarra, y los tres, apoyándonos en la pared de un malecón, sacamos el queche fuera del puerto. Luego, levantamos las velas y nos echamos al mar. Había dentro del quechemarín agua y comestibles para unos días. Por la mañana, raspamos el nombre del barco, que se llamaba *Betty*, y le bautizamos con el de *Rosa*, de la matrícula de Bangor, el pueblo de Allen.

Navegamos todo el día y toda la noche y pudimos comer y descansar. La mañana del miércoles nos encontrábamos ya a bastante distancia del pontón para no temer que diesen con nosotros. Habíamos aprovechado el tiempo.

Si llegábamos a tener vientos favorables, podíamos arribar a Francia. Nos faltaba un plano; pero para salir del mar de Irlanda, a pesar de la niebla, el rumbo era bastante.

Yo estaba deseando llegar a un lugar cualquiera en donde se separaran Ugarte y Allen. Al encontrarse ambos fuera de peligro, se despertó entre ellos un odio feroz. Todo cuanto uno decía le parecía mal otro.

Yo intentaba apaciguarlos, pero no era fácil siempre, dada la terquedad del irlandés y la irritabilidad de mi paisano.

Luchamos con vientos fuertes durante tres días. El barco cabeceaba de proa; iba como rompiendo el agua, dando en ella como un machete, lo que era muy molesto. La noche del viernes navegábamos por el canal de San Jorge, que yo conocía bastante bien.

Durante toda la noche y todo el día danzamos por encima de las olas, envueltos en la niebla, sin poder ponernos en rumbo. El viento se moderó por la mañana a la salida del sol, y cuando el cielo comenzó a limpiarse y a desvanecerse la bruma, nos encontramos a la vista de la costa de Irlanda, costa formada allí por acantilados de roca viva. El mar, agitado, se fue calmando hasta quedar inmóvil, y el viento cesó por completo.

Nos faltaba el agua, y se decidió que nos acercáramos a la costa.

Teníamos el recelo de que si entrábamos en cualquier puerto pudieran conocer el barco, y por primera providencia nos prendiesen; así, que decidimos aterrar en un arenal. Allen iría a la aldea próxima con los cuatro o cinco chelines que nos quedaban para ver si podía agenciarse víveres; yo marcharía por agua, y Ugarte se quedaría pescando.

No encontré por los alrededores ni arroyo ni fuente. Un hombre del campo me indicó que por allí no había agua.

[Ilustración]

Volví al barco y esperé a que llegara Allen. Este traía víveres, que devoramos, y una botella de cerveza. Después de comer dijo:

—Ahora les tengo que contar lo que me ha pasado y la proposición que me han hecho. He ido al pueblo, he entrado en la tienda a comprar la comida; me han preguntado quién era, de dónde venía. Les he contado la historia de un naufragio, y me ha dicho el tendero:

—Si quiere usted trabajar, ahí en el pueblo de al lado hay una finca donde necesitan gente.

He tomado la carretera y he ido a la finca; se me ha presentado un joven moreno, y, al ver que me aceptaba sin inconveniente, le dije que venían dos compañeros conmigo.

De pronto el joven moreno me dijo:

—Vosotros sois corsarios.

—No, no.

—Aunque os hayáis escapado de algún pontón, no me importa. Si trabajáis bien os pagaré como a los demás. ¿Los otros compañeros son también irlandeses?

—No, son españoles.

—Me es igual. Con tal de que no sean ingleses, los acepto.

—Me despedí de él—continuó diciendo Allen—y vine corriendo aquí.

Discutimos si aceptar o no la proposición y convinimos en que era lo más prudente. Después pensamos en lo que haríamos con el queche. Abandonarlo allí era dejar un indicio de dónde habíamos desembarcado.

Llevamos el queche hasta un extremo del arenal; había en aquel instante algo de viento; izamos los foques y la cangreja, atamos la caña del timón y empujamos el barco metiéndonos en el agua. La embarcación, al principio, parecía como desconcertada, como asombrada; avanzaba un poco, retrocedía, daba la impresión de una persona indecisa que quiere dar un salto y no se atreve. Al último cogió tan bien el viento, que se alejó, dejándonos estupefactos.

—Ya sabe ella dónde va—dijo Allen, convencido.

Al subir un montículo de arena volvimos la mirada hacia atrás. Nuestro barco seguía navegando.

—Ahora vamos a la finca—dije yo.

Desde la altura adonde habíamos subido se veían dos pueblecillos, uno que debía ser una aldea de pescadores, y el otro un pueblo de tierra adentro, rodeado de campos de labranza.

Por la noche, y esquivando las miradas de la gente, llegamos a la finca en donde había estado Allen. Se hallaba ésta a un lado de la carretera y tenía delante una frondosa alameda de árboles altísimos. La casa era de piedra, grande y negruzca, y estaba rodeada de construcciones bajas, de ladrillo.

El capataz nos dio ropas nuevas, y al día siguiente comenzamos a trabajar en el campo.

A pesar de sus ofrecimientos de tratarnos lo mismo que a los demás obreros, el capataz se aprovechaba de nuestra cualidad de indocumentados y presuntos convictos para explotarnos.

Yo comprendía que no había manera de librarse de esta explotación. Allen se defendía por ser irlandés; pero Ugarte, que no tenía esta preeminencia, se desesperaba y me molestaba continuamente.

-Vamonos de aquí-nos decía a cada paso.

-Espera que podamos vestirnos decentemente y reunir unos cuartos, y nos iremos-le decía yo.

Esperó, con grandes protestas. Con el primer dinero que tuve compré una chaqueta, un morral y unas botas grandes con polainas. Allen se vistió a la moda del país; Ugarte, cuando se vio con su traje nuevo, dijo que teníamos que marcharnos.

El quería que nos fuéramos los dos, dejando a Allen; en cambio, Allen había pensado en abandonar a Ugarte. Yo hubiese preferido ir con Allen y dejar a Ugarte; pero ya éste me daba lástima.

-Creo que lo mejor-les dije a uno y a otro-es que cada cual tire por su lado, y luego nos reuniremos en Francia.

-No, no; eso no.

-Bueno, entonces vayamos los tres juntos y tengamos la misma suerte; pero hay que someterse a una dirección; si no, es imposible.

-Tú mandas-me dijeron los dos-. Te obedeceremos.

-¿De manera que me nombráis el jefe?

-Sí.

-Bueno. Pues desde ahora os advierto que me separaré del que no siga mis órdenes, sea en el camino, en el mar o en cualquier parte.

-Los dos se comprometieron a obedecerme ciegamente.

Al otro día le hablé al capataz. Le dije que, efectivamente, habíamos estado en un pontón presos por cuestiones políticas; que habíamos visto rondando la finca a uno de la policía inglesa, y que teníamos que marcharnos. Añadí que estábamos muy contentos de su acogida y que le suplicábamos que, si le preguntaban algo de nosotros, no dijera nada.

El capataz, que era de estos irlandeses que tienen un odio furioso a Inglaterra, nos prometió que no sólo no diría nada, sino que si veía algún espía en la finca lo zambulliría en el estanque.

Salimos de allá; pensábamos ir al sur, por la costa, a ganar Wexford, en donde podríamos tomar un barco que nos dejara en el continente.

Echamos a andar. Era un día de otoño muy melancólico; el cielo estaba obscuro; lloviznaba; los cuervos pasaban graznando por el aire. Los árboles se despojaban de sus hojas rojizas y amarillas, cubriendo el campo con ellas; las ráfagas de viento las llevaban de acá para allá por el camino; había un olor otoñal de hierba marchita, de helecho mojado y de hojas húmedas.

Marchábamos por la orilla del mar, subiendo y bajando por una sucesión de colinas de poca altura, cubiertas de matorrales. Veíamos a lo lejos ruinas negruzcas de algún castillo, casas de campo, cuyas chimeneas arrojaban columnas de humo en el aire, verdes praderas, lomas también verdes y algunos bosques espesos y sombríos.

El primer día, por la tarde, comenzaron las reyertas entre Ugarte y Allen. Reñían por cualquier cosa. Como era natural, el irlandés, encontrándose en su país, lo conocía mejor y tenía más simpatías que nosotros. Ugarte consideraba este hecho tan lógico como un insulto que nos dirigían a él y a mí.

Les advertí que, si seguían riñendo, les abandonaba y me iba solo. Se calmaron un tanto y cesaron en su disputa.

Al anochecer alcanzamos a unos enormes rebaños de ovejas. Allen se hizo amigo de los pastores. Con ellos llegamos a una venta del camino que se llamaba la Campana Azul. Desde su portalada se divisaba el mar y los cantiles y rocas de la costa.

Los días siguientes, la compañía de Allen, que tanto exasperaba a Ugarte, siguió librándonos de una porción de conflictos.

Antes de llegar a una aldea se destacaba el irlandés y entraba solo; inspeccionaba el pueblo; si veía algo que consideraba peligroso, en la primera casa marcaba una cruz con carbón; en cambio, si no había nada inquietante, dibujaba un ocho.

Nosotros nos acercábamos, fijándonos en las marcas; si la señal era no entrar, dábamos la vuelta al pueblo; si no, íbamos a alguna taberna, a cuya puerta él nos esperaba. Solíamos tomar en el albergue una sopa caliente, un trozo de carne cocida y un vaso de cerveza, y nos tendíamos en algún camastro o en la hierba seca.

Por las mañanas, antes de salir, comprábamos algunos víveres y almorzábamos en el campo. Ugarte traía la leña, yo hacía el fuego y Allen guisaba.

VI

LA CASA HOSPITALARIA

Se nos había hecho de noche a cuatro millas de Wexford. Entramos en una aldea y llegamos hasta la posada á pedir alojamiento. La posada era una casita pequeña, retirada de la carretera, con un arco en medio, sobre el cual se balanceaba una muestra que representaba un delfín de colores chillones. A los lados del arco había dos ventanas y debajo de ellas dos bancos de piedra.

La posadera, una mujer enérgica, nos dijo que tenía el establecimiento lleno y no podía alojarnos. Conseguimos que nos diera de cenar, por la insistencia de Allen. Luego, mientras nos servía la cena, nos preguntó:

-¿Qué son ustedes?

-Marinos. Hemos naufragado en la costa hace ocho días y venimos andando.

-Si son ustedes marinos, vayan ustedes a casa del capitán Sandow. Allí les aceptarán.

-¿Quién es el capitán Sandow?-pregunté yo-. ¿Un militar?

-No; es un antiguo capitán de barco. Un viejo loco que vive con su hija. Otras veces ha alojado en su casa náufragos.

Salimos de la posada en compañía de un chico, que nos fué acompañando.

La casa de Sandow era un viejo castillo guarnecido con una torre cuadrada de piedra gris, cubierta de hiedras. A su alrededor se levantaban varios edificios desiguales. Una porción de chimeneas, como tubos de órgano, le daban un aspecto fantástico, y otras en zig-zags parecían brazos en flexión. Una escalera exterior subía hasta el piso principal. Rodeaba a la casa un terreno pantanoso, antiguo jardín abandonado y salvaje, de un aire dramático y misterioso, sobre todo a la blanca claridad de la luna.

No había camino del castillo a la puerta de la tapia; la avenida principal estaba casi borrada por las hierbas y por los arbustos.

En dos ventanas del castillo brillaban luces; miradas melancólicas que parecían observar algo a través del follaje. El jardín tenía grandes olmos copudos, como haciendo centinela, y muchos rosales que aun conservaban marchitas rosas blancas.

Tiramos de una cadena que colgaba cerca de la puerta y sonó una campana a lo lejos.

Salió a la puerta una criada vieja, y Allen le dijo que éramos náufragos.

-Se lo voy a decir al capitán. Esperad.

Desapareció, y al poco rato se abrió una de las ventanas iluminadas de la casa y se presentó en ella una figura de hombre, que gritó:

-¡Eh, los náufragos! ¡Adelante!

Empujamos la puerta, pasamos al jardín y entramos por un patio a cuyos lados había dos perros de piedra. Subimos por la antigua escalera, hasta llegar a un salón con cierto aire entre abandonado y señorial, un cuarto sin luz, húmedo y frío.

El capitán Sandow era un viejo flaco y cetrino, con barba blanca; su hija, una muchacha delgada y muy pálida, con el pelo negro y los ojos azules.

Allen comenzó a contar en irlandés una narración arreglada a su gusto, que tenía aprendida de nuestro fingido naufragio; pero le interrumpió el capitán contando sus viajes. Le escuchamos atentamente, nos invitó a cenar, cenamos con él y, al retirarnos, nos dijo:

-Aquí podéis estar el tiempo necesario para vuestro descanso.

Después, precedidos por una vieja, subimos por una escalera de caracol que llevaba a la torre; había que marchar con cuidado por los escalones húmedos, resbaladizos y rotos, y bajar la cabeza para no tropezar.

Al final, la criada abrió una puerta y pasamos los tres a una biblioteca abandonada, en donde había varios colchones de paja tirados en el suelo, y allí dormimos.

Al día siguiente yo le dije a Allen que advirtiera al capitán Sandow que, para corresponder de alguna manera a su hospitalidad, trabajaríamos en su casa.

A Ugarte le parecía una simpleza ponerse a trabajar cuando no se lo pedían a uno; el capitán Sandow replicó que no quería que hiciésemos nada; pero, sin duda, en vista de la insistencia de Allen, dijo que podríamos ponernos a arreglar el jardín.

Aquel castillo lo había comprado el capitán por muy poco dinero, y no tenía intención de arreglarlo. Allí todo era viejo y arruinado: las paredes estaban carcomidas por debajo de las hiedras negruzcas; había una capilla vieja en el mayor abandono, unas salas viejas y desmanteladas, una biblioteca vieja llena de libros húmedos y tres o cuatro criados tan viejos y arruinados como toda la casa.

En los aleros y canalones habían hecho sus nidos las golondrinas, y en los altos árboles se cobijaban cornejas y lechuzas que lanzaban de noche su grito siniestro. El jardín era un jardín abandonado, con un estanque misterioso y sombrío, a cuyas orillas los chopos, desprendiéndose de sus hojas, durante años rodearon de láminas de plata.

Al día siguiente de llegar, Allen, Ugarte y yo comenzamos a descubrir las avenidas del jardín y a arrancarles la hierba y a enarenarlas; luego nos dedicamos a limpiar los perales, en forma de abanico extendidos delante de las tapias. El domingo oímos la misa en la capilla, y después yo estuve registrando la biblioteca. Era éste un cuarto fantástico, grande, con el techo artesonado, abierto en muchas partes; tenía varios armarios llenos de libros humedecidos, y sobre los armarios cuadros negros, agujereados y desgarrados. Se veían en este cuarto una porción de trofeos de caza, que sin duda al actual poseedor del castillo no le agradaban. Por una puerta de cuarterones, apolillada, con la cerradura roñosa, se salía a una galería llena de nidos de murciélagos y de golondrinas. Al final había una bóveda con ventanas pequeñas en las gruesas paredes. Esta bóveda estaba ocupada por varios bustos de personajes antiguos, mutilados, y por una serie de relojes de pared de todos los tamaños, parados y la mayoría rotos.

Yo registré por todos los rincones y encontré varios libros de Walter Scott y los *Poemas de Ossian*, de Macpherson.

Los sequé en el comedor, delante de la chimenea; les compuse la pasta y se los di a la hija del capitán.

-¿Dónde los ha encontrado usted?-me preguntó ella.

-Ahí, en la biblioteca. Debe haber más.

Efectivamente, encontré muchos otros. Leímos al mismo tiempo los dos *Rob Roy, Ivanhoe* y *Quintín Durward*, y hablamos mucho de los personajes de las novelas del gran escritor. Yo encontraba a la hija del capitán cierto parecido con Diana Vernon, aunque Ana Sandow era más melancólica que la heroína de Walter Scott.

Ana vivía a merced de los caprichos de su padre, viejo loco y egoísta, que no la dejaba hablar con nadie.

Allen se había hecho amigo de la criada y de las gentes de la vecindad; yo escuchaba, sin muestras de impaciencia, la séptima, la octava y la novena vez la relación de las aventuras de Sandow, y Uguarte, después de hacer como que trabajaba en el jardín, se tendía en la cama, y allí estaba maldiciendo de su suerte.

Yo comenzaba a sentir una amistad fraternal por Ana Sandow. La pobre muchacha, tan alegre y tan viva naturalmente, era una víctima.

El viejo capitán no quería que su hija se casara ni que tuviera amistades con nadie. Por este motivo se había encerrado en aquel castillo, amenazando con la expulsión a los criados si dejaban entrar personas extrañas a la casa. A pesar de este deseo de incomunicación, el viejo egoísta se aburría y quería que fuera gente, pero sólo a distraerle a él.

Ugarte vio que la señorita de la casa me manifestaba simpatía, y, llevado por uno de sus movimientos de rabia y de envidia, escribió al capitán Sandow, diciéndole que yo iba entablando amistades con su hija, que los tres éramos piratas, que veníamos escapados de los pontones.

El capitán Sandow me llamó y le conté lo que nos había pasado, sin ocultarle nada. Como comprendí su disgusto, por su aspecto de malhumor, le dije: —No tenga usted cuidado, hoy mismo nos iremos. —Lo celebraré—me contestó—, no por usted, sino por no ver al denunciador.

Después de haberle prometido que nos iríamos en seguida, no comprendía bien su malhumor; pero, por lo que dijo Allen al día siguiente, me lo expliqué. Le había interrogado a él sobre lo que yo le conté, y, al cerciorarse de que era verdad, se sintió humillado, porque sus aventuras eran completamente vulgares en comparación de las nuestras.

VII

EL ODIO ESTALLA

Avisé a Allen y a Ugarte que nos teníamos que marchar. —¿Y por qué?—preguntó Ugarte, echándoselas de sorprendido. —Por nada. Por algún bien intencionado que le ha dicho a Sandow qué clase de gente somos nosotros y de dónde venimos. —¿Y quién será?—me preguntó él. —Eso lo sabes tú mejor que nadie—le contesté yo, en castellano. Allen nos oía, suponiendo la mala acción de Ugarte. —No sé qué quieres decir con eso—murmuró Ugarte; y, viendo que yo no replicaba, añadió cínicamente—: La verdad es que la cartita te ha reventado. —¡Hombre! ¡Claro! —¿Y qué te ha dicho el capitán? —Me ha dicho que le dan asco los denunciadores, y que por eso sólo nos debemos ir.

Ugarte palideció. Y Allen, que había comprendido todo, exclamó: —¡Ah! ¿Es él el que nos ha denunciado? —Tú no te metas en lo que no te importa, ¡animal!

El irlandés prorrumpió en insultos, y yo impedí que se lanzara sobre ligarte.

La última noche que pasamos en casa de Sandow, yo escribí una larga carta a Ana. Dormíamos los tres huéspedes del capitán en la biblioteca; Ugarte y Allen se habían tendido en sus camastros, pero estaban despiertos.

Cuando terminé de escribir, salí de la biblioteca, metí la carta en un libro, llamé a la criada y le encargué que diera aquello a la hija del capitán. Temía que, al volver, me iba a encontrar a Uguarte y a Allen luchando a brazo partido.

No pudimos dormir ninguno de los tres; Allen estaba indignado contra Ugarte. Antes de amanecer, salimos de casa, sin despedirnos de nadie. Hacía un día frío; tomamos la carretera y fuimos marchando por la costa, azotados por una lluvia menuda.

Allen y Ugarte no querían hablarse. Para no tener relación el uno con el otro, Ugarte me hablaba en castellano y Allen en inglés.

—¡Que por un canalla miserable tengamos que andar así!—murmuraba Allen, entre dientes.

Por la noche, mojados hasta los huesos, encontramos un albergue, medio taberna, medio cabaña, que se llamaba el *Reposo del Cazador*. Era una choza, con las paredes y el tejado cubiertos por completo de hiedra, con dos ventanas con cortinillas rojas, iluminadas por la luz interior. Parecía aquella cabaña la cabeza hirsuta y peluda de un monstruo, con sus dos ojos encarnados.

Aunque nos faltaba poco para el pueblo, decidimos quedarnos allá. Nos sentamos a una mesa y pedimos de cenar. Ugarte se puso a burlarse del capitán Sandow y de su hija. Al principio me indignó; pero luego me produjo lástima y desprecio, comprendiendo que estaba en uno de sus arrebatos de locura, de insensatez. Ya tanto me dijo y me insultó, que le pregunté con sorna:

—¿Qué te he hecho yo para que me odies así?

—Me estorbas—gritó él—. Uno de los dos sobramos en el mundo.

Y en el paroxismo de la cólera empezó a insultarme con furia, a decirme que estaba deseando que me muriera, porque era su bestia negra.

Allen, desencajado, pálido de rabia, exclamó:

—Yo no lo aguantaría.

—¿Qué te mezclas tú? ¡Canalla! ¡Miserable!—gritó Ugarte.

Y, en su furor, sacó una de las limas de las sacadas del pontón, que aun llevaba, e hirió al irlandés en la mejilla.

Este, de pronto, se levantó, cogió el banco en donde estaba sentado, lo alzó en el aire y le dio a Ugarte tal golpe en la cabeza, que lo dejó muerto.

Después Allen, como loco, siguió golpeando el cadáver, la mesa, con una furia de elefante herido, hasta que rompió el banco y se quedó con un trozo de madera en la mano, contemplándolo como un sonámbulo que despierta; luego lo tiró al suelo, y comenzó a llorar. Toda la gente de la taberna había presenciado el hecho, y estaba de parte de Allen.

—Vamos—le dije yo—. Hay que huir.

—No, no. ¿Para qué?

Me quedé a su lado. La herida que tenía en la cara era leve.

—Usted, sí. Vayase. Escápese usted—me dijo Allen.

—No, no le abandono.

—Hay testigos aquí de lo que ha pasado. Vayase usted. Si se escapa me puede usted servir mejor desde fuera de la cárcel que de dentro. Tome usted el dinero que me queda. Si llega usted a Francia, escriba usted a la criada vieja de casa de Sandow. Salí de la taberna y eché a correr por el camino; el viento contrario me impedía avanzar, un viento húmedo cargado con efluvios de mar. Oí voces de lejos de gente que pasaba. Quizá era la policía, avisada; me escondí a un lado de la carretera. Luego seguí corriendo hasta llegar a la ciudad: entré en una callejuela. El viento silbaba en las encrucijadas, ladraban los perros, comenzaba a llover a chaparrón. Decidí entrar en la primera fonda o posada que me saliera al paso. La primera que encontré fue una que tenía una enseña con un caballo. Se llamaba así: *El Caballo Blanco.* Era de estas fondas tranquilas, poco frecuentadas, que hay en las islas británicas, que tienen un carácter de limpieza y respetabilidad.

Una muchacha muy vivaracha me preguntó si había cenado; le dije que sí, me llevó a un cuarto, y vino poco después, con un gran calentador, a templar la cama.

Caía un verdadero diluvio.

—Le voy a pagar a usted—le dije a la muchacha—, porque voy a salir de casa muy temprano.

—Como usted quiera.

—¿Estará la puerta abierta desde por la mañana?

—Sí. Siempre suele estar abierta.

Le pagué lo que me dijo y me acosté. Seguía lloviendo; el agua azotaba los cristales, el viento silbaba furioso, dando unas notas de tiple extraordinarias. Me metí en la cama y me dormí al momento. Me desperté antes del amanecer con un sobresalto. Me asomé a la ventana; no llovía; me vestí rápidamente y bajé las escaleras. La puerta no estaba abierta; Pensé si alguien habría advertido en la casa que la cerrasen aquella noche; quizá la cerraron por el viento.

Me asomé a la ventana. La altura no era grande. Salté a la calle.

Encontrándome solo, sin la compañía de Allen y de Ugarte, me sentía más enérgico y con mayor miedo de ser preso. Todo, antes de volver al pontón. El recuerdo de aquellos promontorios negruzcos, del mar gris, de los pantanos fangosos, me horrorizaba.

Pasé la noche en el campo, y a la mañana siguiente, al salir el sol, entré en el puerto de Wexford. Había una goleta que iba a Saint-Malô. Hablé con el capitán para que me llevara, y tuve que vencer su resistencia. Le di el dinero que tenía y prometí pagarle más al llegar a Francia.

El capitán era una especie de oso de mal humor.

Hicimos un viaje horrible, con tiempo malísimo y mar borrascoso. El capitán, sin duda, no tenía por costumbre ocuparse del barco, y se metió en su camarote a intoxicarse con *whisky*. A la hora, apareció borracho, con la nariz roja y balbuceando, y en vista del temporal, intentó cambiar de rumbo y marchar a refugiarse a Inglaterra.

Yo le convencí de que era un absurdo.

El hombre, que no tenía las ideas muy claras, hizo lo que le decía, y llegamos a Saint-Malô.

Inmediatamente escribí a Ana Sandow contándole lo ocurrido después de salir de su casa e interesándole por el pobre Allen.

Al cabo de algún tiempo recibí carta suya y un recorte de periódico, en donde se contaba la muerte de Ugarte en una venta próxima a Wexford, llamada el *Reposo del Cazador*.

El muerto aparecía con el nombre de Juan de Aguirre, y yo, de quien se ignoraba el paradero, como Tristán de Ugarte.

Por lo que me contaba Ana, Allen se encontraba en situación favorable; todos los testigos habían declarado a su favor; el ser el muerto un aventurero extranjero, y él una persona del país, le favorecía también mucho.

Como toda esta zona francesa de Normandfa y de Bretaña tiene su principal comercio con Inglaterra, y a mí no me convenían los aires de la pérfida Albión, tardé mucho en encontrar empleo, hasta que lo hallé en un almacén del Havre.

Mi vida tenía un fin, un entusiasmo: había una mujer que pensaba en mí. Les escribía constantemente a ella y a Allen, y a éste le enviaba parte de mi sueldo.

Allen pasó poco tiempo preso. Cuando salió fue a ver a Ana. El capitán Sandow estaba cada vez más brutal y más despótico con su hija. Allen se concertó con ella, y un día, con gran asombro por mi parte, les vi a los dos venir hacia mi casa.

Ana y yo nos casamos y tuvimos una niña, Mary.

Entonces, pensando en mi hija, quise enterarme de lo que pasaba en Lúzaro, y escribí a mi madre, y ella me comunicó cómo se me había creído muerto y se habían celebrado mis funerales.

Mi vida con Ana hubiera sido feliz; pero mi mujer tenía poca salud. Aquella delicada criatura, tan sencilla, tan ingenua, murió en mis brazos después de lenta agonía.

La recuerdo siempre en la casa sombría de su padre, y a su recuerdo uno el de la Diana Vernon de Walter Scott. Al mismo tiempo que la conocí leí la obra del novelista escocés, y no puedo pensar en mi querida muerta sin recordar la figura literaria del gran escritor.

Cuando ella murió me decidí a dejar Francia y a volver a Lúzaro con mi hija y con Allen, que no quería separarse de mí.

Esta ha sido mi vida. Errores, faltas, he cometido. ¿Quién no los comete?...

Esto decía el manuscrito de mi tío Juan de Aguirre.

VIII

PATRICIO ALLEN Y EL TESORO DE ZALDUMBIDE

Un dia de otoño, al anochecer, se presentaron en Lúzaro, en la posada de Chiquierdi, dos extranjeros de aspecto sospechoso.

Bajaron de las diligencias, entraron en la cocina de la posada, y, mientras cenaban, preguntaron con gran interés por don Santiago Andía. La posadera les dijo que hacía mucho tiempo que yo no vivía en Lúzaro, sino en Izarte, y al saberlo se informaron de la distancia a que se hallaba nuestra aldea del pueblo.

A la mañana siguiente, el cartero, al traer el periódico, me dio estos datos, y me dijo que aquellos hombres me buscaban. Les esperé, un tanto intrigado, y poco antes del mediodía les vi acercarse a mi casa.

Uno de ellos era alto, rojo, pesado; el otro, pequeño, de pelo negro y ojos vivos. Los contemplé por entre las cortinillas de mi cuarto. Al primer golpe de vista no me pareció gente de mala catadura.

Llamaron, y la criada les hizo pasar a mi cuarto.

El alto y grueso parecía un poco turbado; el otro, sonriendo con una sonrisa insinuante, me dijo en castellano, con acento andaluz:

—¿Podría usted escucharnos media hora?

—Sí, señor, con mucho gusto. Hagan el favor de sentarse.

—¡Gracias!—contestó el bajito, y añadió en inglés, dirigiéndose a su compañero—: Siéntese usted, Smiles.

Se sentron los dos.

—¿No es usted español?—le pregunté al moreno.

No, soy inglés. He nacido en Gibraltar. Soy un escorpión de roca, como nos llaman en Inglaterra a los del Peñón. Me llamo Small, Ricardo Small. Mi padre era inglés, mi madre, gaditana; por eso hablo regularmente el español.

—Regularmente, no, muy bien; bastante mejor que yo.

—¡Muchas gracias! Le explicaré en las menos palabras posibles el asunto que nos trae aquí. Hasta hace unos meses vivía en Liverpool humildemente, estaba de empleado en un almacén e iba a casarme, cuando conocí a un viejo irlandés, hermano de la madre de mi novia. Este irlandés se llamaba Patricio Allen.

—¡Patricio Allen!—exclamé yo—. ¡El que ha vivido tanto tiempo aquí!

El mismo. Allen llegó a casa de su hermana y contó la historia del tesoro del capitán Zaldumbide; dijo cómo usted le había dado la indicación exacta del lugar, que estaba escrita en vasco en un devocionario. Desde aquel día, la casa de mi novia se transformó; mi novia, sus hermanos, la familia entera no veía mas que millones por todas partes. Me encargaron de buscar un socio capitalista que pusiera los medios necesarios para ir adonde está el tesoro; y yo encontré al señor Smiles.

—¡Presente!—dijo el hombre alto y rojo, llevándose la mano a la cabeza y haciendo un saludo militar.

—Bueno. Cállese usted—replicó el joven moreno—. Como decía, encontré al señor Smiles, que tenía un *saloom bar* en Liverpool. El señor Smiles traspasó su establecimiento, yo abandoné mi empleo, y, en compañía de Allen, los tres bien armadas, fuimos a Las Palmas. Aquí alquilamos una goleta, con tripulación y todo, y nos dirigimos al río Nun. El patrón de la goleta tenía la orden de esperarnos durante una semana cerca de la desembocadura del río, y, en el caso de que no apareciéramos, volver durante seis meses en el período de luna llena. Abandonamos la goleta, y en un bote remontamos el río, hasta llegar frente a las ruinas de una fortaleza que se levantaba en un cerro. Dejamos el bote atado a un árbol de la orilla, y escondiéndonos entre las peñas con grandes precauciones, subimos el cerro, hasta llegar al castillo arruinado. No nos habíamos topado con nadie. Por lo que dijo Allen, teníamos que encontrar entre aquellas paredes un muro en donde estuviera esculpido un elefante. El primero que lo vio fui yo.

—Ahí está—grité.

Allen se acercó al muro, se puso de espaldas a él y sacó un pequeño anteojo de bolsillo. Estábamos Smiles y yo mirándole con ansia, cuando vimos que dos hombres blancos se arrastraban por detrás de un muro a observar lo que hacía Allen. Al ver que nos habíamos dado cuenta de su espionaje, los hombres se abalanzaron sobre nosotros, y tras ellos diez o doce moros que estaban escondidos. No tuvimos tiempo de hacer uso de nuestras armas, y quedamos prisioneros.

[Ilustración]

Por lo que dijo Allen, los dos blancos eran, uno, Ryp Timmermans, el cocinero de *El Dragón,* y el otro, un marinero holandés llamado van Stein. Ambos llevaban más de un año buscando el tesoro, pero no daban con él. Habían pasado por allí varios de los antiguos tripulantes de *El Dragón,* habían hecho excavaciones en todos los montículos de la orilla del río, sin encontrar los cofres de Zaldumbide.

Ryp y van Stein, más tenaces, se quedaron allá; renegaron de su religión, y, convertidos al mahometismo, se casaron con moras, y eran los jefes de un aduar establecido en un pequeño oasis con unos cuantos pozos salobres, un bosquecillo de palmeras y acacias espinosas y arganes.

Los dos renegados y los moros nos llevaron a Smiles, Allen y a mí prisioneros a su aduar. Era éste un conjunto de cabañas miserables, hechas con palos, piedras y barro, cubiertas unas con hierbas y otras con un tejido especial formado por pelo de camello o de cabra. Nos encerraron en una choza, y Ryp y van Stein Stein nos comenzaron a interrogar. Smiles y yo dijimos la verdad: que nos habían dicho que allí había un tesoro y que habíamos ido a buscarlo.

Ryp suponía que teníamos algunos datos, y nos aseguro que, mientras no dijéramos lo que sabíamos, no saldríamos de allá. Allen estaba dispuesto a callar. Smiles y yo nada podíamos decir, porque nada sabíamos.

Estuvimos en aquella barraca un mes; nos daban dé comer un poco de pan, pescado salado, leche y miel.

Los moros del aduar eran la mayoría salvajes; mestizos de negros. Allí unicamente trabajaban las mujeres. Aquellos bigardos se pasaban la vida con un fusil al hombro, charlando. Ellas cultivaban la tierra y metían las cosechas en silos, ahumaban y secaban carne y pescado, fabricaban anzuelos y flechas.

Los hombres únicamente cazaban, pastoreaban las cabras y compraban y vendían pieles curtidas, jaiques, azufre, camellos y bueyes.

Casi todos los años, en cierta época, se internaban tierra adentro y hacían una expedición de un par de meses para robar negros susús. Al llegar a una aldea negra, la rodeaban durante la noche, y a una señal dada comenzaban a tirar tiros y a dar gritos. Los desdichados negros se asustaban, echaban a correr y los moros los iban cogiendo como conejos. Estos negros, formados en caravanas, los vendían a los comerciantes de esclavos, que los llevabau a Fez, Marrakesh y Tafilete.

Era difícil comprender cómo Ryp y van Stein habían llegado a dominar a aquellos bandidos moros, crueles y cobardes; pero la verdad es que los tenían en un puño. Los moros nos hubieran hecho pedazos con mucho gusto, pero Ryp nos protegió. El cocinero supuso que Allen tenía la indicación exacta de dónde se encontraba el tesoro, y mandó registrarle; pero no se le encontró nada. Entonces quizo pactar con él y convinieron en que, si Allen encontraba los cofres enterrados, se hicieran dos partes: una para ellos, otra para nosotros.

Allen, tan pronto decía que sí como decía que no. Había llegado a dar más importancia al tesoro que a su vida.

—¿Quieres que te diga dónde está el tesoro, para quedarte con él y luego matarme?—solía decir por la noche—. No, hijo mío, no.

Nosotros, Smiles y yo, le decíamos que se entendiera con Ryp; yo, por mi parte, estaba deseando salir de allí, aunque fuera con las manos vacías. Allen no quería.

Un día nos dijo que sí, que estaba dispuesto a decir dónde estaba el tesoro. Llamó a Ryp y quedamos de acuerdo en ir todos a la orilla del río, escoltados por diez moros armados. Llegamos a la arruinada fortaleza, y Allen exigió que le dejaran solo. Estuvo un cuarto de hora, y después se encaminó hacia el río, y apoyándose en una piedra de la orilla, dijo: «Aquí está». No acababa de decir esto cuando van Stein le disparó un pistoletazo a boca de jarro y lo dejó muerto.

Smiles y yo echamos a correr, temiendo que siguieran con nosotros. Ryp, van Stein y los moros se pusieron a cavar furiosamente, mientras nosotros nos alejábamos corriendo por la orilla del río. Llegamos rendidos cerca del mar, y nos encontramos en un arenal inmenso, formado por dunas que el viento levantaba y deshacía. Nos guarecimos los dos en una grieta de la arena y estuvimos así escondidos horas y horas, con el oído atento.

De pronto, en la calma de la tarde, oímos voces. Eran Ryp y van Stein.

—¿No se ve a nadie?—preguntaba Ryp.

—A nadie.

—Habrán atravesado el río, quizá.

—Y, después de todo, ¿qué nos importa por ellos?—dijo van Stein.

—¡Qué nos importal—replicó el otro—. A mí no me chocaría nada que el moreno sepa dónde está el tesoro.

Smiles y yo oímos la conversación; al dejar de distinguirse las dos voces, Smiles me dijo:

—No han encontrado nada.

—Es indudable.

No supe si alegrarme o entristecerme; no habiendo encontrado el tesoro, nos buscarían con más ahinco. Al hacerse de noche salimos de nuestro escondrijo, y, metiéndonos en la arena hasta la cintura, avanzamos por la playa. ¿Con qué objeto? No teníamos ninguno. De pronto, Smiles exclamó:

—¡Maldición! La luna llena. Nos van a descubrir.

Efectivamente, la luna salió, iluminando la playa con una fuerza tal que se veían todos los montículos y piedras.

Yo, en aquel momento, me acordé de que el patrón de la goleta alquilada en Canarias se había comprometido a acercarse a la desembocadura del río todos los meses en el plenilunio. Todavía estábamos en el quinto mes. Si había cumplido su palabra y la goleta estaba allá, podíamos darnos por salvados. Smiles y yo, saltando por encima de aquella arena movediza, llegamos a la desembocadura del río.

Allá estaba la goleta; sin duda se disponía a partir.

—¡Socorro! ¡Socorro!—gritamos Smiles y yo desesperadamente, uniendo nuestras voces.

Al principio no nos debieron oír; después vimos a la luz de la luna que el barco se acercaba a nosotros con las velas desplegadas.

La gente de Ryp debió darse cuenta de nuestros gritos y comenzó a dispararnos. Smiles y yo nos echamos al agua y, nadando, llegamos a coger la goleta.

Cuando yo me encontré sobre cubierta, prometí no volver a aquel maldito paraje. Llegamos a las Canarias, y de las Canarias a Liverpool. Yo pensaba que con la relación de nuestras fatigas y con la muerte de Allen, la familia de mi novia se habría curado del deseo de encontrar tesoros, pero fue todo lo contrario.

—Tienes que ir—me decía mi futura suegra—a ver a ese español, a que te diga dónde está el tesoro de Zaldumbide. Y a eso venimos. Usted pónganos sus condiciones.

—Yo, ninguna. Soy rico, no tengo necesidad de nada. Les daré la indicación. Sólo deseo que tengan ustedes mejor suerte.

—Sin embargo....

—Nada, nada.

Les di la indicación, traducida del devocionario de Allen, y se fueron, después de darme las gracias efusivamente.

Un año después recibí una carta del joven Small y un paquete pequeño:

«El tesoro nos ha dado mala suerte—decía—. Fuimos al Nun con una tropa de quince hombres armados. Al ver que descubríamos las cajas enterradas y nos las llevábamos, Ryp y los suyos nos atacaron a la desesperada. En la refriega, Smiles y Ryp murieron; van Stein quedó malherido y dos de nuestros hombres cayeron prisioneros. Yo cogí una fiebre y no me he curado todavía de ella.»

En el paquete venían dos grandes perlas que Small me enviaba. Me repugnaba quedarme con ellas; no quise enseñarlas a mi mujer, y, subiendo al Izarra, las eché al mar.

—Servirán—pensé—para que se adorne alguna ondina de aquellas conocidas por Yurrumendi.

EPILOGO

Han pasado muchos años de vida normal, tanquila, sin más incidentes que los cotidianos.

Juan Machín no ha aparecido. Quizá anda perdido por los mares; quizá también ha ido a buscar algún tesoro en un rincón del planeta.

Como guardando la tradición de la familia, es él el Aguirre inquieto que se pierde por el mundo.

¿Vive? ¿No vive? ¿Volverá? No lo sé. Confieso que al principio no hubiese querido que volviera; hoy, sí, me alegraría de verle y de estrechar su mano.

Respecto de mí, siento un poco de vergüenza al decir que soy feliz, muy feliz. Es verdad que no lo he merecido, pero así es.

Cuando pienso en mi mujer, me acuerdo también de Diana Vernon; pero no tengo que recordarla como mi tío Juan de Aguirre, ni como el héroe de Walter Scott, muerta, sino que la veo viva, a mi lado. Hoy, con sus cincuenta años y los cabellos grises, me parece más encantadora que nunca.

Mi madre vive ya constantemente en nuestra casa de Izarte. Le gusta estar siempre en la cocina hablando con las muchachas y con mis hijas, echando leña al fuego y murmurando contra mi mujer.

En el fondo se entienden las dos perfectamente; pero mi madre tiene que reñir un poco, acusa a mi mujer de mandona y de que siempre quiere hacer su voluntad.

Todos mis hijos han sido mecidos en los brazos de su abuela, y dentro de poco podrá mi madre mecer a su biznieto.

Yo cada día me siento más indolente y más distraído. Muchas mañanas, con el buen tiempo, me levanto muy temprano y sigo el camino abandonado, escuchando el rumor de los campos. Los pájaros cantan en las enramadas, el sol se derrama brillante por la tierra.

Al volver me detengo a contemplar mi casa, sobre el jardinillo que le sirve de pedestal. En el balcón de madera brillan los geranios rojos; en el huerto, algunos girasoles levantan sus grandes flores sobre sus tallos. Subo la escalera y me asomo al balcón. Las vacas pastan en nuestro prado; mis chicos suelen seguirlas protegidos del sol por grandes sombreros de paja. Enfrente veo las casas desparramadas de Izarte, que parecen de juguete, echando humo por la chimenea, y a lo lejos los montes.

Mi mujer sabe que algunas veces necesito vagabundar un poco, y me deja. Antes me solía acompañar en mis paseos, y algunas veces, al ver aparecer el lucero de la tarde, recitó esa poesía de Ossian, que hemos leído los dos en un ejemplar de Ana Sandow, y que empieza así:

«Estrella del crepúsculo, que resplandeces soberbia en Oriente, que asomas tu radiante faz por entre las nubes y te paseas majestuosa sobre la colina..., ¿qué miras a través del follaje?»

Yo le solía escuchar con las lágrimas en los ojos. Aquellos cantos de Ossian me parecían admirables. Hoy mi mujer tiene demasiadas cosas en qué ocuparse para corretear por el campo. Nuestro clan va aumentando y ella es la administradora. Yo le digo que es el buen tirano, la dictadora inteligente, la representación del gobierno ideal para los perezosos.

Yo soy el vagabundo de la familia.

Cuando cambia el tiempo experimento la nostalgia de sentir la paz profunda del mar, de su abandono y soledad. Entonces voy a pasearme por la playa de las Animas, y contemplo, como si fuera por primera vez en mi vida, las tres rayas de espuma de las olas que rompen en la arena.

En la primavera me produce una gran alegria; en el otoño, una gran tristeza; pero una tristeza tan extraña, que me parece que sería muy desgraciado si no la sintiera alguna vez.

En esos días de noviembre, cuando vuelve la humedad y el dominio del gris; cuando vuelven las líneas vagas y borrosas y vuelve el silbar agudo del viento; cuando el arroyo *Sorguiñ erreca* semeja un torrente, entonces me gusta pasear por la playa y saturarme de la enorme melancolía del mar y empaparme en su gran tristeza.

Luego, cuando ya estoy saturado de espumas, de olas, de gemidos del viento, subo por la Cuesta de los Perros hasta lo alto de las dunas, y avanzo por entre los maizales. Allá está la aldea tranquila donde vivo, allá están los míos. Voy acercándome a mi casa; la familia, en estos días de invierno reunida en la cocina, delante del fuego del hogar, me espera.

Allí cuento yo mis aventuras, y las adorno con detalles sacados de mi imaginación; pero las he contado tantas veces, que mi mujer me reprocha un poco burlonamente que las repito demasiado.

A veces me preocupa la idea de si alguno de mis hijos tendrá inclinación por ser marino o aventurero.

Pero no, no la tienen, y yo me alegro..., y, sin embargo.... Ya en Lúzaro nadie quiere ser marino; los muchachos de familias acomodadas se hacen ingenieros o médicos. Los vascos se retiran del mar.

¡Oh, gallardas arboladuras! ¡Velas blancas, muy blancas! ¡Fragatas airosas, con su proa levantada y su mascarón en el tajamar! ¡Redondas urcas, veleros bergantines! ¡Qué pena me da el pensar que vais a desaparecer, que ya no os volveré a ver más!

Sí, yo me alegro de que mis hijos no quieran ser marinos..., y, sin embargo....

FIN

Printed in the United States
216188BV00001B/37/P

9 781406 87707